Dieu a besoin de nous

L'expérience d'un athée

Translated from Original English version of

God Need Us - An Atheist's Experience

Deepika Manju Singh

Ukiyoto Publishing

Tous les droits de publication mondiaux sont détenus par Ukiyoto Publishing.

Publié en 2023

Content Copyright © **Deepika Manju Singh**
ISBN 9789360160913
Tous droits réservés.

Aucune partie de cette publication ne peut être reproduite, transmise ou stockée dans un système de récupération, sous quelque forme ou par quelque moyen que ce soit, électronique, mécanique, photocopies, enregistrement ou autre, sans la permission préalable de l'éditeur.The moral rights of the author have been asserted.

Ceci est une œuvre de fiction. Les noms, les personnages, les entreprises, les lieux, les événements, les localités et les incidents sont soit le fruit de l'imagination de l'auteur, soit utilisés de manière fictive. Toute ressemblance avec des personnes réelles, vivantes ou décédées, ou des événements réels est purement fortuite.

Ce livre est vendu sous réserve de la condition qu'il ne soit ni prêté, ni revendu, ni loué, ni circulé d'aucune autre manière, sans le consentement préalable de l'éditeur, sous quelque forme de reliure ou de couverture que ce soit autre que celle dans laquelle il est publié.

Avertissement

Ce livre est basé sur des expériences personnelles et n'est pas directement lié à une personne vivante. Toute ressemblance avec des personnes réelles, vivantes ou décédées, ou des événements réels est purement fortuite. Le but du livre n'est pas de blesser les sentiments religieux

Ce livre n'aurait pas été possible sans le soutien et les suggestions de mon ami Isha Goel. Merci Isha, pour la motivation constante et l'amour.

Préface

Aujourd'hui, en regardant ce qui se passe dans le monde, l'humanité est morte et nous nous précipitons vers la fin, la fin de cet univers. Les nouvelles de toutes les directions sont dépressives ; tout le monde est triste quelque part dans son cœur. Chaque âme ici a tellement de désirs et de souhaits non réalisés. Ils ne sont pas satisfaits, pas satisfaits, donc pas heureux. Il est commun d'entendre qu'une personne est frustrée dans la vie. Tout semble trop compliqué à résoudre, et la possibilité d'un monde heureux est comme un rêve impossible.

Mais pourquoi tout cela se produit-il ? Pourquoi notre créateur, "Dieu", veut-il que ce monde ne soit pas digne de vivre ? Pourquoi a-t-il créé un monde si misérable et est resté silencieux malgré la douleur de tout le monde ? De nombreuses croyances suggèrent que ce sont des épreuves et des tests, ou peut-être que nous, les humains, payons les péchés des naissances précédentes. Mais tellement ? Parfois, la théorie du karma et des épreuves ne tient pas correctement pour de nombreux incidents, ou, du moins, est une explication insatisfaisante. Veut-il un enfer écrasant sur terre ? Ou bien la réalité est-elle autre chose ?

Un incident réel de ma vie a suggéré que ce n'est pas seulement nous, les humains, qui avons besoin de Lui pour échapper aux soucis de la vie, mais qu'Il a aussi besoin de nous. De la même manière, ce n'est pas seulement nous qui dépendons de Lui, mais Il a aussi besoin de quelque chose de nous. Mais que veut-Il ? Pourquoi et comment est-il possible pour nous de lui donner ce qu'Il veut ?

Beaucoup peuvent nier ce fait, mais si nous considérons l'ensemble de la question de manière globale et que nous réfléchissons sagement, il est clair que Dieu a certainement besoin de nous.

C'était une période très agitée et déprimante pour moi lorsque je me sentais vaincu de toutes parts et souhaitais pouvoir mettre fin à cette vie de quelque manière que ce soit. Mon âme et mon corps n'étaient pas sous mon contrôle, et mourir semblait plus facile que de vivre dans ce monde cruel. Mais à ce moment-là, j'ai rencontré Amar, qui semblait être quelqu'un très proche de moi malgré le fait que je ne le connaissais pas. Sa nature empathique m'a aidé à lui parler de mes intentions suicidaires tard dans la nuit dans le sanctuaire de Nizamuddin Auliya, à New Delhi.

Il a compris tout avec une seule phrase de moi et a lu ma tristesse. Il a partagé une expérience et, surprenamment, son expérience après la mort, qui m'a totalement changé, a prouvé que Dieu a besoin de nous.

Amar a mis fin à sa vie lorsqu'il a fait face à la mort de son seul amour sur Terre, Sakshi. Malgré être un athée et une personne de diplomatie et de manipulation, il s'est soudainement imaginé se réunir avec Sakshi après la mort dans l'au-delà. Il a commencé à se plaindre à Dieu, dont l'existence il n'avait jamais même acceptée. Alors que Sakshi était entièrement opposée à lui, une fervente croyante en Dieu.

Mais une dure réalité l'attendait dans le monde de l'au-delà. Il a été envoyé au paradis en dépit de ses mauvaises actions, et à travers les révélations et les chocs qui ont suivi, il a découvert que le diable est le seul contrôleur du monde et qu'il n'y avait aucun indice de l'existence de Dieu. Le diable envoyait les gens avec de bonnes actions en enfer et les gens avec de mauvaises actions au paradis dans sa règle cruelle.

Amar savait que sa Sakshi devait être avec Dieu. Il a entamé son nouveau voyage dans l'au-delà, à la recherche de Dieu.

Il est entré en enfer en utilisant ses compétences de négociation et de manipulation, car il a supposé la présence de Dieu en enfer avec les bonnes personnes. Il a rencontré plusieurs personnes en enfer et a été honoré de tout ce qu'il a appris de leur vie sur Terre. Un fermier qui représentait la fierté de Dieu dans son dur travail et son optimisme. Un homme pieux qui a montré que la plus grande enseignement de Dieu est d'avoir de la patience. Une prostituée lui a fait réaliser le courage et le respect que Dieu donne à tous. La satisfaction d'un scientifique lui a appris à accepter le plus grand récompense de Dieu seulement. Un patriote lui a montré à quel point son amour et sa dévotion pour son pays sont appréciés par Dieu. Le troisième genre lui a fait réaliser la nature non discriminatoire de Dieu envers tous les êtres. Et une mère a causé une transformation ultime en Amar en lui enseignant la présence de Dieu dans l'amour inconditionnel de la maternité.

Amar est revenu pour affronter le diable en tant que personne totalement transformée. Son âme était pleine d'amour pour Dieu, et il a finalement compris ce que Sakshi attendait de lui. Il a courageusement argumenté avec le diable pour l'existence de Dieu et a surmonté tous les tours du diable. Il a trouvé que le pouvoir de Dieu est renforcé par les bonnes actions des gens de la Terre, et que les mauvaises actions renforcent le diable. Mais le diable a joué son dernier coup. Amar devait maintenant faire face à un plus grand défi qui l'effrayait. Mais toutes ses questions ont été répondues par un ange de Dieu, et il a acquis une mentalité positive que Dieu est encore gagnant et toujours gagnant. Il a réalisé que l'enfer était plein de bonnes personnes, le rendant un paradis et a surmonté le tour du diable. Le diable était dans sa coquille imaginaire de la victoire, mais en réalité, il était le plus grand perdant. La justice et la vérité gagneront toujours dans toutes les circonstances.

C'est son devoir de convaincre le monde que Dieu a besoin de nous pour renforcer sa plus grande puissance, l'humanité.

J'ai eu une rencontre très unique et inspirante avec lui; ma croyance en Dieu a acquis une compréhension approfondie et renforcé ma nature humanitaire. Je suis devenu positif envers les luttes et les échecs de la vie et prêt à prendre des risques. Mais un nouveau mystère m'attendait aussi.

A travers ce livre, je transmets son message unique à nous. Notre créateur, notre fabricant, notre Dieu a besoin de nous pour renforcer notre croyance et notre pratique de l'humanité, et c'est pour cela que Dieu a besoin de nous.

Table des matières

Début d'une réalité exceptionnelle	1
Un nouveau monde sans Dieu	15
Le paradis des mauvaises actions	40
Voyage à la recherche de Dieu	70
Un fermier : la fierté de Dieu	90
Un homme pieux : la force de Dieu	128
Une prostituée : bien-aimée de Dieu	176
Un scientifique : la sagesse de Dieu	217
Un patriote : la gloire de Dieu	244
Un troisième genre : belle création de Dieu	271
Une mère : un Dieu sur Terre	316
Le diable est-il le véritable contrôleur ?	355
Le véritable gagnant	372
Un ange ou un humain ?	384
À propos de l'auteur	*410*

Début d'une réalité exceptionnelle

Il était environ 21 heures le 10 mars 2016. Une soirée enveloppée de ténèbres à l'intérieur comme à l'extérieur. Mes pas étaient attirés vers le lieu de repos révéré du saint Nizamuddin Auliya, m'approchant lentement de mon dernier espoir de réconfort. Mais aujourd'hui, à mesure que je me rapprochais, je sentais toujours le pessimisme m'envahir et me briser en mille morceaux. Comme si même l'âme de ce pur saint soufi ne voulait pas s'occuper de ma douleur sans fin, ni embrasser mon âme fatiguée du monde. La douleur écrasante de ma vie ne peut être remplacée par aucun bonheur dans le monde. Pour être honnête, même la somme cumulée de chaque bonheur dans le monde ne peut la remplacer. Mais pourquoi est-ce si difficile de supporter cette douleur ?

Je voulais une réponse, mais mon mentor spirituel, mon Pir (saint soufi), m'a ignoré. J'ai attendu que sa voix vienne et me guide. Avant que je ne m'en rende compte, il était déjà 22 heures, et j'attendais toujours une réponse. Maintenant, la porte de la tombe sainte était en train de se fermer ; je voulais arrêter les gardiens qui me volaient mon dernier espoir. Mais j'étais impuissant alors que mon cœur pleurait avec des attentes non satisfaites.

2   Dieu a besoin de nous

J'ai décidé de partir avec mes bagages pleins de chagrins avant de m'effondrer en larmes ici. Mes pas incertains se dirigeaient vers mon auberge. Sur le chemin à l'extérieur du sanctuaire, de nombreux pauvres, nécessiteux et handicapés dormaient sur le sol. Aujourd'hui, je sentais que même eux étaient peut-être plus chanceux que moi.

Soudain, en marchant, j'ai ressenti une étrange faiblesse s'emparer de mon corps et de mon esprit agité. Probablement ma tension artérielle était dangereusement basse, ou peut-être que le stress jouait sur mon esprit.

J'avais besoin de quelque chose pour me sortir de cette obscurité accablante, un cordon positif d'assurance et de soutien pour éloigner ce stress incontrôlable.

Quand je suis arrivé près du baoli/bawri (un petit puits de baignade utilisé par Nizamuddin Auliya), j'ai observé que la porte était ouverte. Surprenant ! Je ne l'avais jamais vue accessible auparavant, mais j'ai senti que le fait d'y aller pendant un certain temps pourrait m'aider à me calmer un peu.

Je me suis approché très près des eaux calmes du baoli, qui semblaient encore saintes malgré leur état fortement pollué. Cela arrive ; votre amour pour le Pir rend tout ce qui lui est lié aimable à vos yeux. Même les mauvaises choses s'améliorent ; c'est le pouvoir de l'amour et de la dévotion.

J'ai senti une brise fraîche sur mon visage alors que je m'asseyais sur les marches. Des larmes vaincues ont jailli de mes yeux car personne n'était présent, à part bien sûr mon Dieu invisible. J'ai commencé à pleurer de façon incontrôlable alors que chaque aspect de mon cerveau commençait à perdre ses fonctions.

To God:

Teri karigiri ki sabse khoobsurat aur anmol cheez,
Jisse shayad tune sabko nawaza, Par mujhe nahi.
Ek baar deedar kara de uska, chahe apni ya shaitan ki surat me hi sahi.
Mujhko is kadr tadpaya hai tune,
Ki ab bas duaanon mein, aur koi fariyad, karne ki jarurat nahi.
Apne khuda hone ka saboot dede ek bar,
Ki phir ye duniya kabhi naa keh sake,
Ki meri ye raza mumkin nahi.

God:

Beshaq, sach pharmaya tune,
Meri karigiri ki, sabse khoobsurat aur beshkeemti cheez 'Maa' hi hai,
Jiska name sunkar to shaitaan tak nek hua hai.
Yakin kar mera, teri 'Maa' banne ka shauk hai mujhe,
Kyun aisi fariyadein karke, mujhse mera sab kuch cheenne chala hai.
Itihaas uthakar to dekh ek bar,
Jis kisi ki 'Maa' bana hun mein, wo mujhse bhi bada bana hai,
Ek bar mujhe mang kar to dekh 'Maa' ki tarah,
Ye duniya ki nazar me namumkin fariyad hai,
Jisko pehle hi maine apni tarf se mumkin kiya hai.

À Dieu:

Votre création la plus belle et la plus précieuse,

Vous l'avez bénie pour tout le monde, sauf pour moi.

Entrer en contact avec elle est mon seul désir, même si cela vient avec des intentions malveillantes.

Je supporte l'agonie de son absence,

Je n'ai aucun autre souhait ni besoin pour le reste de mon existence.

Dieu, exaucez mon vœu, prouvez-moi que vous êtes là,

Ainsi, personne ne pourra jamais me dire,

Que la réalisation de mon seul souhait est ma douce illusion.

Dieu:

Déliaçé, tu as révélé la vérité,

Ma création la plus belle et la plus précieuse est en effet la mère.

Sa présence apprivoise même les plus malveillants,

Crois-moi, j'ai le privilège d'être moi-même ta mère,

Pourquoi formules-tu des souhaits qui me demandent tout?

Regarde dans l'histoire,

Tous ceux que j'ai élevés ont dépassé même ma gloire.

Demande-moi une fois, comme tu demanderais à ta mère,

Peu importe à quel point le souhait semble délirant aux yeux du monde,

Je l'ai déjà exaucé et rendu possible pour toi.

Soudain, j'entendis des pas qui se dirigeaient vers moi par derrière. Je pris conscience de mon environnement. Bien que ce fût un endroit sûr pour une femme, je ne voulais pas montrer mes larmes à quiconque. J'essuyai donc mes larmes, fis semblant d'être normale et me tournai tout en restant assise.

Je vis un homme qui marchait vers moi. Il avait l'air d'avoir entre 35 et 40 ans. Il portait un jean bleu foncé avec une veste noire et une taqiyah blanche (une petite casquette portée par les musulmans d'Asie du Sud) sur la tête. Il avait une attitude chaleureuse, une lueur sur son visage et des yeux sympathiques et respectueux.

Lorsqu'il s'approcha de moi, je ressentis une vibration positive inexplicable en sa présence. Je ne comprenais pas. Qu'était-ce que cela signifiait ?

Je maîtrisai mon attitude envers lui, car cela pouvait envoyer un signal erroné à un homme à cette heure de la nuit. Je détournai les yeux de son visage. Il arriva devant moi.

Il regarda mon visage pendant une seconde et baissa également les yeux, lisant sur mon visage que j'étais troublée.

"Madame, il est temps de fermer le baoli", dit-il.

Je le regardai avec une certaine colère, car encore une fois, ces travailleurs du sanctuaire me volaient petit à petit mes maigres espoirs de me relever. Mais il était simple, assez différent des autres travailleurs ici. Je les trouvais toujours un peu agressifs, peut-être parce qu'ils avaient ce travail intense de contrôle des grandes foules. Alors je commençai à marcher vers la sortie du sanctuaire.

En partant, je me sentis à nouveau bouleversée.

"Aapa, viens", dit Quasim, le jeune vendeur de fleurs. Il m'avait vue. Quasim aidait son père à vendre des chadars (draps) et des fleurs. J'avais laissé mes chaussons sur son étalage ; lui aussi attendait de tout emballer pour la journée.

Je m'assis silencieusement sur son tabouret. Je venais à ce même étalage depuis de nombreuses années.

"Aapa, qu'est-ce qui s'est passé ?" demanda-t-il en emballant les choses.

"Rien, je rentre juste à l'auberge."

J'enfilai mes chaussons.

"Oui, il est déjà très tard. Devrais-je appeler un auto pour vous ?", demanda-t-il courtoisement.

"Non, vous faites votre travail. Je vais y aller seule", répondis-je.

Je suis arrivée sur la route principale. Je me sentais continuellement sans espoir, et une étrange faiblesse physique m'envahissait. Encore une fois, les larmes me montèrent aux yeux. Je les essuyai autant que possible et commençai à chercher un auto pour aller à mon auberge.

La route principale était toujours pleine de trafic. J'ai ouvert mon sac pour sortir mon téléphone portable et prévenir ma colocataire de mon arrivée. Elle m'avait appelée continuellement depuis le soir, mais je ne pouvais pas trouver mon téléphone dans le sac.

"Mon Dieu ! Est-ce que je l'ai oublié quelque part..." marmonnai-je, essayant de me rappeler tous les endroits où j'étais allée.

D'abord, je me suis dépêchée de retourner à l'étalage de Qasim. Mes inquiétudes ont changé de tristesse et de mystères de la vie à des préoccupations plus terre à terre comme perdre mon petit téléphone portable.

Je suis arrivée à l'étalage de Qasim, mais il était déjà fermé. La petite rue qui menait vers le sanctuaire était presque déserte car la plupart des magasins avaient fermé.

Je commençais à être très inquiète maintenant. Je me suis dirigée vers le sanctuaire pour chercher mon téléphone portable.

J'ai vu le même homme près du baoli sortir de la grande porte du sanctuaire alors que j'approchais. C'est alors que j'ai vu qu'il avait mon téléphone portable à la main ! Dieu merci. Je me suis détendue et me suis sentie profondément satisfaite en sa présence.

Il est venu devant moi, et j'ai attendu qu'il parle en premier.

"Vous avez oublié votre téléphone sur les marches du baoli", dit-il, me tendant mon téléphone.

"Merci beaucoup", dis-je en prenant mon téléphone avec un profond soupir de soulagement.

"C'est bon", dit-il en se tournant vers le sanctuaire.

J'étais très reconnaissante envers cet homme et heureuse que Dieu m'ait sauvé cette fois-ci.

Soudain, j'ai vu le vendeur de thé sortir du sanctuaire. Il avait un grand gobelet en acier dans une main et des gobelets jetables dans l'autre.

Depuis le soir, j'avais envie de prendre du thé, peut-être à cause de toute cette tension qui occupait mon esprit.

"Frère !", l'ai-je appelé.

"Le thé est fini", a répondu le vendeur de thé grossièrement en passant devant moi.

La personne serviable qui avait parcouru une petite distance s'est tournée à nouveau vers moi.

En pointant du doigt une rue sur le côté droit du sanctuaire, il m'a dit : "Il y a un étal de thé là-bas. Je suis sûr que vous y trouverez du thé."

J'ai penché la tête dans la direction qu'il indiquait.

"Venez avec moi, je vais vous montrer", a-t-il dit poliment.

Je l'ai suivi ; mais quand nous sommes arrivés à cet étal de thé, il était déjà fermé. Nous avons trouvé un vieil homme avec une longue barbe et une casquette musulmane dormant sur un banc à proximité.

"Baba", cet homme serviable a essayé de le réveiller d'une voix forte.

Il s'est réveillé, semblant irrité.

"Baba, pourriez-vous nous faire un peu de thé s'il vous plaît ?", a-t-il demandé. Le vieil homme n'a pas répondu, mais est allé à son étal, a enlevé un grand tissu et a commencé à allumer la cuisinière, nous regardant avec colère tout le temps.

"Asseyez-vous, s'il vous plaît." Il m'a fait signe de m'asseoir sur le même banc où le vieux vendeur de thé dormait pendant qu'il restait debout, regardant le thé être préparé.

Je suis restée assise en silence, me sentant soulagée dans mon esprit. Je récupérais de ce que je ressentais plus tôt. Honnêtement, je commençais aussi à être curieuse à propos de cette personne. Il se démarquait beaucoup, donc je voulais savoir comment il était lié à ce sanctuaire.

Je l'ai regardé ; il vérifiait son téléphone, probablement ses messages WhatsApp.

"Amar bhai, le thé est prêt", a appelé le vieux vendeur de thé. À ce moment-là, le vendeur de thé était devenu plus calme.

Donc, son nom était Amar, un nom hindi. Le simple fait que le vendeur de thé le connaissait signifiait qu'il était probablement un habitué de l'étal. J'étais venue au sanctuaire pendant tant d'années mais je ne l'avais jamais vu. Peut-être venait-il seulement la nuit ?

Je suis devenue encore plus curieuse maintenant. Peut-être parce que je sortais de ma tristesse, tout en pensant à lui.

Il a pris du thé chez le vendeur de thé et me l'a donné avec un sourire poli.

"Il reste un peu de thé ; prenez-en, s'il vous plaît", a dit le vendeur de thé en lui donnant du thé supplémentaire.

Il a commencé à boire le thé, restant seul. Le vendeur de thé a ajusté les choses et est parti dormir à l'intérieur de l'étal. Je voulais lui dire de prendre le banc, mais j'étais trop paresseuse pour le dire à voix haute.

"Monsieur, êtes-vous de Delhi ?" ai-je demandé, commençant enfin une conversation entre nous.

"Non, je viens de Noida", a-t-il répondu poliment.

"Je ne vous ai jamais vu ici avant", ai-je dit, désireuse de continuer la conversation.

Il s'est assis sur le tabouret, qui était à une petite distance de moi. Il a dû comprendre que je voulais lui parler.

"Je viens ici tous les jours", m'a-t-il dit.

J'ai hoché la tête.

"Peut-être m'avez-vous seulement remarqué aujourd'hui. Ici, beaucoup de gens viennent tous les jours", a-t-il dit en prenant une gorgée de thé.

"D'où êtes-vous ?", a-t-il demandé, posant des questions et poursuivant la conversation.

"De Faridabad", ai-je répondu.

"Oh, alors comment allez-vous rentrer chez vous ? En taxi ?", a-t-il demandé, la voix pleine de préoccupation.

"Non, non. Je suis dans une auberge de jeunesse ici. Je peux prendre un auto", ai-je répondu. Le thé était encore chaud ; je ne savais pas comment il pouvait boire son thé chaud.

"Oh, alors d'accord", a-t-il dit, finissant les dernières gorgées de son thé. Ensuite, il a déposé sa tasse vide dans une poubelle et s'est tourné vers moi.

"Puis-je vous poser une question si cela ne vous dérange pas ?", m'a-t-il demandé très poliment.

"Oui", ai-je également répondu humblement.

"Vous aviez l'air très tendue, près du puits", a-t-il continué. En entendant cette question, j'ai baissé les yeux. Il a pris cela comme un signe pour continuer et a demandé :

"Quelle prière sans réponse avez-vous ?"

J'étais dans un dilemme ; je voulais lui parler et partager tout ce que je ressentais. Il semblait être une personne gentille, polie et mature. Mais j'avais aussi un peu peur. Après tout, c'était un étranger que je ne connaissais absolument pas. Était-il approprié d'ouvrir mon cœur à cet inconnu que j'avais rencontré si tard dans la nuit, dans une rue silencieuse ?

J'avais un bon sens de la psychologie humaine. Mon cœur et mon cerveau me permettaient de parler librement avec lui, mais mon désespoir me retenait.

Mais finalement, mon cœur a gagné, et j'ai pensé que je devais simplement tout lui dire. Qu'importait ce qu'il penserait ? Après cette rencontre, je ne le reverrais probablement jamais. De toute façon, parfois, parler à une personne inconnue est mieux.

"Je suis devenue très désespérée pour ma vie et j'ai juste eu l'impression que je devais mourir !", ai-je lancé soudainement.

Il est resté silencieux pendant un moment, me regardant perplexe mais avec une expression de préoccupation.

"Vous voulez dire que vous avez pensé à vous suicider ?" a-t-il demandé d'une voix forte.

"Pas exactement, mais...", ai-je dit, me défendant. "Eh bien, vous savez, je ne veux pas vivre. Ce monde est trop cruel", ai-je dit d'une voix sombre.

Il m'a laissé un moment, puis a demandé : "Pensez-vous que tout ira mieux après la mort ? Tous vos problèmes seront-ils résolus ?"

"Eh bien, c'est ce que je pense pour le moment, du moins", ai-je répondu, essayant de ne pas éclater en larmes à nouveau.

"Vous pensez mal", a-t-il dit.

Je suis resté silencieuse, réalisant qu'il allait maintenant me faire la morale.

"J'ai déjà embrassé la mort une fois. Après cela, j'ai vécu une série d'expériences différentes, mais aucun de mes problèmes ne s'est résolu comme je l'avais pensé. Face à la réalité des choses, j'ai été choqué !"

J'ai été stupéfaite d'entendre sa révélation. Qu'entendait-il exactement lorsqu'il avait dit "j'ai déjà embrassé la mort une fois" ? La peur a envahi mon visage. Le remarquant, il a dit avec un petit sourire : "Ne soyez pas effrayée. Je ne veux pas vous effrayer."

"Comment êtes-vous revenu à la vie après avoir vécu la mort ?", lui ai-je demandé, abasourdie.

"Je suis revenu, équipé d'un défi. Je suis de retour ici pour transmettre le message aux gens que Dieu a besoin de nous", a-t-il répondu calmement.

Ma curiosité augmentait. Nous avons toujours besoin de Dieu, mais comment peut-on dire que Dieu a besoin de nous ?

"Dieu a besoin de nous ? Que voulez-vous dire ?" ai-je demandé.

"Oui, c'est ce que j'ai compris après la mort", a-t-il répondu.

Maintenant, cette personne mature semble être très mystérieuse. Mais j'ai toujours ressenti un mélange de peur et de curiosité. J'ai presque oublié ma douleur.

"Peut-être que tu rêvais." J'ai essayé avec un air sceptique sur mon visage.

"Quoi qu'il en soit pour toi, c'était la réalité pour moi", a-t-il persisté humblement.

Dieu a-t-il besoin de nous, était-ce une réalité dure ou heureuse? Je me demande.

"Je veux savoir ce que tu as vécu après la mort et pourquoi... pourquoi as-tu commis suicide ?" ai-je demandé directement. Je voulais connaître sa douleur qui l'avait conduit à se suicider. Sa douleur était-elle plus grande que la mienne ?

"Je pense que tu es très en retard", m'a-t-il rappelé avec considération. Il était clair qu'il ne voulait pas m'en dire plus ; peut-être que j'avais dépassé une limite.

"Non, je ne suis pas en retard ; je veux savoir ce que tu as vécu", ai-je dit avec confiance.

"Beaucoup de gens disent cela avant d'écouter mes expériences. Mais une fois qu'ils le savent, ils ne me croient pas ou n'acceptent pas cela", a-t-il dit soudainement avec sévérité.

J'étais à court de mots pour le convaincre. Je n'ai rien trouvé à dire et je l'ai regardé avec un visage suppliant.

"D'accord, je vais te dire ; au moins tu auras les réponses à tes inquiétudes."

Il a regardé le ciel, "au moins je pourrai t'aider."

J'ai envoyé un message à mon colocataire pour lui dire que je serais en retard et je l'ai regardé, prêt à écouter, en oubliant tout de ma vie compliquée.

Un nouveau monde sans Dieu

Je ne pouvais pas détacher mes yeux d'elle, allongée là immaculée en blanc, avec un air serein sur son visage, loin de toute agitation du monde. Agenouillé à côté d'elle, cherchant la chaleur évocatrice dans sa main froide. Espérant au-delà de tout espoir un miracle, juste pour la regarder dans les yeux et entendre à nouveau sa voix mélodieuse.

Mon ami Vijay essayait de me consoler. Il essayait de me faire face, "Amar, sois fort s'il te plaît".

Mais mon visage se tournait automatiquement vers 'elle'. Mon esprit tourmenté et mes sens engourdis étaient perdus dans une brume, essayant de déchiffrer comment ma vie avait pris un tel tournant dramatique. J'ai tout perdu ce qui comptait dans ma vie. Ma raison de vivre, de me réveiller chaque matin, de sourire, de fonctionner, m'a été arrachée. J'étais vide car mon amour, ma maison et mon réconfort sont tous partis avec elle.

Sans elle, le monde entier était silencieux ; et j'étais perdu.

Avais-je jamais imaginé cela dans ma vie ? J'ai essayé d'ouvrir la bouche pour lui parler. Elle était allongée silencieusement sur le lit d'hôpital, le silence si inhabituel pour elle.

"Sakshi, parle-moi s'il te plaît... s'il te plaît... juste une fois." J'ai dit très doucement. Je la suppliais car j'avais une forte conviction qu'elle me parlerait si je persistais. "S'il te plaît... S'il te plaît... une fois... pour la dernière fois."

Et je l'ai sentie, j'ai entendu une voix.

"Amar, j'ai essayé. J'ai lutté pendant des heures pour m'accrocher à la vie. C'était un accident, pas intentionnel, alors pardonne cette personne. C'était un accident, et j'ai déjà pardonné. J'étais allongée là, attendant de l'aide. J'ai essayé, mais mon temps est écoulé ici. Je dois avancer. Je sais que c'est difficile pour toi. Tu seras découragé, mais tu dois continuer à vivre. Prends soin de toi. Je t'aime. Vis une vie heureuse pour moi. Ne sois pas en deuil. Sois rassuré, je suis sous la protection de mon Dieu."

"C'est de ma faute ; j'aurais dû décrocher le téléphone." J'ai pleuré. Mes larmes ont éclaté.

"C'était le destin Amar, la décision de Dieu."

"Allons-y, sa famille est arrivée. Nous devons être là pour eux. Viens." Vijay m'a sorti de la transe dans laquelle j'étais entré. Je me perdais dans les illusions, et le désespoir prenait le dessus.

Dieu ! J'ai hurlé. Dieu m'a fait ça, il s'est vengé ! Il s'est vengé ! J'ai poussé un cri brisé.

Vijay était choqué mais n'a pas essayé de nier mon accusation. Ses yeux montraient de la compréhension pour moi, car il connaissait ma nature athée depuis l'enfance.

Toute ma vie, j'ai voulu voir son visage. Je ne voulais aller nulle part. Vijay a continué à essayer de m'éloigner d'elle, mais je ne pouvais pas bouger.

Sakshi, réveille-toi, s'il te plaît. Je ne peux pas vivre sans toi ! S'il te plaît. J'ai crié en tenant fermement sa main froide.

Il m'a sortie de l'unité de soins intensifs pour me conduire dans le couloir, et la porte s'est refermée derrière moi. Mes larmes ont séché, la douleur paralysante de la perte m'a engloutie.

Je n'avais plus d'énergie. J'étais vidée, corps et âme. J'avais l'impression de marcher, mais mon âme était restée dans cette chambre avec Sakshi.

Son oncle et sa tante venaient d'arriver et se tenaient à la réception. Vijay est allé les voir, et j'ai commencé à marcher vers ma voiture garée, agité, sans même m'arrêter pour leur parler. Son oncle m'observait, mais je ne m'arrêtais pas. Cette douleur se transformait en une vague de colère irrationnelle envers tout le monde.

Il était 1h30 du matin le 27 décembre. La nuit froide devenait plus froide, et ma voiture BMW blanche transportait mon corps agité et mon esprit en colère et en peine sur l'autoroute de Noida. Je roulais très vite et je savais que c'était dangereux. Les larmes dans mes yeux brouillaient ma vue, le stress dans mon esprit faisait monter ma tension artérielle et la douleur dans mon cœur me donnait un sentiment de désespoir total.

Je l'ai perdue à cause de mon attitude trop ambitieuse. Cela faisait partie de mon psychisme. Je l'ai toujours présentée au monde comme étant "intelligente".

Récemment, nous sommes allés à l'église le 25 décembre. C'était la première fois de ma vie que je me rendais dans un lieu religieux ; elle priait et, même à ce moment-là, je ne pensais qu'à mes projets professionnels.

Alors, pour quoi as-tu prié ? lui ai-je demandé.

J'ai dit à Dieu : "S'il te plaît, fais que tu croies en Lui", a-t-elle dit avec un sourire charmant, l'espoir brillant dans ses yeux.

Paah ! Cela n'arrivera jamais', ai-je dit, au moment où mon téléphone a sonné. J'ai regardé mon téléphone tout en regardant ses yeux, mais cette fois, je pouvais y voir la profondeur de la tristesse.

Mais à partir de maintenant, je ne pourrais même plus voir cette tristesse ; elle avait fermé les yeux pour toujours et m'avait fait passer d'athée à anti-Dieu.

Pourquoi cela m'est-il arrivé ? Pourquoi ? Je voulais retrouver ce temps. Je voulais qu'elle revienne dans ma vie. J'ai été vaincu par son Dieu. La douleur de la perdre me rendait fou. Tous mes sens avaient cessé de fonctionner. Ces pensées me faisaient aller encore plus vite. C'était dangereux, car l'autoroute était pleine de camions.

Quoi que tu aies, c'est plus que suffisant, Amar", disait-elle toujours pour tenter de contrôler mon ambition démesurée.

Mais mon talent mérite plus, tu mérites plus, je peux obtenir plus", disais-je.

Mais Dieu et moi n'aimons pas ta façon de faire. Elle n'a jamais été satisfaite de mon ambition, de mon avidité que je voulais satisfaire par mes propres règles, en les pliant à mes propres intérêts égoïstes, qui parfois ne conviennent pas aux autres.

Je ne me soucie pas de votre Dieu. Toi, ma chérie, tu es très innocente".

Je me suis dit que si ce n'était pas Sakshi, je devais au moins être rusé pour faire face à ce monde cruel et nous assurer la meilleure vie possible à tous les deux. Je protégerais l'innocence de Sakshi toute notre vie.

Mais maintenant, il ne me restait plus rien à faire. J'avais tout perdu et je ne pouvais plus vivre avec cette douleur.

Alors que toutes ces choses blessantes tourbillonnaient dans mon esprit, j'ai soudain vu un camion derrière moi, sur le côté gauche. Ce camion m'offrait une excellente occasion de réaliser mon souhait de mettre fin à ma vie récemment vacante.

Amar:

Aankhen nam bhi na ho saki,
Dard ne juban par fateh hasil ki,
Jism hath tak na hila paya,
Is kadr khuda ne mujhe saja di.
Zindgi padi hai sadiyon si lambi,
Par ab ise jeene ki himmat mujhme na rahi.
Is waqt ke sath hi karde koi zinda dafan mujhe,
Khuda ko na manne wale dil ne khuda se hi ye khwaish ki.

God:

Aaj jo tune yaad kiya mujhe,
Chalo meri to ye khwaish puri hui.
Par itna dard de kar tujhe,
Apne khuda hone par sharmindagi hui.
Is julmi jahan se nikaal kar,
teri mohabbat ko mohabbat se palko par sajaya hai maine,
jald hi is ehsaas ki tujhe malumaat hogi.
Apni lambi zindagi ki duayen karega mujhse,
Jab sacchai tere rubaru hogi.

Amar:
Les larmes ne pouvaient atteindre mes yeux,
La douleur paralysait mes mots,
me paralysant à ma place,
La punition divine de Dieu est venue à mon effroi.
Ma vie d'un siècle à venir,
Ne peut même pas nourrir une pincée de vie,
Enterrez-moi vivant avec ma vie en main
Mon être athée vous supplie pour ce morceau.

Dieu:
Aujourd'hui enfin, tu m'as appelé,
Tu as réalisé mon souhait depuis longtemps,
Mais en te voyant dans une telle douleur,
je me sens impuissant, même en étant Dieu.
Enlevant ton amour de ce monde douloureux,
Je l'ai gardé ici avec le plus grand amour et la plus grande chaleur.
Bientôt, tu sentiras aussi la vérité de ce destin.
Au moment où cette vérité s'imprégnera dans ton âme,
tu me remercieras pour ta longue vie.

Alors que le camion se rapprochait de moi, je me suis senti plus proche de Sakshi.

J'ai tourné à gauche et je me suis retrouvé juste devant ce camion malchanceux. Soudain, j'ai eu l'impression que Sakshi se tenait là, m'ouvrant les bras ! Le chauffeur du camion ne s'en est pas rendu compte ; il a pris le temps de freiner et a percuté ma voiture de plein fouet. La voiture a été projetée avec une grande force hors de la route. Ma tête a traversé la vitre latérale et a heurté le volant avec une grande force. La douleur m'a traversé comme un feu, mais je pouvais sentir l'odeur de Sakshi comme si elle était ici avec moi. Mon esprit et ma vue se sont brouillés.

Je pouvais à peine comprendre ce qui se passait autour de moi. Dans les dernières secondes de ma vie, je ne pouvais même pas penser à mon père et à mon frère. Le traumatisme mental et la douleur physique devenant insupportables, j'ai essayé de fermer les yeux dans l'espoir de rencontrer Sakshi. Je sentais ma respiration ralentir.

Soudain, j'ai réalisé que quelqu'un avait ouvert la porte de ma voiture.

Lorsque j'ai ouvert les yeux, j'ai vu une énorme lumière blanche traverser toutes les scènes qui se déroulaient devant moi. J'ai compris que le chauffeur du camion et son compagnon sautaient de leur véhicule pour vérifier mon état, celui de la route, mes blessures et la voiture endommagée, entre autres choses. Cette énorme lumière blanche irritante m'a forcé à fermer les yeux, puis j'ai commencé à me sentir détendu, et les douleurs corporelles ont lentement disparu. La paix mentale et le silence apaisant me procuraient une profonde satisfaction. Je ne pensais même pas à ce que c'était ; je profitais simplement de ce moment fascinant. Je n'ai jamais ressenti cette chose fantastique. J'avais juste le sentiment d'être avec Sakshi.

J'ai ouvert les yeux avec l'innocence et la pureté d'un nouveau-né. J'étais seul au-dessus des nuages ; il n'y avait personne, à part le ciel, les nuages et moi.

Je me suis demandé ce que c'était.

S'agit-il d'une expérience après la mort ?

J'étais très troublée.

Je voyais un homme devant moi, sur les nuages. Mes pieds ne touchaient pas les nuages car je volais au ralenti. C'était un homme d'un certain âge qui portait une longue robe blanche - d'un blanc étrangement brillant, d'une teinte que je n'avais jamais vue. Tellement blanche que même la couleur se serait demandée comment elle pouvait briller à ce point ! L'homme avait de longs cheveux bruns et une barbe bien taillée ; il était grand et clair. Je me suis dit qu'il ressemblait à Jésus-Christ. Calme et rayonnant. Il s'approchait de moi, ses yeux reflétaient tant d'amour, de préoccupation et d'attention. Il s'est approché de moi avec beaucoup d'amour et a pris mes deux mains dans les siennes. Ses mains étaient douces, plus douces que du coton.

Lorsqu'il a touché ma main, un flux d'ondes de guérison est entré dans mon corps et je me suis détendue encore plus qu'avant.

J'étais choquée par ce que je ressentais. C'était vraiment une expérience unique. Rien que l'argent ne puisse acheter.

Une sensation précieuse qui ne pouvait être ressentie qu'avec une entité très puissante et éternelle, Dieu.

Mais est-il Dieu ?" - Une question se posait à nouveau.

Mon attitude athée se transformait lentement en croyance. Mais j'étais toujours en colère contre Dieu. Après tout, il m'avait vaincu, il m'avait infligé une douleur incommensurable il y a quelques minutes à peine.

Il me regardait dans les yeux, mais je me suis rendu compte qu'il était triste. Il me regardait avec angoisse, comme pour me dire : "Pourquoi abandonnes-tu, mon enfant ? J'ai voulu répondre à cause de toi. Mais soudain, une image de mon père et de mon frère m'est venue à l'esprit, et des larmes ont jailli.

Mais cette image a été remplacée par le visage de Sakshi. Mes regrets concernant le suicide n'étaient pas plus importants que la mort de Sakshi.

Dieu, pourquoi m'as-tu fait cela ? demandai-je à cet homme.

Il m'a répondu poliment : "Je ne suis pas Dieu, ma chère".

Soudain, il m'a lâché les mains et a commencé à s'éloigner de moi tout en me regardant constamment. Je me sentais mal à l'aise à l'idée de son départ. Puis, j'ai pensé à Sakshi. Mes deux types de pensées - l'une sur cette expérience et l'autre sur la douleur de la mort de Sakshi sur terre - travaillaient alternativement dans mon esprit.

Où est Sakshi ? demandai-je d'une voix forte.

Elle est avec Dieu". Il a répondu et a souri, puis il a disparu dans l'air.

Au moment où il a quitté mes mains, je suis revenu à ce moment tragique où j'ai vu son cadavre.

Une fois de plus, j'ai senti un poids lourd sur mon esprit, et je pensais à ma rencontre avec Sakshi et à ma haine envers Dieu. Mais qui était-il ?

J'étais toujours sur les nuages, seul et impuissant, avec mes pensées profondes bloquées sur la mort de Sakshi et ma tentative de suicide.

J'ai vu deux anges adolescents avec des ailes, portant des robes d'un blanc terne, s'approcher de moi de loin. Lorsqu'ils se sont approchés, j'ai vu leurs visages ; ils avaient de beaux visages souriants. Ils se sont approchés et m'ont pris par les deux bras, mais j'ai ressenti de la douleur. Je ne comprenais pas pourquoi elles me tenaient si fort. Peut-être était-ce à cause de mes actes ; après tout, je m'étais suicidé, j'avais mis fin à une belle vie donnée par Dieu. Dieu et les anges étaient probablement mécontents de moi. J'ai pensé qu'ils m'emmèneraient au même endroit où ils avaient emmené Sakshi, au même endroit où tous les morts seraient présents, où ils me feraient rencontrer Dieu.

J'étais heureux rien qu'à l'idée de rencontrer Sakshi.

Maintenant, nous volions tous les trois, très haut dans les nuages. C'était un court voyage pendant lequel je regardais continuellement leurs visages, mais elles se contentaient de sourire sans rien dire. Malgré leurs beaux visages et leur attitude, je ne ressentais aucune positivité en moi, contrairement à ce que j'avais ressenti avec cet homme. Peut-être qu'à l'adolescence, on n'est pas sérieux et gracieux, mais la vieillesse nous donne un visage expérimenté à qui l'on peut parler de nos problèmes. Vous vous sentez en sécurité lorsque vous vous ouvrez à un regard plus sage et plus mature.

De loin, j'ai pu voir un "NOUVEAU MONDE".

Elle était belle et resplendissante, composée de tant de marbre blanc et pur qu'elle ressemblait à un royaume de glace - quelque chose comme un monde de glace, pas si grand mais semblant énorme en raison du manque de personnes. Les bâtiments et les maisons en marbre blanc me rappellent les anciennes églises catholiques romaines comme la basilique Saint-Pierre ou la basilique San Lorenzo de Milan, mais sans la croix qui les surplombe. Il y avait de nombreuses fontaines d'eau qui donnaient de l'eau pure et transparente, de l'eau bénite. Le sol semblait fait de verre, tant il était propre. Tout était bien placé. Je pouvais voir les gens d'en haut, et ils étaient vraiment joyeux, mais aussi disciplinés. Ils marchaient et riaient et appartenaient à toutes les tranches d'âge. Ils portaient des vêtements colorés (des vêtements normaux) et étaient donc facilement reconnaissables dans ce monde d'un blanc immaculé. Tous étaient dans la phase de transition du corps et de l'âme, tout comme moi. L'âme était là, sous la forme d'un corps, un peu flou avec des vêtements flous.

Nous volions au-dessus de ce monde magnifique et attrayant jusqu'à ce que nous atteignions un grand bâtiment. Ils ont atterri et m'ont aidé à atterrir devant ce bâtiment. Un grand portail glorieux, fait de métal ressemblant à du verre et représentant de petites feuilles, s'est ouvert et nous l'avons franchi. On pouvait également voir de belles fontaines sur la pelouse du bâtiment. Nous nous sommes dirigés vers la porte intérieure. Le bâtiment était énorme à l'extérieur, mais j'ai vu qu'il était encore plus important que ce à quoi je m'attendais lorsque nous sommes entrés.

Tout d'abord, j'ai observé le toit lorsque nous sommes entrés ; il s'élevait à environ 80-90 pieds de haut, et le hall était immense comme s'il s'agissait de la zone de réception d'une riche université privée. Comme une grande organisation, trois personnes étaient assises à la réception et s'occupaient des personnes (comme moi) qui étaient récemment décédées et qui étaient venues ici. Les deux anges m'ont laissé dans cette file d'attente et sont partis.

Ma curiosité à l'égard de cet endroit a été piquée. Je me posais beaucoup de questions sur la raison pour laquelle nous nous trouvions dans cette file d'attente. Je continuais à regarder autour de moi. La file d'attente derrière moi s'allongeait, aidée en cela par les deux anges qui ajoutaient des personnes à la file. Sur ma gauche, quelques personnes étaient assises sur de grands canapés. À ma droite, il y avait une grande porte noire par laquelle j'ai vu un grand homme aux cheveux longs, sans ailes, vêtu d'une robe blanche, qui se tenait debout. De cette porte, j'ai vu qu'une belle dame, elle aussi vêtue d'une robe blanche et aux cheveux bouclés, était entrée. Elle s'est dirigée vers le canapé et a annoncé "IX-γ-ε-99897".

Soudain, un vieil homme se lève de son siège et l'accompagne vers la porte noire de droite. Le grand homme a ouvert la porte et ils sont entrés tous les deux.

J'observais tout ce processus qui soulevait trop de questions impatientes dans mon esprit. Pourquoi appelait-on des morts dans cette pièce ? Qu'y avait-il à l'intérieur ? Pourquoi ces gens ne revenaient-ils pas ? Où allaient-ils ?

Y avait-il Dieu dans cette pièce ?

En tout cas, je me sentais très proche de Lui.

Amar:

Kitna kareeb hai tu,
Sochkar kabhi ghabarata hoon mein,
To kabhi khushi se pagal ho jata hoon mein.
Tere samne sar jhukar aayun, ya haq se,
Is kashmakash me, doob jata hoon mein.
Tere pass hai meri ek hasrat,
Jisko hasil karne ke liye,
Tujhe samjahna chahta hun mein.

God:

Taras gaya tha tere ishq ko,
Chalo aaj ye lamha to aaya.
Khushi se to jhoom utha hoon mein,
Ki kisi wajah se to, tu mere kareeb aaya.
Ek nahi balki kai hasrato ke haq se aa,
Tujhpe nyochaavar ho jaunga main,
Itni mohabbat to lekar aa.
Hat jayunga apne ohde se,
Tujhe apna khuda bana lunga mein,
Itna yakin mujhpe rakh kar aa.

Amar:

Tu es si proche,

que parfois cela m'effraie,

Et parfois, je ne peux pas contenir mon bonheur,

Me prosterner devant toi dans la servitude ou te regarder dans les yeux dans l'appartenance,

Ce dilemme me laisse perplexe.

Tu as mon trésor,

Et pour le reconquérir,

je veux en savoir plus sur toi.

Dieu:

J'ai désiré ton amour pendant si longtemps,

Je danse dans la joie,

Le moment est enfin arrivé,

Quelle que soit la raison, tu es là, près de moi.

Pas seulement une, tu peux me demander beaucoup de choses,

Comble ma soif de ton amour et..,

Je te donnerai tout ce que j'ai.

J'abandonnerai mon poste, mon statut, ma seigneurie pour toi et..,

je ferai de toi mon seigneur,

Avec cette foi, prenez ma main,
Avec cette foi, crois en ma parole.

J'étais assis sur le canapé et j'attendais mon tour, une carte d'identité IX-γ-λ-656543 estampillée sur ma main gauche. À ma droite, une dame de l'âge de ma mère était assise. Elle semblait venir de quelque part en Europe ou aux États-Unis d'après sa tenue, et je voulais lui demander si elle savait quelque chose au sujet de cette pièce mystérieuse. Ils se contentaient d'observer votre visage, de vous demander votre nom et votre pays, de vérifier certains papiers anciens qui semblaient faits de feuilles séchées ou de moelle de certaines plantes (papyrus). Même pour l'identité gaufrée, ils se contentaient de toucher sans parler ni demander plus.

Soudain, la bénévole a appelé un nouveau numéro d'identification, et la femme assise à côté de moi s'est levée et l'a accompagnée dans cette pièce. Je pensais à Sakshi qui, peu de temps auparavant, était peut-être passée par ce processus.

Je devenais nerveuse, j'attendais mon tour, j'étais curieuse de voir cette pièce, j'étais excitée à l'idée de rencontrer Sakshi. Sur terre, chaque fois que ce genre de situation se produisait, comme lorsque j'étais très proche de la chose que je voulais ou que je ne savais pas ce qui allait se passer, je ressentais une douleur bizarre dans l'estomac. J'ai ressenti quelque chose de similaire ici aussi.

Après quelques minutes, la bénévole est revenue et a appelé mon numéro, que je n'oublierai jamais.

J'ai essayé d'être normal et j'ai commencé à marcher avec elle vers cette porte noire.

Ohh mon Dieu ! !!

Ces mots sont sortis de ma bouche lorsque je suis entré.

Je n'arrivais pas à croire que j'étais dans l'empire de Dieu. Un hall surélevé mais entièrement vide me rappelait les photos des salles des empereurs moghols. Cinq personnes étaient assises devant moi à une grande table, et devant elles, il y avait une chaise. Cette dame se tenait près de la porte et m'a fait signe d'aller plus loin. Il y avait une petite distance, environ 20 pieds, entre moi et la chaise. Je pouvais voir ces cinq personnes ; elles étaient occupées à chercher et à voir des papiers faits d'une matière végétale sur leur table.

Je me suis promené, toujours avec de nombreuses questions à l'esprit. Je me demandais si tous ces gens étaient des dieux, ou bien un seul d'entre eux, ou encore aucun d'entre eux. Heureusement, ils portaient tous le même costume que celui que j'avais vu sur l'homme que j'avais rencontré juste après ma mort - cette précieuse entité apaisante. La seule différence était qu'il était triste mais plein d'amour, alors qu'eux (les présents) essayaient de garder un sourire sur leurs visages sérieux et avaient de la ruse dans les yeux. Ils ressemblaient à un jury d'entretien d'embauche, plein de jugement et de diplomatie.

Je me suis approché de la chaise qui avait apparemment été gardée spécialement pour moi. Je me demandais si je devais attendre leur permission ou simplement m'asseoir. Finalement, j'ai attendu leur réponse et j'ai commencé à réfléchir au fait que j'étais soudainement devenu si prudent pour le bien de Sakshi ? Après tout, ils allaient m'obliger à la rencontrer dans ce deuxième monde. Sur terre, j'étais une personne si arrogante. Je savais qu'en raison de mon grand profil, n'importe quelle organisation me prendrait, malgré mon comportement grossier. Je ne demandais donc jamais la permission, mais ici, je n'avais pas cet avantage.

S'il vous plaît, asseyez-vous. dit très poliment celui du milieu en observant mon visage perplexe.

Oui, merci. Je répondis à sa courtoisie et m'assis sur la chaise.

"Alors, tu es Amar de l'Inde. C'est ça?" demanda l'un d'entre eux en regardant des papiers. Il semble qu'il y avait aussi de la discrimination fondée sur la nation, quelque chose de similaire à ce qui s'est passé sur terre.

J'ai acquiescé.

Ils m'ont regardé attentivement et ont commencé à étudier les deux papiers devant eux.

"Selon tes bonnes et mauvaises actions, nous devons décider de ton sort. Que tu ailles en enfer ou au paradis", dit l'un d'entre eux en levant les yeux des papiers tandis que les autres les étudiaient.

J'ai réalisé que c'était le fameux "JOUR DU JUGEMENT", et devant moi se trouvait le panel de décision, dont nous avons toujours entendu parler sur terre. Presque toutes les religions disent que vous devez payer pour toutes les mauvaises actions que vous faites sur terre après la mort. J'ai compris que Dieu n'était pas parmi eux.

"Tu as commis beaucoup de mauvaises actions, mais tu as également fait de bonnes actions plusieurs fois, bien que pour une durée limitée et pour des personnes limitées", ont-ils dit.

Je n'ai pas répondu, mais j'ai senti que mes propres principes étaient mieux adaptés à mon propre monde. J'écoutais simplement.

"Tu étais athée sur terre, mais soudainement, nous supposons que tu deviens croyant. Pourquoi?" m'a demandé l'un d'entre eux.

Je suis resté silencieux et je n'ai pas immédiatement répondu à cette question. Je les ai regardés avec impuissance.

"Après ma mort, j'ai vu un homme qui m'a fait réaliser que j'avais tort de commettre un suicide. Mon âme est devenue déshonorée et pleine de honte. Seul Dieu peut contrôler les sentiments de votre âme; personne d'autre", ai-je dit.

Ils se sont souri les uns aux autres et à moi, mais c'était un sourire moqueur car ils voulaient se moquer de moi.

"Est-ce que tu crois vraiment en Dieu? Et es-tu sûr que c'était Dieu?" a-t-il demandé à nouveau.

"Je ne sais pas à propos de lui, peut-être qu'il était Dieu ou quelque ange du côté de Dieu, mais s'il y a une âme, s'il y a des anges, s'il y a un monde après la mort, s'il y a un jour du jugement, alors Dieu est certainement ici", ai-je commencé avec confiance. Tout cet endroit m'avait convaincu de l'existence de Dieu.

"Est-ce que ces choses peuvent vraiment être contrôlées par Dieu?" ont-ils continué à poser des questions. Je pensais qu'ils voulaient vérifier ma croyance en Dieu et vérifier combien je regrettai d'avoir commis un suicide, ce qui est en fait un péché aux yeux de Dieu, comme observé dans de nombreuses écritures.

"Alors, qui sera capable de contrôler les deux mondes?" je n'ai pas posé de question, mais j'ai juste donné des preuves de ma croyance en Dieu.

"Il y a quelqu'un de plus capable que Dieu et qui contrôle tout, toi, nous et tout le monde", a dit la personne assise à l'extrémité avec sérieux.

Toute mon attention sur la rencontre avec Sakshi s'est reportée sur cette chose. Ils avaient lu mon visage; ils sont devenus sérieux, ont abandonné leur attitude offensive et ont commencé à parler de la vérité amère.

"Tu dois abandonner tes croyances précédentes et connaître le vrai contrôleur du monde", a dit l'un d'eux.

"Le vrai contrôleur?" Qu'est-ce qui se passe ici?

"Seigneur Diable", a déclaré l'autre personne de manière sinistre et s'est tu un moment. "Le Seigneur Diable est le vrai contrôleur", a-t-il déclaré avec plus d'emphase.

Attends, quoi ?!!

J'étais abasourdi. Pendant quelques secondes, j'étais silencieux; mon cerveau s'est arrêté de fonctionner. Je ne voulais ni entendre ni croire ces absurdités. J'allais dans l'océan Pacifique de la réflexion. Je savais que Sakshi était avec Dieu. Cet homme l'a également dit. Peut-être qu'ils ont appelé Dieu le Diable, mais pourquoi ce nom négatif? Je ne comprenais pas pourquoi je me sentais découragé.

Ils ont observé ma condition.

"La plupart des gens, même ceux qui étaient dévots ou croyants de Dieu sur terre, ont facilement accepté cela ici, mais je suppose que tu es vraiment blessé", a déclaré le milieu comme s'il voulait me consoler, mais a encore fait un commentaire moqueur à mon sujet. Cela implique que Sakshi a également accepté cela. Je la connais. Elle n'achèterait jamais ça; aucun véritable amoureux de Dieu ne le ferait. Étant athée toute sa vie sur terre, ils n'accepteraient jamais cela si je n'acceptais pas. Elle était avec Dieu seulement.

"Où est Dieu?" Je leur ai demandé avec innocence.

"Il n'est pas là", ont déclaré les démons magnifiques en souriant.

Amar:

Kahan hai tu, ek bar to bata de,
Kahin so gaya hai, ya kho gaya hai tu, bas itna hi bata de,
Suna tha jo sabhi jahan me, ki tu insaf karega,
Sach tha ya nahi, bas ye hi bata de.
Tere wajood pe shaq karne laga hun,
Aisa naa mujhe tu daga de,
Aaj to kam se kam tu kuch bol,
Mujhe is akelepan se bacha le.
Tere deedar ko aaya tha mein,
Ek bar hi sahi, apni surat tu jhalka de,
Kahan hai tu, ek bar to bata de.

God:

Dhundh raha hai tu mujhe, apne sath hi khadha payega,
Insaf jo chahta hai, khud tere pass chal kar ayega,
Mera wajood tujhse hi hai, khud se gahrai se baat karke dekh,
Mujhe hi bolta payega,
Thoda sabr rakh aur thoda bharosa,
Is naye jahan se bhi, kuch seekh kar hi tu jayega,
Khud ko karle nayi kahaniyon ke liye taiyar,
Raah nahi hoti aasan mujhe pane ki, par yakin kar,
Akhir me tu mujhe hi payega.

Amar :

Où es-tu ? Dis-moi une fois,

Es-tu perdu ou endormi quelque part ? Dis-le moi simplement,

Tout le monde dit que tu es la justice finale,

Est-ce vrai ? S'il te plaît, dis-moi ça.

Je remets en question ton existence,

Prouve-moi le contraire,

Et dis quelque chose, ne serait-ce qu'une fois,

Sauve-moi de cette chanson solitaire.

Je suis venu te rencontrer de tout mon cœur,

Voir ne serait-ce qu'un aperçu de toi est tout ce que je veux,

Où es-tu ? Je t'en supplie, rencontre-moi une fois.

Dieu :

Tu me cherches partout, alors que je suis debout à tes côtés,

Ta justice te rejoindra toujours,

Mon existence vient de toi, fouille dans tes profondeurs,

Tu me trouveras répondant à ton appel.

Sois patient et fais-moi confiance,

Compte tes leçons apprises avec moi durant cette nouvelle phase,

Tes erreurs seront mises en lumière,

Le chemin vers Dieu n'est pas facile,

Mais crois-moi,

Au bout du compte, tu ne trouveras que moi.

Le paradis des mauvaises actions

« Amar, tu dois aller au paradis. », dit l'un d'eux en appelant un démon à l'apparence angélique.

« Le paradis ? »

Malgré mes mauvaises actions, ils me proposaient le paradis.

J'en avais assez de ces chocs continus. Bien que cela aurait dû être une bonne nouvelle pour moi, cela semblait très différent et ma curiosité voulait des réponses. Pourrais-je y rencontrer Sakshi ?

D'abord, le Diable contrôlait ce monde, et maintenant cette nouvelle affaire.

« Nous savons que sur Terre, tu as toujours entendu parler de la façon dont les gens qui font de bonnes actions iront au paradis, mais ici, cette règle ne fonctionne pas », expliqua-t-il à propos de cette loi.

« Cela veut dire quoi ? » demandai-je.

« Le Seigneur Diable veut ses adeptes au paradis. »

Je me disais, qu'est-ce qu'ils racontaient ?

« Mais je ne suis pas son adepte ! » dis-je avec irritation.

Ils ne pouvaient pas cacher leurs grands sourires.

« Mon cher, tu étais l'adepte du Seigneur Diable, et tu devrais l'être ; après tout, il contrôle tous les mondes », déclarèrent-ils très confiants.

Le Diable contrôlait notre monde ? C'était une révélation incroyablement choquante pour moi après la mort de Sakshi.

« Je n'étais l'adepte de personne - ni de Dieu ni du Diable. J'étais athée », me mis-je en colère. « Vous avez mal compris ma nature athée. »

« Oh, tu nous forces à ouvrir ton histoire sur Terre ? » l'un d'entre eux s'énerva un peu et commença à chercher à travers des papiers sur la table. « Regarde, une fois tu as mal agi avec ton professeur. Tu l'as appelé pauvre en face ! »

« J'avais juste 16 ans ! »

J'ai essayé de me défendre. Dans mon cercle, tout le monde était comme ça. C'était la façon dont j'ai été élevé, car ces choses sont explicites. Pour moi, un professeur était juste une personne qui enseignait le programme scolaire pour gagner de l'argent ; c'était tout.

J'ai observé qu'après ma mort, j'avais de nouveau commencé à me comporter de manière immature comme si j'étais de retour à l'adolescence. Sur Terre, je n'ai jamais accordé d'importance aux critiques, mais j'étais fortement affecté par leurs critiques ici. Probablement, cette nouvelle expérience après la mort me faisait redevenir un enfant.

« Tu as noué de bonnes relations avec ton camarade de classe studieux pour les notes, et une fois que ton travail était terminé, tu as essayé de le rejeter, de l'ignorer et de

l'insulter gravement devant tes amis de la haute société »,
dit l'autre personne.

« Il était ennuyeux. Mais j'avais seulement 20 ans. » Mes
arguments étaient de plus en plus inutiles. Je savais que je
disais des bêtises.

Mais vraiment, étais-je si mauvais ? Beaucoup de gens
font bien pire que ces choses.

Tu t'es fait ta première petite amie juste pour faire
l'amour. Tu as blessé ses vrais sentiments.

Quoi ? Je me suis senti offensé, mais en fait, ils avaient
raison. Elle s'appelait Maira, mais je ne connaissais pas ses
véritables sentiments pour moi (en fait, elle avait des
sentiments sincères pour moi). Je suis resté silencieux.

Vous parlez des faiblesses et de la vie privée des autres
devant votre patron pour en tirer profit ; en bref, vous
rabaissez les autres". Il a ajouté très durement. Je suis
resté silencieux.

Et devrions-nous encore parler de vos activités au
bureau, du nombre de complots politiques que vous avez
ourdis contre d'autres personnes, de vos relations avec
vos collègues, vos parents et vos amis ? Et vous continuez
à dire que vous n'étiez pas un adepte de Lord Devil ?

Amar:

Konsa chehra dikha hai aaj khud ka,
Apne ko pehchan tak nahi paa raha hun,
Itni khaamiyon ke sath,
Kaise khuda ka khwab dekh raha hoon.
Koi puche maaf karega khud ko?
To khud ko ek saja dena chah raha hun.

God:

Sabhi chehro me to mera aks hai,
Pehchan jayega mujhe, to khud pe itrata reh jayega.
Khaamiyan di hai tujhe khud hi maine,
Tabhi to mera khwab dekh payega.
Maaf karega khud ko ya saja dega,
Par meri tarf se hamesha reham hi payega.
Neki ke raste par chal kar to dekh ek baar,
Phir tujhse koi sawal nahi kar payega.

Amar:
Quel visage suis-je en train de voir aujourd'hui ?
Ce ne peut être moi,
Tant de mes défauts sont affichés,
Qu'atteindre Dieu semble être un rêve.
Vous demandez si je peux me pardonner ?
Quand la punition est tout ce que je recherche.

Dieu:
Je suis présent dans tout ce qui vous entoure,
Me voir te rendra trop fier.
Tes défauts sont aussi ma création,
Une raison, un pont,
Pour me rejoindre bientôt.
Pardonne ou punis-toi,
Mon amour est toujours avec toi.
Marche sur la route de l'amour et de la bonté,
Et rien ne peut vous troubler.

Ils ont prouvé ce qu'ils avaient dit plus tôt ; ayant ces qualités, je ne pouvais pas être simplement neutre. J'étais enclin à la négativité, au service du Diable. Leur Seigneur Diable devait être satisfait de moi.

Il m'a montré mon image réelle. Soudain, une image de Sakshi est apparue dans mon esprit.

« Où est l'enfer ? » ai-je demandé. Soudain, j'ai eu peur qu'en suivant leur loi, Sakshi puisse également se trouver en enfer.

« Tu y iras finalement, mais pas maintenant. »

J'étais effrayé. Où était Sakshi ? Pour la première fois, j'étais déçu de ma propre personnalité de mes jours sur Terre, que j'étais indirectement un adepte du Diable. Mais s'il était content de moi, alors pourquoi avait-il arraché Sakshi de ma vie ? Ou attendez, est-ce que Dieu a fait ça ?

Je voulais juste digérer ces choses avant de trouver un moyen de chercher Sakshi dans ce nouveau monde. Je devais la trouver et la rencontrer. Au moins une fois.

Un beau démon est venu me prendre par le bras gauche. Je me suis levé de ma chaise et il m'a fait marcher avec lui. J'ai regardé ces cinq personnes sournoises ; ils étaient toujours en colère mais avec des sourires faux toujours collés à leur visage, et je suis sorti de cette salle par la porte arrière.

Selon ma conversation avec cet homme que j'ai rencontré juste après ma mort, Sakshi était avec Dieu, mais était-elle aussi en enfer ? Cela signifie que Dieu devrait également être ici en enfer. Cela signifiait que l'enfer était le royaume de Dieu, mais que le Diable faisait aller les gens bien en enfer. Le Diable contrôlait-il également le royaume de Dieu, ou Dieu n'était-il pas présent du tout n'importe où ? N'y avait-il que le Diable ici ? Et comment pourrais-je rencontrer Sakshi ? Il fallait résoudre cette énigme.

Je sentais mon énergie baisser avec toutes ces pensées. Il y a juste un instant, j'étais sur Terre avec des gens normaux et des points de vue normaux. Et puis, en un clin d'œil, j'ai perdu Sakshi. Et après ce moment cruel, ces mystères ont commencé.

« Où diable suis-je ? »

Encore une fois, je suis revenu dans ce monde blanc et propre qui me semblait sombre et sale. Les belles personnes semblaient être des démons parce que je connaissais la réalité.

J'ai commencé à voir des bâtiments attrayants et des sols propres et brillants faits de glace. Mon nom a été noté par un garde, et on m'a attribué une chambre là-bas au deuxième étage. Cet homme bénévole m'a déposé dans ma chambre.

C'était une belle chambre avec un canapé, et tous les murs étaient faits de miroirs dans lesquels je pouvais me voir.

« Que vais-je faire ici ? » ai-je demandé à ce bénévole, fronçant les sourcils.

« C'est ta chambre, et chaque fois que tu veux te reposer, tu peux venir ici », dit-il, et je me suis perdu dans mes pensées en regardant dans le miroir. « Tu peux aussi sortir et parler aux gens ; généralement, les gens ici se regroupent et restent ensemble. »

Il est parti, mais j'étais toujours perdu en moi-même dans le miroir. Je me demandais comment une âme peut être reflétée dans un miroir, mais ce monde était différent. Après un certain temps, je ne pouvais plus me supporter moi-même ; je pouvais voir ce diable laid en moi. Ne pouvant plus supporter cela, je suis finalement sorti de la chambre.

J'avais besoin de trouver un moyen de chercher Sakshi dans ce monde mystérieux.

Dehors, il y avait plusieurs autres bâtiments importants et de grands groupes de personnes. Je suis allé à la fontaine d'eau et j'ai commencé à observer l'eau. J'ai trempé mes mains brumeuses dans l'eau claire et transparente ; l'eau s'est écoulée sans qu'une seule goutte ne reste dans ma main. Il m'a semblé étrange que l'eau ici soit la même que sur Terre.

« Salut », j'ai entendu une voix derrière moi ; je me suis retourné et j'ai vu un homme. Il était de mon groupe d'âge et avait un sourire narquois constant sur le visage, comme s'il était né ainsi, mais je n'ai pas répondu car j'étais encore secoué par le choc précédent. Il portait une chemise noire et une veste marron jetée négligemment.

Après m'avoir regardé un moment, il m'a demandé de lui montrer mon numéro d'identité.

J'ai vu le numéro d'identité gravé dans ma main et je le lui ai montré. Il a pris ma main.

« Oh, tu es d'Asie ; de quel pays ? » m'a-t-il demandé à voix haute, surpris. Il a commencé à presser ma main à nouveau avec un sourire cynique sur le visage. J'ai retiré ma main.

« Inde », ai-je dit, un peu inquiet et j'ai attendu sa réponse dure attendue. Mais je ne comprenais pas comment ce numéro d'identification pouvait avoir montré que j'étais d'Asie ? J'ai jeté un coup d'œil au numéro d'identification une fois de plus.

« Oh, c'est un pays de viol. Non ? » a-t-il continué de manière ridicule avec un sourire tordu à mon égard, me faisant frissonner.

Je m'attendais à quelque chose comme ça seulement, une réponse dure, mais même cela semblait un peu trop cruel. J'ai réalisé que j'étais devenu beaucoup plus sensible dans ce royaume ; je m'ennuyais de ma personnalité précédemment insensible, qui était mieux adaptée à cela.

« Tu sais, je voulais visiter l'Inde avant ma mort », a-t-il dit avec encore plus de dérision cette fois.

« Vraiment ? » J'ai souri, feignant le bonheur. Mais je savais qu'il allait certainement dire quelque chose de plus absurde.

« Oui, avec un nombre quotidien de viols aussi élevé, j'ai supposé que j'aurais également eu la chance de faire la même chose », a-t-il dit en riant bruyamment. C'était un homme pathétique, il avait franchi toutes les limites de mes points de vue erronés et de ma patience.

« Excusez-moi, s'il vous plaît », ai-je été très irrité par ses remarques décontractées sur des sujets aussi sensibles et son rire diabolique.

« Étiez-vous un violeur ? » je lui ai demandé.

« Non, mon cher, je ne l'étais pas », a-t-il dit avec une innocence feinte, et je me suis un peu détendu.

« Je n'étais pas seulement un violeur, mais aussi un meurtrier », a-t-il achevé sa ligne sans vergogne et a ri.

A rape victim:
Libaaz pehankar,
Rivaazo me dhaalkar,
Riwayato ko manwa kar,
Aur khwaisho ko maar kar,
Izzat ke tarajoo me,
Aurat ko tolta hai jahan.
Par jab nahin khadi utarti is arzoo pe,
To darindo ko azadi deta hai jahan.
Phir chheen li jati hai hasi,
Uss masoom chehre se,
Jise khuda ki khoobsurat karigiri kehta hai jahan.
Aurat naa samjhe koi,
Sirf insaan hi samajh le.
Is dua me ek aurat hona,
Aurat ko hi lagta hai gunaah.

God:
Diya hai sabko barabar haq maine,
Koi darindagi dikhaye,
To ban ja ek Durga tu.
Tabah kar de, tere bazood ko hilane walo ko,

Tere saath hoon mein, bas itna soch kar khadi ho ja tu.
Insan to kamzor hai, mat keh khud ko,
Aurat ka ohda ucha banaya hai maine,
Koi tere ohde se tujhe neeche laye,
To dikha de apni chhupi hui takat tu.

Une victime de viol :

Vêtements drapés,

Coutumes intégrées,

Habitudes imposées,

Et rêves anéantis,

Avec les yeux de l'honneur,

Les femmes sont jugées dans ce monde.

Mais quand une femme se bat pour son honneur,

Refusant de perdre ses vêtements, ses coutumes, ses habitudes et ses rêves,

Le monde, les yeux fermés, libère les démons pour les dévorer.

Le sourire est arraché,

Du visage de l'innocence,

La plus belle création de Dieu revendiquée par le monde.

Je ne suis pas une femme, mais considérez-moi comme un être humain.

Je me sens comme une pécheresse,

en étant une femme.

Dieu :

Je donne les mêmes droits à tous,
S'ils se transforment en démons,
Vous devenez Durga, la déesse de la protection.
Détruisez ceux qui ébranlent vos fondations,
Je suis avec vous, tenez fermement cette vérité en vous.
Ne vous justifiez pas par votre pauvreté,
Vous êtes faite pour le respect, sans limite.
Coupez la main qui vous tire vers le bas,
Révélez votre force naturelle,
Pour revendiquer votre couronne.

« 'Dieu!' ai-je dit en pleurant littéralement, pensant à quel genre de personnes je devais rester avec?! Je voulais juste me tuer à nouveau.

'Quoi? Qu'as-tu dit? Dieu?' Il a ri. Je me suis assise par terre, mon corps avec une énergie faible dans mon âme.

'Dieu n'existe pas, imbécile! Jusqu'à présent, tu n'as pas compris ça?' Il a crié, me laissant profondément découragée.

Selon lui, Dieu n'existait pas. Peut-être avait-il raison; sinon, pourquoi cet homme était-il entré au paradis et avait-il le droit de dire quoi que ce soit d'anti-humain même après la mort?

J'avais besoin de trouver des gens de mon genre qui avaient compris et réalisé leurs erreurs.

Je me suis dirigée vers mon immeuble, et lorsque je suis entrée dans la pelouse, j'ai soudain vu un jeune garçon mince et bien habillé, portant un salwar-kurta brun. Il m'a également remarqué en train de l'observer, et lorsque le contact visuel a été établi, je me suis approchée de lui.

J'ai remarqué que sa main gauche était absorbée par "IX-γ-λ-345625", ce qui était exactement le même que mon numéro d'identification jusqu'à λ.

'Je viens aussi d'Asie', a-t-il commencé poliment.

'Oh, mais comment sais-tu que je suis aussi d'Asie?' je lui ai demandé.

'Vois-tu, IX signifie le système solaire, γ signifie la Terre et λ représente l'Asie', a-t-il expliqué gentiment.

'Oh, j'ai compris', ai-je dit avec enthousiasme. 'Et ce dernier numéro de 6 chiffres est le numéro de série de la mort et doit être de cette année?' j'ai deviné davantage.

Il a acquiescé avec un sourire. »

Je me suis senti excité et j'ai souri après longtemps ; les petites victoires comme celle-ci étaient importantes. J'ai vu que la raison de ce petit bonheur était ce garçon, qui était si innocent que j'ai été obligé de lui demander pour quels actes il était entré au paradis.

'Pour les bonnes actions seulement', a-t-il affirmé avec confiance. J'étais perplexe. Peut-être m'avait-il mal compris ou savait-il quelque chose que je ne savais pas.

'As-tu fait face à ce jour du jugement ?', lui ai-je demandé.

'Oui, et toi ?', a-t-il demandé avec pureté.

'Oui, mais qu'ont-ils dit de toi ?', ai-je demandé à nouveau.

'Que pour tes actes, tu obtiendras le paradis, et je savais que je n'aurais le paradis qu'en travaillant pour Dieu. Oh, pardon, ils l'appelaient le Diable !'

J'ai compris sa condition. Il était assez naïf pour croire que le Diable était le nom de Dieu seulement.

'Mais alors pourquoi ce nom négatif ?', lui ai-je demandé.

'Quel négatif et quel positif ? Nous avons créé de tels noms sur la terre', a-t-il dit.

'En fait, tu as raison, mais as-tu observé que certains violeurs et meurtriers sont également ici ?', je lui ai demandé très prudemment.

'Peut-être qu'ils ont fait ces choses pour l'amour de Dieu', a-t-il déclaré à plat.

'Comment ça ?', je ne savais pas si je devais rire de son innocence ou m'indigner contre ces paroles. Mais j'étais certainement choqué.

'J'ai aussi tué quelques personnes', dit-il innocemment.

J'étais choqué ; je parlais à un meurtrier "innocent".

'Mais pourquoi ?', lui ai-je demandé.

'C'était mon devoir envers mon Dieu, répandre la croyance de ma foi. Mon organisation et mon patron m'ont appris le vrai devoir envers mon Dieu, et c'est pourquoi j'ai obtenu le paradis.' Ses yeux sont devenus soudainement rouges de colère en parlant.

C'est alors que j'ai réalisé qu'il était un terroriste !

Amar:

Teri haqiqat koi na samajh paya,
Kitna uljha hai insaan,
Galat-phaimiyon ko khushfaimiyon me badalta aaya.
Tere naam par teri duniya ko hi tabah karta aaya.
Kya keh gaye duniya jahan ke paigambar,
Phir bhi tera banda, gunahon ke sath nazar aaya.

God:

Kitni koshishe ki maine,
Phir bhi sabko ilm naa dila paaya,
Meri taleeme apne nazariye se dekhkar insaan,
Khuda ko apne jaisa samajhne ke dawe karta aaya.
Meri ibadat na karta to hargiz na bura lagta mujhe,
Par meri mohabbat ke naam par, insaniyat hi bhula aaya.

Amar:

Ta réalité reste un mystère,

Nos luttes dissimulées,

Dans l'obscurité, nous avons erré,

Croyant naïvement à des illusions imprévues.

En ton nom, Nous avons détruit ton monde précieux,

Les paroles de tes messagers ont également atteint nos oreilles,

Perdus dans notre vide obscur,

Nous nous sommes retrouvés parmi les pécheurs.

Dieu :

J'ai essayé beaucoup,

Mais je n'ai pas pu donner la connaissance à tous,

Essayez de comprendre mes enseignements une fois,

Avant de prétendre que je suis comme vous.

Je ne m'en offusquerai pas,

Si vous ne me vénérez pas,

Mais comment pouvez-vous oublier l'humanité,

Au nom de mon amour, et venir à moi.

'Tu penses vraiment avoir accompli de bonnes actions?'
Voyant son agressivité, malgré ma peur, je suis devenue beaucoup plus audacieuse. Me disant que personne ne pouvait tuer et faire du mal à une personne déjà morte! Avec de telles activités nuisibles, les gens gâchent leur foi et font haïr leur foi aux autres.

Il s'est tu, et ses yeux disaient qu'il se demandait parfois s'il était au bon endroit ou non. Il était peut-être aussi influencé par le comportement des autres ici, ce qui pouvait lui montrer que le Diable ne pouvait pas être un Dieu mais une entité hostile entièrement différente et qu'il le suivait indirectement.

J'aurais pu être satisfait de cette version du paradis si Sakshi n'était pas dans ma tête ou si elle était là avec moi.

'As-tu déjà rencontré le Diable?' ai-je demandé.

'Non, j'ai toujours ce regret de ne pas être venu le rencontrer. C'est très difficile de l'obtenir, mais il m'a tout donné ici, alors je ne m'inquiète pas', a-t-il déclaré avec satisfaction.

Je lui ai souri, dit au revoir et ai commencé à marcher vers ma chambre.

Soudain, je ne sais pas pourquoi, mais je me suis retourné pour le voir; il regardait vers le bas, fronçant les sourcils avec incertitude. Il avait les mêmes sentiments de regrets que moi, la seule différence étant que de tels sentiments regrettables étaient cachés en lui.

Le temps passait progressivement, et je devenais de plus en plus déprimé ; personne ne connaissait Dieu, et tout mon temps était gaspillé à penser à rencontrer Sakshi tout en restant assis sur le canapé et en voyant des images floues de moi-même dans le miroir de ma chambre.

Au moins, je voulais savoir si elle était à l'aise ou non. Avait-elle des problèmes à cause de ses bonnes actions sur terre ? Après tout, c'était le royaume du Diable.

Sur terre, pour échapper aux problèmes, je pouvais penser à me suicider, mais ici, je ne pouvais même pas penser à de telles choses. J'étais piégé.

Je suis allé sur mon balcon et j'ai vu des gens se promener en groupes, mais bientôt j'ai réalisé qu'ils se disputaient. Ils ne s'aimaient clairement pas les uns les autres ou leur richesse. Les femmes semblaient plus agressives, se battant les unes contre les autres. J'étais également d'accord que certains de ces pires personnages n'auraient pas dû entrer au paradis. Ces gens ont rendu le paradis en enfer.

« Hé, à quoi penses-tu, mon ami ? » Un homme de l'âge de mon père, se tenant sur le balcon à côté du mien, m'a demandé d'une voix joyeuse. Il souriait constamment, et je pouvais deviner qu'il se comportait de manière authentique. J'ai soudainement commencé à regretter mon père.

"Rien, je suis juste un peu contrarié", ai-je répondu, essayant d'être franc avec lui.

"Oh", a-t-il montré de la sympathie. "Alors, dis-moi quelque chose, fils ; quand tu étais contrarié sur terre, que faisais-tu pour y remédier ?" a-t-il demandé.

"Je me suis rarement senti contrarié sur terre, et lorsque le moment est venu où j'ai été dans les douleurs d'une vie misérable, j'ai mis fin à ma vie." Je lui ai tout dit très franchement.

"Oh, c'était un suicide, tellement misérable", a-t-il de nouveau dit avec sympathie. "Tu n'as pas essayé de la drogue quand tu es devenu déprimé ? Peut-être que tu aurais évité de choisir la mort", a-t-il réfléchi.

"Des drogues ?" Pourquoi cet individu parle-t-il de drogues au paradis ? Vendait-il des drogues ici ? Tout semblait possible ici ; après tout, le Diable était le contrôleur.

"Oui, de l'héroïne, de l'opium, de la cocaïne, des trucs comme ça." Il a énuméré les noms des drogues comme s'ils étaient ses enfants chéris.

"Non, je n'ai pas essayé. Et toi, tu as essayé ?" ai-je interrogé.

"J'ai testé pour voir si le matériel était vraiment bon ou non. Sinon, les gens ne l'achèteraient pas ou se plaindraient peut-être après avoir acheté", a-t-il simplement répondu.

"Cela signifie que tu étais un trafiquant de drogue ?", lui ai-je demandé.

"Je n'étais pas juste un petit trafiquant de drogue comme les gens de ton groupe d'âge, qui le font comme un travail à temps partiel dans les universités." Apparemment, il n'aimait pas ce titre de "trafiquant de drogue". "J'avais une grande entreprise de drogue. J'avais de nombreuses grandes usines, de belles maisons, des voitures chères et...." Il a fait une pause et a insisté : "Du pouvoir !"

Je me suis souvenu d'un film comme ça.

"Et la police n'a jamais eu vent de cela ?"

Il a ri bruyamment à ma question.

"La police est achetable, mon fils, et si quelqu'un devient trop intelligent pour se mêler de mes affaires, je les tue."

Soudain, je pouvais voir son visage cruel derrière cette façade joyeuse et enjouée. Nous voulons toujours plus dans la vie, et pour cela, nous oublions la différence entre le bien et le mal. J'ai réalisé que j'avais fait la même chose. Sa vie était comme un film sans héros.

"C'est pourquoi tu es ici", ai-je dit sarcastiquement. "Cela signifie, au paradis." Mais j'ai ensuite contrôlé mes émotions, réalisant que je n'avais pas le droit de dire quelque chose de dur à qui que ce soit.

"Oui, j'ai offert du plaisir, du divertissement et la vraie vie aux gens, je les ai aidés à s'échapper de leurs problèmes", a-t-il dit avec fierté.

Drug Addict:
Gamo me itna dooba hun,
Pareshaniyon me itna ghira hun,
Nashe ko apna khuda banakar,
Dusre azaabo ko bula baitha hun.
Haq nahi hai, teri rahmato se mili zindagi ko tabah karne ka,
Par ab wapsi ke raste band hai,
To bebas hokar maut ke kafan ko odh kar leta hun.
Kahaan tha tu pehle,
Jo kabhi dikhayi nahi diya,
Khuda ho kar bhi,
Apni nazre churata raha.
Akela chod rakha tha zaleemo ke beech,
Kya tujhe kabhi mera khayal naa tha?
Ab mat kehna, kyun kiya apne sath aisa,
Tu to kabhi mere par meherbaan hi naa tha.

God:
Gam aur pareshaniyan di thi maine, maanta hoon,
Par kaash tu inko jhel pata,
Fida ho jata tujh par mein,
Agar tu azaabo ko khatam kar pata.

Haq shayad tha tujhe apni zindagi se khelne ka,
Phir bhi ek baar, waapsi ke raste par mera naam lekar to aata,
Namumkin bhi mumkin ho jata, mujh par yakeen rakh kar to aata.
Nazre kaise chura sakta tha tujhse, karta aisa to khuda na reh jata.
Tera khayal na rakhkar, Khud ko kabhi maaf na kar pata.
Kabhi nahi sawal karunga, Ki kyun kiya tune aisa,
Par puchunga sirf itna,
Ki apno ko kyun duniya me akela chod aaya,
Apni sari jimmedariyan kaise bhula aaya.

Toxicomane :
Noyé dans les chagrins,
Entouré de problèmes,
Mon Dieu est devenu mon intoxication,
Pour soulager toutes les douleurs et les peines.
Je n'ai pas le droit de détruire cette existence,
Que tu m'as accordée,
Mais il n'y a plus de voie de recul,
Ni de retour en arrière possible.
Je suis maintenant impuissant à mettre fin à ma vie,
À étreindre la mort et dire mes adieux.

Où étais-tu ?
Je ne t'ai jamais vu dans ma vie.
Dieu, même toi,
Tu ne m'as jamais regardé dans les yeux.
Tu m'as laissé seul entre les mains du mal,
Jamais tu n'as pensé à moi,
Abandonné pour faire face à cette agitation.
Ne me demande pas pourquoi je fais cela ?
Quand tu n'as jamais été aimant,
Et jamais tu n'as été là pour moi.

Dieu :

Les chagrins et les troubles font partie de ma création,

Mais ils sont là pour que vous les surmontiez.

Je serai toujours dans votre amour dévoué,

Si vous surmontez ces douleurs et prospérez.

Peut-être aviez-vous le droit de jouer avec votre vie,

Mais à un moment, vous auriez pu m'appeler sur votre chemin de retour,

Tout l'impossible serait devenu possible,

Si vous aviez simplement placé votre confiance sur mon dos.

Comment serai-je votre Dieu ?

Si je n'ai jamais regardé dans vos yeux,

Comment me pardonnerai-je ?

Si je ne m'étais jamais occupé de vous.

Je ne vous demanderai jamais, pourquoi vous prenez cette décision ?

Mais je vous demanderai,

Pourquoi avez-vous laissé vos proches seuls dans ce monde,

Au milieu du mal ?

Comment avez-vous oublié toutes vos responsabilités,

Au milieu de la faiblesse ?

"Mais je vous dis, essayez-le dans votre prochaine vie."

"Prochaine vie ?" Y avait-il aussi un concept de renaissance ?

"Oui, prochaine vie", dit-il avec décontraction.

Si la prochaine vie était possible, pourquoi n'étais-je pas réincarné ?

"Quand cela arrivera-t-il ?", demandai-je.

"Quel âge aviez-vous quand vous êtes mort ?", me demanda-t-il.

"25 ans", répondis-je.

"Eh bien, dans 25 ans alors."

"Quoi ?" J'étais choqué. "Pourquoi si tard ?"

"Je pense que vous n'avez pas parcouru les règles de cet endroit", expliqua l'homme. "Vous devriez contacter le bureau d'administration ici", suggéra-t-il. Aha ! J'avais une nouvelle lueur d'espoir à laquelle me raccrocher.

"Et quand serai-je envoyé en enfer ?", lui demandai-je, car je voulais aller en enfer dès que possible pour rencontrer Sakshi si elle était là. Au moins logiquement, c'était ce à quoi tout semblait pointer.

Il rit. "Quelle question stupide ! Pourquoi voulez-vous aller en enfer ?", demanda-t-il en riant.

"Rien. Je me sens un peu contrarié ici. Peut-être que l'enfer sera bien", répondis-je ironiquement.

"Tout le monde est contrarié ici, même au paradis ! Mon Dieu !" s'exclama-t-il. Quand j'entendis le mot "Dieu" sortir de sa bouche, j'étais surpris et demandai :

"Vous connaissez Dieu ?"

"Oui, bien sûr que je connais Dieu", dit-il avec confiance.

"Oh, où est-il ?" je suis devenu excité.

"J'ai entendu dire que, il y a plusieurs milliers d'années, il y a eu une grande guerre entre Dieu et le Seigneur Diable, dans laquelle Dieu a été vaincu."

Enfin, cette conversation allait quelque part d'intéressant et de précieux.

"Et alors ?" Je pensais que j'étais très proche de mon objectif.

"Eh bien, il est possible que Dieu soit sous le contrôle du Diable. Le Diable a acquis le pouvoir de contrôler tous les mondes et soutient des gens comme lui." Il disait en fait exactement ce que j'attendais.

"Mais certains ont dit qu'après cette défaite, Dieu est parti quelque part et s'est perdu", continua-t-il.

J'ai regardé vers le bas, découragé pendant un moment.

"D'accord, où est ce bureau d'administration ?" Je lui ai demandé avec énergie.

C'était un grand bureau avec beaucoup de gens à l'intérieur ; debout près de la grande porte, j'essayais de deviner à quelle table je pourrais obtenir toutes les informations. Cette situation me rappelait les bureaux gouvernementaux en Inde.

Les préposés portant la même robe blanche terne, dans des stands de la même couleur blanche, avec des visages clairs et des cheveux longs bruns et noirs, étaient très irrités par les différentes personnes posant des questions différentes et ayant une compréhension différente des règles.

J'espérais obtenir des indices dans ce bureau sur la façon de rencontrer Sakshi. Je ne pouvais pas leur dire directement que je voulais rencontrer Sakshi. Je devrais donc prendre un chemin détourné.

Sur l'une des petites tables en bois avec un gros cube de pierre structuré, une enseigne « Aide » était gravée. Il n'y avait pas beaucoup de monde là-bas. J'ai choisi ce bureau.

Je suis allé là-bas et j'ai attendu mon tour. Quand mon numéro est arrivé, je suis arrivé à la table.

"Oui ? Comment puis-je vous aider ?" L'agent de bureau assis à cette table haute m'a demandé poliment.

"Je veux rencontrer Dieu." J'ai dit courageusement, rassemblant la confiance que je ne ressentais pas.

Amar:

Teri hasrat kabhi na thi mujhe,
Phir bhi ek naata judaa hai tujhse,
Yakeen nahi ho raha hai khud pe,
Ki mohabbat karne laga hoon tujhse.
Puchta hoon, tujhe naa maanne wali duniya se,
Ki kya kisi ne dekha hai khuda ko mere.
Chain ab tujhe paakar hi milega,
Chahe is intzar me dubara marna pade mujhe.

God:

Naata to tujhse sadiyon se tha,
Hasrat to teri hamesha se main rakhta tha,
Yakeen tha mujhe,
Kabhi to, tu mohabbat karega mujhse.
Poochta hai jab gairo se mujhe,
Tere saath talaash karne lagta hoon, khud ko hi mein.
Mat kar intezar mujhe paane ka,
Ek baar jhaak khud mein, tujhme sama chuka hoon main.

Amar :

Tu ne m'as jamais désiré,
Mais malgré cela, j'avais une connexion avec toi,
C'est difficile de me croire moi-même,
Mais j'ai commencé à t'aimer.
Je veux interroger ce monde,
Qui ne croit pas en toi,
Est-ce que quelqu'un t'a vu ou entendu,
Mon Dieu ?
Je ne peux pas rester immobile tant que je ne te trouve pas,
Je peux mourir à nouveau,
Mais j'attendrai jusqu'à ce que je te rencontre.

Dieu :

Notre connexion remonte à des siècles,
Et mon désir pour toi est infini,
J'ai toujours cru,
Qu'un jour,
Tu m'aimeras aussi de tout ton être.
Quand tu demandes aux étrangers,
Mon adresse,

Je commence aussi à me chercher,
Avec toi.
Ne tarde pas à m'atteindre,
Regarde simplement à l'intérieur de toi,
Et tu me trouveras là,
Un avec toi.

Voyage à la recherche de Dieu

Il a levé les yeux incertains et a dit : "Désolé." Il avait l'air de ne pas être familier avec le mot "Dieu".

"Je veux rencontrer Dieu." ai-je répété. Il a encore essayé de paraître occupé, en mélangeant ses papiers et en paraissant confus sur la personne à consulter pour cette affaire.

"Votre nom ?" a-t-il demandé.

"Amar." ai-je dit. Il a noté mon nom sur un papier couleur crème en utilisant une petite plume d'oiseau trempée dans de l'encre bleu foncé.

"Vous devez rencontrer le gestionnaire d'administration. Son bureau est à l'avant. Vous pouvez y aller maintenant." On aurait dit qu'il essayait de se débarrasser de moi.

"D'accord." ai-je dit et je suis parti vers la grande cabine.

"Puis-je entrer ?" ai-je demandé en ouvrant la porte.

"Oui, je vous en prie." a-t-il dit poliment et m'a offert un siège. Un gestionnaire ne serait consulté que s'il y avait une grande affaire que ce bureau d'administration ne pouvait pas gérer au paradis.

"Alors, qu'est-il arrivé ?" a-t-il demandé.

"Je suis Amar du paradis, et je veux rencontrer Dieu." J'ai exprimé mon désir en une seule phrase.

Il était perplexe.

"En général, les gens demandent le Seigneur Diable et veulent le rencontrer. Personne du paradis ne veut rencontrer Dieu", dit-il.

"Mais je veux rencontrer Dieu." ai-je répondu obstinément. Ma voix était forte.

"Quoi ? Pourquoi Dieu ? N'es-tu pas heureux au paradis ?" demanda-t-il en montrant une fausse préoccupation.

"Non, ça va ici, mais j'ai des choses importantes à discuter avec Dieu." J'ai inventé une excuse.

"Mais..." Il a essayé de dire quelque chose, mais j'ai interrompu agressivement.

"Mais quoi ? Dieu n'existe pas, ou est-il perdu quelque part ?"

"Non, non, il existait autrefois, mais..." Il a essayé d'être patient, mais après avoir entendu quelque chose sur l'existence de Dieu, je suis devenu encore plus excité. "Il a créé des mondes, mais il n'est pas le soutien ou l'observateur. Il n'y a aucun intérêt à le rencontrer." Il a clarifié que rencontrer Dieu ne donnerait aucun résultat positif.

"Mais je veux toujours le rencontrer. Où est-il ?" ai-je persisté.

"Vous êtes au paradis ; vous pourriez être un adepte du Seigneur Diable et soudainement vous avez envie de rencontrer Dieu." Il m'a demandé, me montrant ma véritable identité.

"Voyez-vous, il y a des choses importantes que je peux discuter avec Dieu seulement." ai-je dit. Parce que vraiment, Dieu avait probablement la chose la plus précieuse de ma vie, mon âme sœur.

"Vous devez rencontrer le bureau principal de gestion du Seigneur Diable." Enfin, il a suggéré quelque chose de valable.

Puisqu'il ne pouvait pas me gérer, il n'avait pas d'autre choix que de m'envoyer directement au bureau principal de gestion de ce monde contrôlé par le Diable. "Mais d'abord, je dois obtenir leur autorisation pour savoir si je peux vous envoyer du paradis au bureau de gestion du Seigneur Diable."

Je l'ai écouté patiemment.

"Rencontrez-moi demain." a-t-il dit et a commencé à regarder quelques papiers sur sa table, indiquant que je devrais le laisser tranquille.

J'avais de l'espoir.

Content d'avoir franchi un obstacle, je suis revenu dans ma chambre. Quand j'ai ouvert la porte de la chambre, ce trafiquant de drogue était assis sur mon canapé, attendant mon arrivée.

"Vous ici ?" ai-je gazouillé et je me suis assis à côté de lui sur le canapé. J'étais vraiment détendu.

"Oui. Alors, comment s'est passée votre visite au bureau d'administration ? Avez-vous obtenu toutes les règles ?" m'a-t-il demandé, regardant mes yeux heureux.

"Je n'y suis pas allé pour obtenir les règles." ai-je dit. Il m'a regardé avec interrogation.

"Je leur ai demandé à propos de Dieu. Plus précisément, où est-il ?"

"Quoi ?" Il a ri. "Et tu as eu la réponse ?"

"Non, ils m'ont dit de revenir demain."

"Demain, tu penses qu'ils te diront ?" m'a-t-il demandé.

"Demain, ils me montreront au moins le chemin," ai-je dit joyeusement.

"D'accord, jeune homme." a-t-il dit en tapotant mon épaule. Il était également heureux de me voir comme ça. Mais après ça, je suis devenu soudainement silencieux, tout comme lui.

"Et si Dieu est vraiment vaincu et perdu quelque part ? Où est-il allé ?" ai-je demandé, regardant droit devant moi, une pensée mystérieuse m'étant soudainement venue à l'esprit.

Le trafiquant de drogue a réfléchi. "Je ne sais pas..."

"Je suppose, l'enfer," ai-je dit, répondant à ma propre question.

"Hah ! Comme si le Diable lui permettrait de rester en enfer ! Jamais." a-t-il dit avec confiance.

"Mais pourquoi ? S'il le permet, après tout, l'enfer est l'enfer. L'enfer sera comme une prison pour son ennemi." ai-je répliqué, voulant prouver mon hypothèse.

"Le Diable était tellement fâché contre Dieu qu'il ne lui offrira même pas l'enfer", a-t-il expliqué, ajoutant : "Je dois y aller."

"Où ?" ai-je demandé.

"Certains nouveaux arrivants sont là ; je dois juste leur demander à propos de la drogue. S'ils n'en ont pas fait l'expérience, je leur dirai d'essayer dans leur prochaine vie." a-t-il répondu joyeusement.

"Promouvoir l'entreprise de vos concurrents..." ai-je dit en riant.

"Non, pour leur donner du bonheur et du plaisir."

Il continuait ses actes maléfiques même ici. Je voulais arrêter mon seul ami du paradis de faire cela, mais j'étais également impuissant.

Il est sorti, et je suis resté là, en pensant que si j'étais appelé par le bureau principal, que dirais-je à propos de la rencontre avec Dieu ?

Le lendemain, le responsable du bureau d'administration du paradis m'a donné une lettre d'autorisation attachée avec un fil rouge et a demandé à l'un des employés de me conduire au bureau principal du Diable.

Le bureau principal ressemblait à un immense palais romain; à l'avant se dressait une statue d'un oiseau vautour, reflétant sa nature cruelle et rude. Le ciel était d'un bleu foncé avec quelques nuages orange.

Le garde de sécurité principal à la réception a spécifiquement vérifié le statut de mon âme en termes d'énergie - s'il était dirigé vers Dieu ou le Diable. Il m'a regardé avec méfiance et a gravé un 0(zéro) sur ma main droite.

Les gestionnaires du bureau central du Diable étaient toujours assis ensemble - 2 hommes et 1 femme. À mon avis, c'étaient les visages les plus beaux que j'avais vus dans ce monde, mais encore une fois, ils avaient des yeux stoïques sur leurs visages toujours souriants.

"Alors, vous avez une opinion neutre pour le Diable ainsi que pour Dieu...." a remarqué celui du milieu. C'était le directeur général et il avait l'air agressif.

"Le Seigneur Diable vous a tout donné, mais vous n'êtes toujours pas reconnaissant envers lui." Cette fois, la femme a dit d'une manière très ridicule.

"Je suis un peu confus." Je ne savais pas pourquoi je me défendais, mais je devais être très prudent ici.

"Ne soyez pas confus et ne cherchez pas à rencontrer Dieu." a dit celui du milieu.

"Mais je dois le rencontrer !" Je suis aussi devenu hyper.

"Pourquoi ? Vous obtenez tout au paradis." a-t-il dit.

Je voulais surmonter ma colère car un mauvais pas pourrait aussi compromettre ma rencontre avec Sakshi. La principale raison sortirait dans mon agression, donc j'ai simplement contrôlé mes sentiments. Je devais être plus diplomatique qu'eux ; après tout, j'étais un MBA de l'IIM, j'étais directeur général d'une entreprise multinationale, je pouvais être plus politique. Mon Diable extérieur se réveillait pour mon souhait intérieur de Dieu !

"Je voulais voir sa condition. Je voulais juste voir où il est ? Juste par curiosité. Les gens ont dit qu'il est sous le contrôle du Seigneur Diable. Alors je voulais voir le pouvoir de mon Seigneur Diable." ai-je dit poliment et j'ai fait tous les efforts pour prétendre que j'étais totalement enclin vers le Diable.

Ils se sont souri les uns aux autres - peut-être à cause de mon amour pour le Diable, ou peut-être ont-ils compris mon faux amour.

"Si vous voulez voir Dieu, vous devez d'abord gagner le cœur du Seigneur Diable car il est le seul chemin vers Dieu." Le troisième, qui était auparavant silencieux depuis longtemps, a dit. Ils étaient plus politiques que moi. Je voulais aller vers Dieu, mais ils m'ont tourné vers le Diable coûte que coûte.

"Si vous rencontrez le Seigneur Diable, il vous permettra de rencontrer Dieu", a-t-il ajouté.

"Vous pouvez également être un employé d'un poste réputé ici si vous rendez le Seigneur Diable heureux." a déclaré celui du milieu. J'ai senti qu'ils m'avaient piégé ; ils savaient jouer de la meilleure politique.

Mais une chose que j'ai observée, c'est que si un simple citoyen comme moi pouvait sentir leur politique et leurs pièges, alors le Diable et les gens du Diable ne peuvent pas être trop brillants. Ils ont juste cette faim d'être des gagnants à tous les égards.

Maintenant, c'était mon tour.

«Je veux gagner le cœur du Seigneur Diable, mais cela ne peut pas être possible au paradis», ai-je dit en étant très calculateur. «Je veux faire des actes que le Seigneur Diable aime, mais tout le monde ici est un adepte du Seigneur Diable. Je ne peux rien faire de mal avec eux.»

C'était mon dernier mouvement.

Ils ont été pris au dépourvu. Ils n'ont rien dit car ils étaient piégés dans leur propre piège.

«Oui, tu as raison, mais...» a dit lentement le troisième homme.

Je l'ai interrompu en hâte. «J'ai une idée.»

«Nous avons également plusieurs idées pour faire des choses que le Seigneur Diable aime», a suggéré la femme manager.

«Et si je pouvais aller en enfer et torturer les adeptes de Dieu?» ai-je dit avec une confiance croissante.

Ils sont tous devenus silencieux et ont commencé à se regarder comme s'ils communiquaient uniquement par leurs yeux. Je suis aussi devenu silencieux. Mais quand je n'ai pas obtenu de réponse pendant un certain temps, j'ai rassemblé un peu de courage et j'ai dit : «Je demande juste si c'est possible ?»

«C'est contraire aux règles», a déclaré strictement le troisième homme.

«Je sais, mais...», je ne savais pas quoi dire ensuite.

«Voyez-vous, selon vos actions, vous irez également en enfer, mais pas encore. Vos actions favorisent à 80 % le Seigneur Diable, vous devez donc rester au paradis», a déclaré à nouveau le troisième homme, qui ne serait jamais d'accord avec mon souhait d'aller en enfer.

«Il peut partir maintenant aussi», a dit l'autre - celui qui parlait moins.

«Comment ?» le troisième homme lui a demandé. La femme l'a également regardé incertaine. Pour le moment, la discussion était entre eux.

«Ses 20% d'actes, qui sont en faveur de Dieu, peuvent lui permettre d'aller en enfer. 21 ans de sa vie seront au paradis, et le reste sera en enfer après cela», a-t-il expliqué très intelligemment.

«D'accord, et alors ?» demanda le troisième homme.

«Il peut passer une partie de ses 4 ans d'enfer en enfer seulement, et s'il prouve sa loyauté à 100 % envers le Seigneur Diable, le reste de ses bonnes actions sera pardonné par le Seigneur Diable», expliqua-t-il en me donnant un regard approbateur. Soudain, j'étais enthousiaste.

«Laissons-le aller en enfer et torturer les gens ; ces gens sont tellement satisfaits, même en enfer», a également exprimé son opinion cette femme.

«Vous avez tous les deux raison, et le Seigneur Diable sera satisfait», a déclaré le troisième homme de manière opportuniste.

«Mais nous devons demander la permission au Seigneur Diable», a dit l'autre homme.

«Cela sera fait», a déclaré le troisième homme. «Alors, homme, la plupart de vos actes sur Terre peuvent nous dire avec confiance que vous serez un poison amer pour les gens en enfer. Avons-nous raison ?» demanda-t-il, et les trois me donnèrent des regards approuvateurs. J'ai senti que Sakshi était à seulement cinq pas de moi et son Dieu aussi.

«Je ferai de mon mieux», dis-je.

Je suis revenu au bureau de l'administration du paradis avec une lettre d'approbation pour l'enfer que j'ai obtenue du bureau principal du Diable pour effectuer certaines formalités. J'avais besoin d'une lettre de non-objection du paradis aussi.

Le directeur de l'administration m'a appelé dans son bureau.

«Vous vouliez rencontrer Dieu, et soudainement vous avez décidé d'aller en enfer. Puis-je demander pourquoi ?» a-t-il demandé poliment mais avec un soupçon de curiosité.

«Je voulais torturer les gens de Dieu...», ai-je dit.

«Pourquoi n'avez-vous pas l'air sincère ?» Il avait des doutes sur moi.

«Comment ça ?» j'ai prétendu ne pas comprendre.

«Quand vous m'avez parlé de Dieu ce jour-là, vous aviez de l'amour et du respect pour lui. Il semble que vous faites semblant de vouloir vraiment faire souffrir Dieu ou son peuple.» Il était totalement perspicace et clair dans sa vision, j'avais peur d'être en difficulté s'il connaissait personnellement le Diable.

«Non. Quand j'ai rencontré les directeurs du bureau principal du Seigneur Diable, j'ai réalisé que seul le Seigneur Diable est le plus puissant. Je vais en enfer pour le rendre heureux avec moi. C'est tout», ai-je dit.

Sans poser plus de questions, le directeur a signé la lettre de non-objection.

«Eh bien, vous pourrez peut-être y rencontrer Dieu», a-t-il dit en roulant cette lettre. J'étais surpris ; mes calculs étaient exacts. Mais je devais cacher mon excitation. Sur terre, j'avais appris l'art de cacher mes émotions ; cela me servait maintenant.

«Dieu en enfer ?» ai-je demandé, en gardant mon visage soigneusement neutre.

«Oui, ils vous ont peut-être dit que les gens en enfer cachent Dieu en enfer, mais nous ne l'avons jamais trouvé en enfer», a-t-il dit comme s'il enquêtait sur le fait qu'ils m'aient dit cette chose ou non. Mais ils ne m'ont rien dit de tel. Peut-être n'étaient-ils pas sûrs non plus.

«Oh, donc il y a une probabilité que Dieu soit en enfer...» ai-je dit de manière décontractée.

«Oui, et j'ai des doutes sur le fait que vous alliez en enfer pour rendre le Seigneur Diable heureux ou pour rencontrer votre Dieu aimable», était-il si suspicieux envers moi. Il avait raison aussi.

J'ai souri et dit :

«Je vais juste pour moi-même.»

Amar:

Ishq nahi tujhse, tab bhi tera intezar hai,
Kisi aur wajah se hi sahi, mujhe tera khwab hai.
Kitni mushkilate jhelni hai,
Phir bhi honsla abhi barkarar hai.
Tu chahe khudgarz samajh mujhe,
Phir bhi teri aas hai.

God:

Ishq hai tujhe, iska mujhe naaz hai,
Kar mohabbat mujhse ya mere insano se,
Ye baat hi kuch khaas hai.
Mushkilaate teri, tera aur honsla badhayegi,
Koi kitna bhi tujhe pareshan kare,
Meri mohabbat tujhe mere pass kheech layegi.
Khudgarz banaya tujhe maiine hi hai,
Tabhi to apne baare me sochega,
Apne jehni sukoon ke liye,
Baad me mujhe hi talaash karega.

Amar:

Je ne t'aime pas, pourtant je t'attends,
La raison est différente, pourtant je pense à toi,
La route à venir est difficile et longue,
Mais ma volonté d'avancer et de prospérer est toujours forte,
Je pourrais te sembler égoïste,
Mais je ne fais que languir pour toi.

Dieu :

Je suis fier de toi pour ton amour.
Ton amour pour moi ou pour mes humains,
Est au-delà de tout prix, mon amour.
Les difficultés sur ton chemin renforcent ta volonté,
Peu importe le nombre de problèmes que tu affrontes,
Mon amour te permettra de conquérir cette colline,
Et remporter cette course.
Je t'ai rendu égoïste aussi,
Afin que tu penses à toi,
Créant une autre raison pour ta poursuite,
Cherchant la paix mentale et la jeunesse.

«Oh mon Dieu, c'était vraiment l'enfer ! Un homme du bureau du Diable a été chargé de me surveiller. Ces gens avaient un doute significatif sur moi que je pourrais pencher vers Dieu. Il était d'un rang supérieur dans le bureau mais était libre de me surveiller. Il portait un manteau gris et un pantalon du XVIIIe siècle, se distinguant ainsi des autres agents. Sa coiffure soignée et sa petite barbe reflétaient qu'il venait d'une famille royale de la Terre, âgée d'environ 60 ans. Mais je ne comprenais pas pourquoi il ne portait pas les vêtements que portaient les autres employés du Diable.

Je pouvais voir « IX-γ-ε-76554 » gravé sur sa main, ce qui indiquait qu'il était originaire d'Europe, une personnalité raffinée mais très réservée. Je lui ai demandé son pays.

« Suède », a-t-il dit en regardant devant lui. Nous marchions tous les deux vers l'enfer.

« Oh, je suis Amar d'Inde », me suis-je présenté pour engager la conversation avec lui. Je voulais être très rusé avec lui, car il pourrait me causer des ennuis s'il connaissait la vraie raison.

« Je sais », a-t-il dit avant de se taire de nouveau. Il ne voulait même pas me regarder dans les yeux.

« Tu seras avec moi tout le temps en enfer. N'est-ce pas ? » lui ai-je demandé poliment.

« Oui », a-t-il répondu sans détour.

« Donc, je suppose que je devrais connaître ton nom. »

« Oui », a-t-il dit, et j'ai attendu sa réponse.

Mais il n'a pas dit son nom, et j'ai compris qu'il était peut-être très stupide ou peut-être était-il en réalité brillant et faisait semblant d'être un fou pour me déjouer. Ou peut-être, en étant silencieux et réservé, voulait-il connaître ma véritable ambition derrière ma venue en enfer.

«Ton nom ?» j'ai demandé à nouveau. Je devrais connaître son nom car il serait avec moi pendant longtemps.

«Je n'ai pas le droit de vous dire mon nom ; c'est confidentiel», a-t-il dit.

«Nom confidentiel ?» ai-je demandé, me demandant s'il y aurait vraiment un grand danger à dire son nom.

«Le nom est important», a-t-il répondu en regardant droit devant lui.

«D'accord. Alors dis-moi, comment puis-je t'appeler ?»

«Donnez-moi le nom que vous voulez», a-t-il dit.

«D'accord...» j'ai réfléchi. «Je t'appellerai Sir.»

«Sir ?» Il n'a pas compris mais a ensuite répondu, «C'est bien», et a commencé à avancer silencieusement.

Nous avons tous deux traversé la grande porte blanche et magnifique du paradis et sommes sortis des limites du paradis. Devant nous se trouvait une grande porte noire qui n'était pas en bon état car elle n'avait pas été modifiée depuis plusieurs siècles. La porte était très ancienne aussi, ressemblant aux portes de l'empire des rois moghols.

Mais je pouvais voir plusieurs personnes entre le paradis et l'enfer. Ils tournaient juste autour d'ici et là.

«Qui sont-ils ?» ai-je demandé à Sir.

«Ils avaient des quantités égales de bonnes et de mauvaises actions», répondit-il en les regardant avec bienveillance.

«Ils doivent rester ici pour toujours ?» lui ai-je demandé.

«Non, ils veulent le paradis», a-t-il dit. «Ils voulaient rendre Lord Devil heureux, et ils ont essayé de le faire en se faisant du mal mutuellement», a-t-il ajouté.

«Alors, l'ont-ils obtenu ?»

«Certains d'entre eux l'ont obtenu et certains qui aidaient les autres, ils ont obtenu l'enfer», ses yeux étaient honteux car il n'aimait pas cette chose. À ce moment-là, j'ai compris que cette personne était aussi impuissante que moi.

«Pourquoi es-tu au paradis ? Qu'as-tu fait sur terre ?» ai-je demandé.

«J'ai fait la plupart des bonnes actions sur terre, et j'ai obtenu l'enfer plus tôt», il semblait un peu amical.

«Alors tu as commencé des mauvaises actions ?» ai-je demandé.

«Non, mes bonnes actions sur terre ont été corrompues plusieurs années après ma mort, et directement ou indirectement, c'était de ma faute», a-t-il dit avec les yeux pleins de tristesse.

«Je n'ai pas compris.»

«Tu comprendras», a-t-il dit en regardant droit devant lui.

Nous sommes entrés en enfer.

Comme prévu, c'était le total opposé du paradis. Quand l'enfer a commencé, le ciel est soudainement devenu noir avec plusieurs nuages blancs, ce qui rendait très dangereux de voir. Les bâtiments étaient faits de vieilles pierres brunes d'une manière très non uniforme, montrant que personne ne voulait vivre ici. Plusieurs statues de personnes humaines impuissantes assises avec des visages froncés. Ces statues pourraient rendre n'importe qui triste et effrayé. Les fontaines n'avaient pas d'eau ; tout avait l'air sec et stérile.

Le sol était fait de boue lâche. Des bourrasques de vent dispersaient la poussière et rendaient l'environnement sale. Pourtant, les gens - oui, les disciples de Dieu - nettoyaient continuellement le sol avec patience, alors que le Diable, encore et encore, les irritait. Pourtant, ils étaient obstinés à ne pas vouloir perdre espoir.

Différentes personnes appartenant à des régions diverses de la Terre se tenaient en groupes. Minces, avec des visages foncés comme s'ils n'avaient pas d'énergie, mais leurs yeux brillaient intensément - invitant tout le monde, très chaleureux et énergiques.

Je pouvais voir des gardes de mauvaise apparence portant des vêtements noirs. Ils avaient l'air très impolis et cruels, regardant continuellement les habitants de l'enfer comme s'ils devaient les garder à l'œil et les torturer. Ils n'étaient pas d'une grande aide mais réprimandaient toutes les activités des habitants de l'enfer.

Soudain, j'ai commencé à me sentir un peu découragé.

« Monsieur, où pouvons-nous rester ici ? » lui ai-je demandé.

« Il n'y a rien pour rester longtemps. Énervez juste quelques personnes et rentrez. » répondit-il.

« Mais les conditions ici sont si pauvres et désolantes. Je me sens épuisé. » Je n'aimais pas l'atmosphère ici, mais je devais trouver Sakshi.

« J'ai vécu ici pendant 50 ans, mais je me sentais bien. » Il ne pouvait pas comprendre ma remarque. « Je ne voulais pas partir, mais soudain le Seigneur Diable a été satisfait de moi, et il ne m'a même pas donné de renaissance mais m'a offert un poste permanent dans son bureau principal. » Il a expliqué plus loin.

J'ai été surpris par cela.

« Vous ne vouliez pas de renaissance ? Vous étiez vraiment d'accord avec son arrangement ? » ai-je demandé.

« Beaucoup de gens ne veulent pas renaître sur Terre, car la vie sur Terre est quelque peu misérable. » dit-il.

Je regardais autour de moi en pensant où je pourrais trouver Sakshi ici ? Sakshi était avec Dieu. Comment pourrais-je demander à cet homme mystérieux où se trouvait Dieu ? Mais je n'avais plus d'autre choix.

« Savez-vous où se trouve Dieu ? » lui ai-je finalement demandé sans penser à être jugé. J'avais aussi peur de sa réaction, mais il a souri et a dit :

« Il est ici même ! »

Amar:

Manzil kareeb hai,
Tu raaste aur karega asan iski bhi mujhe umeed hai.
Jaldi ruburu kara de mujhe apni mohabbat se,
Koshishe thehrii nahi, par waqt mere paas kam hai.
Kabhi naa socha thaa tu jarurat hoga,
Par ab tu hi shuruwat, tu hi ant hai.

God:

Rasta hoon mein, manzil meri tu hai,
Ruburu tu khud se ho, Sari mohabbat tere hi andar hai.
Waqt kuch nahi, bas ek darr hai,
Insaan chahe to har cheez uske kadmo ki dhool hai.
Jarurat meri hai tu,
Shuruwat bhale hi mein karu,
Par iska ant mein nahi.. tu hai.
Par iska ant mein nahi, tu hai.

Amar:

Destination semble proche,

J'espère maintenant que vous rendrez le chemin plus facile.

Hâtez-vous,

Montrez-moi votre amour,

Voyez mes efforts constants,

Mais le temps se termine.

Je n'avais jamais rêvé,

D'avoir besoin de toi,

Mais en ce moment,

Du début à la fin, c'est tout toi.

Dieu :

Je suis le chemin, tu es ma destination.

Regarde en toi-même,

Réalise que tu es la manifestation de mon amour.

Le temps n'est rien d'autre qu'une peur,

Devant ta détermination,

Tout ici est méprisable.

Tu es mon besoin, mon amour,

Je suis peut-être le commencement,

Mais je ne suis pas la fin ici,

C'est toi, ma chère.

Un fermier : la fierté de Dieu

Nous avons vu un groupe de personnes discutant et riant ensemble. Mes yeux étaient sur toutes les personnes car j'avais besoin de trouver Sakshi à tout prix.

Tout le monde pouvait remarquer que les gens ici étaient très solidaires les uns envers les autres, ce qui signifie qu'ils partageaient de bonnes relations, ce qui ne peut être qu'une caractéristique des bonnes personnes.

"Allons-y. Nous pouvons leur parler... je veux dire, les torturer", ai-je dit à Sir, en étant très calculateur.

"Oui, et vérifions également si quelqu'un est Dieu parmi eux", dit-il.

"Dieu ressemble à un être humain ?", lui ai-je demandé.

"Je ne sais pas, mais il peut se cacher sous la forme de n'importe qui ici", a-t-il clarifié.

Nous sommes allés vers eux, et ils nous ont cordialement invités en disant "bonjour", sonnant très accueillants.

"Des nouveaux arrivants ?" Un vieil homme portant un dhoti et un kurta blanc m'a poliment demandé.

"Oui, je suis Amar de l'Inde." J'ai donné une brève présentation de moi-même.

"Oui, ça je peux le voir, tu ressembles à mon plus jeune fils", a-t-il dit, avec chaleur et amour dans sa voix. J'ai commencé à regretter mon père.

"Et toi ?" Il a demandé à Sir.

"Je viens de Suède."

"Nom ?" Un autre homme a demandé, mais Sir est resté silencieux.

"Il s'appelle Stephan", ai-je dit, mais ils ont senti que quelque chose n'allait pas; cela s'est reflété dans leur comportement.

"Je suis Gangaram et voici Gopal, Hari, Vinod et Rajiv", a déclaré Gangaram, l'homme en dhoti, en présentant tout le monde.

"De quoi discutiez-vous tous ?" ai-je demandé, voulant poursuivre la conversation.

"Nous discutons de notre vie sur Terre." a déclaré Gangaram.

"Et qu'en est-il de Dieu ?" leur ai-je demandé car je voulais m'informer sur Dieu.

"Dans nos conversations, Dieu est toujours présent." a-t-il dit.

"Oh, vous êtes de vrais croyants de Dieu." ai-je dit et j'ai commencé à réfléchir à quoi demander ensuite. Ils ont tous souri.

"Avez-vous des doutes, mon fils ?" Gangaram a demandé avec préoccupation. Il a réalisé qu'il y avait quelque chose qui n'allait pas chez moi.

"Non, je me demandais juste ce que vous faisiez sur Terre." Je voulais changer de sujet car ils avaient déjà remarqué mon comportement anormal.

"J'étais un agriculteur." Gangaram a dit fièrement.

"Oh, alors vous avez fait un excellent travail sur Terre ; c'est pourquoi vous êtes ici. Cela signifie que cet endroit doit être plein d'agriculteurs." ai-je dit avec appréciation, mais en réalité, je me souciais peu des agriculteurs.

Il s'est soudainement contrarié. Et j'ai pensé que j'avais peut-être exagéré mon appréciation.

"Désolé, ai-je dit quelque chose de mal ?" ai-je présenté mes excuses, mais il a simplement souri.

"Comment était votre vie sur Terre ? J'ai entendu dire que les croyants en Dieu ont une vie misérable." Cette fois, Sir a demandé à Gangaram, et il a intelligemment posé une bonne question.

"Dieu était toujours avec moi sur Terre, me donnant motivation, inspiration et espoir de vivre, et même ici, il m'a donné de bonnes personnes aussi." Gangaram était tellement optimiste qu'il ne réalisait pas qu'il était en enfer.

Tout le monde voulait écouter toute son histoire, même Sir. Les yeux de tout le monde le suppliaient de parler, sauf moi. J'étais impatient de partir à la recherche de Sakshi, mais il a commencé à raconter son histoire.

Je labourais une petite ferme de 4 acres appartenant à un propriétaire terrien. J'étais contrarié que mes fils Vikram et Pradeep aient tous deux refusé ce genre de travail. Ils n'étaient jamais satisfaits de mon travail agricole, car j'échouais toujours chaque année.

Un jour, Bansilal, mon voisin et ami, m'a demandé : "Oh, vas-tu essayer cette année aussi ?"

Il était incertain car depuis plusieurs années, je ne gagnais presque rien grâce à l'agriculture.

"Oui, mon frère, c'est mon travail. Je dois le faire." ai-je dit en labourant continuellement sans perdre une seule seconde.

"Tout le village de Nandurghat veut abandonner l'agriculture." m'a-t-il informé, mais je savais que ces choses étaient juste pour discuter; ils n'avaient rien d'autre à faire que de l'agriculture.

"Alors, que feront-ils ? Regarde, mon frère, nous n'avons pas d'autre option. Nous ne savons que cultiver et rien d'autre." ai-je dit.

"Il y a beaucoup de maisons en construction dans la ville ; Ompal me disait que les entrepreneurs recherchent de nouveaux travailleurs." a-t-il répondu.

"Et alors ?" ai-je demandé.

"Ils fournissent également des chambres et de la nourriture jusqu'à ce que les maisons soient construites. Allons-y. Nous sommes tous les deux jeunes ; nous pouvons faire beaucoup de travail." dit-il avec beaucoup d'espoir.

"Bansi, tu oublies que j'ai promis à mon père que je me servirai moi-même pour nourrir les autres", ai-je dit.

"Là-bas aussi, en étant travailleur de la construction, tu offriras un toit aux autres." Il avait également raison de son côté.

"Frère, la nourriture est la première chose nécessaire." Le débat avait commencé.

"Oh Dieu, Ganga, il ne reste plus rien de bon dans l'agriculture ! Regarde comment dans le village nos frères sont morts à cause de cette stupide agriculture. Certains sont morts de maladies et certains... " Il s'est interrompu et a dit avec le cœur lourd, "... et certains se sont suicidés."

"Ceux qui se sont suicidés étaient des idiots, frère ! Crois simplement en Dieu. Cette année, il n'y aura plus de pénurie d'eau." J'ai arrêté de labourer et ai dit très enthousiaste.

"Pourquoi ?" Il était curieux.

"Il y aura de la pluie cette année, c'est sûr." ai-je dit.

"Et si ce n'est pas le cas ? Que feras-tu ?" a-t-il dit, attendant ma réponse. J'ai recommencé à labourer sans rien dire.

"Dieu ne fera rien. Les agriculteurs travailleurs qui sont morts, n'avaient-ils pas Dieu ?" a-t-il demandé.

"Frère, laisse-moi faire mon travail. Je dois le terminer avant le soir." Je voulais l'ignorer.

"Tu fais ce travail ici, j'ai beaucoup de dettes, et tu n'as pas de fille." Il était contrarié et a continué : "La dot de ma fille était de 50 000 roupies que je dois rembourser au propriétaire dans les deux prochaines années." À présent, il était en colère contre moi.

"Oui, tu as raison, et tu n'as pas non plus de promesse envers ton père." ai-je dit poliment. "Va faire du travail de manœuvre en ville. C'est bien pour toi. Ici aussi, sur les terres des autres, nous ne sommes que des ouvriers." ai-je dit calmement.

"Frère, même si je n'aime pas être un travailleur, je n'ai pas d'autre option", dit-il d'une voix lourde. J'ai laissé ma bêche et j'ai souri avec empathie à son égard.

Le soir, je suis rentré chez moi très fatigué. J'ai mis ma bêche dans le coin de la véranda et j'ai demandé à ma femme

---

"Vidya, où sont les garçons ?"

Je me suis assis sur un vieux khaat en coco très usé sur lequel mon père avait l'habitude de dormir et j'ai défait mon safa (turban) détrempé de sueur de ma tête. Ma femme était en train de nettoyer le sol avec un balai en bambou râpé.

"Vikram et Pradeep sont allés en ville aujourd'hui et Sachin est en train de jouer dehors", a-t-elle répondu.

En entendant cela, je me suis mis en colère et j'ai grogné : "Je ne veux pas qu'ils fassent des boulots stupides en ville ! Les propriétaires de magasins font faire tellement de travail aux gens et se comportent mal aussi." Je me suis levé pour prendre de l'eau dans la cruche en argile.

Vidya a répliqué : "Ces boulots stupides nous donnent au moins de la nourriture depuis de nombreuses années. Votre agriculture ne nous donne rien d'autre que de faux espoirs et des prêts plus élevés." Elle est devenue en colère et est devenue très impolie.

"Cette année, il y aura une grande mousson", ai-je voulu lui donner de l'espoir, ou peut-être, je voulais me sauver de cette dispute.

"J'apprécie votre attitude, mais chaque année vous dites la même chose et gaspillez votre temps, votre argent et votre énergie à planter des cultures."

"Tous les gens du village font le même travail", me suis-je défendu tout en buvant de l'eau dans le verre.

"Tout le monde a des prêts, et tu sais, Kamla disait que deux autres agriculteurs se sont suicidés près du puits", dit-elle.

J'étais abasourdi et je n'avais pas de réponse à cela.

Elle a continué : "Aujourd'hui encore, Sachin demandait après toi quand tu étais en retard. Il a toujours peur que tu..."

Soudain, elle s'arrêta.

"Dis-le, pourquoi t'arrêtes-tu ? Je peux aussi mourir comme les autres. Je vais aussi me suicider, n'est-ce pas ?" ai-je complété sa phrase amère à moitié laissée, puis j'ai dit avec force, "Non, pas question. Regarde, mon cousin Mangeram a 5 filles et pas de source d'argent ; pourtant, il est confiant qu'il ne mourra pas."

"Je ne peux pas croire qu'il n'a pas de source de revenus. Peut-être a-t-il assez d'économies", a-t-elle continué ses arguments sans fondement. Tout le monde savait qu'aucun agriculteur n'était aussi financièrement stable dans notre village.

"Il a une promesse de son oncle, tout comme j'ai une promesse de mon père", ai-je dit, et avant que Vidya ne dise quelque chose, Sachin, mon fils cadet, est entré.

"Papa", a-t-il dit en courant vers moi.

"Où étais-tu ?", m'a-t-il demandé d'une voix innocente. Je l'ai pris dans mes bras et j'ai dit : "J'étais dans le champ, mon fils."

Soudain, Vidya m'a interrompu et a grondé Sachin en disant : "Allez, finis tes études ; regarde, le soleil va bientôt se coucher ; il fera bientôt noir." Il a couru vers la pièce intérieure.

Après son départ, elle a repris sa diatribe.

"Vikram disait qu'en ville, il y a au moins une demi-journée d'électricité", dit-elle.

"Eh bien, ici, parfois, nous avons assez d'électricité pour toute la semaine. Nous n'avons besoin que de ça", ai-je dit.

"Vraiment ?! Une fois par semaine ! Et qu'en est-il de l'eau ?" Elle a commencé à argumenter sur d'autres problèmes.

"Les villes ont aussi des problèmes d'eau", ai-je clarifié.

"Mais le bétail ne meurt pas en ville. Ici, même les êtres humains peuvent mourir de soif." Elle était très frustrée.

"Allons, nous ne pouvons pas mourir de soif ; d'une manière ou d'une autre, il y a de l'eau à chaque fois. Et ce ne sont pas des problèmes nouveaux ; tu as vu cela dans la maison de ton père aussi", ai-je répondu de manière agressive.

"C'est exactement pour cela que je le dis. Pendant combien de temps devons-nous souffrir ? Et oui, peut-être que nous ne mourrons pas de soif, mais un jour, nous mourrons sûrement à cause de ces champs !" Elle a dit n'importe quoi et a jeté le balai par terre.

Mangeram a été retrouvé pendu à un vieil arbre de neem près des champs, avec la même corde qu'il utilisait pour puiser de l'eau du puits. Ses yeux étaient fermés, mais sa langue dépassait de sa bouche.

Bansilal et Vikram ont grimpé sur le tronc de l'arbre et ont détaché la corde, tandis que d'autres se préparaient à recevoir son corps sans vie.

Sa femme et ses deux filles plus jeunes pleuraient bruyamment. Vidya et d'autres femmes du village les consolaient tout en pleurant elles-mêmes. Ses trois filles mariées n'étaient même pas présentes.

En ce qui me concerne, je n'ai pas seulement perdu mon cousin. J'avais perdu la motivation, l'espoir et une personne qui pensait comme moi qu'il ne quitterait pas l'agriculture à n'importe quel prix. Il n'a pas pu supporter la perte de cette année, mais comment ? N'était-il rien resté pour survivre ?

La cérémonie funéraire a été terminée, mais ma douleur et ma peine pour sa mort refusaient de partir.

À chaque fois, la mort de non-parents me rendait également plus bouleversé, et mon espoir de continuer l'agriculture s'amincissait. En plus de cela, j'avais un triple prêt.

Chaque année, avec la perte de cultures, le nombre de décès augmentait, mais le Dieu de la Pluie restait sans cœur.

Un jour, une bagarre a éclaté dans les champs entre les propriétaires terriens et les petits agriculteurs comme nous.

"Saheb, il n'y a plus d'eau. Comment pouvons-nous faire l'irrigation ? Et vous nous blâmez, ainsi que notre agriculture ? Vous dites que nous ne sommes pas assez sincères ?! Comment pouvez-vous ?" Manoj était en colère et prêt à en venir aux mains avec les propriétaires terriens.

"Je ne veux pas vous blâmer, mais vous connaissez aussi ma condition. Je ne peux plus vous aider en vous donnant de l'argent pour vos besoins. En ce qui concerne l'eau, les barrages et les rivières se sont complètement asséchés à cause de l'absence de pluie." Le propriétaire terrien Ramlal était également irrité par tant de pertes depuis de nombreuses années.

Ils se blâmaient mutuellement pour tout ce qui était lié à l'agriculture. Sans être impliqué dans ces arguments, j'ai décidé de rentrer chez moi. J'étais déjà assez déprimé. La vie d'un pauvre agriculteur commence avec des problèmes ; ces problèmes continuent tout au long de sa vie.

Je suis rentré chez moi en début d'après-midi. Vidya a ouvert la porte.

"Où est Sachin ?", ai-je demandé à Vidya en entrant dans la maison.

"Il est allé prendre des cours particuliers", a-t-elle répondu de manière impolie.

"Des cours particuliers ?"

Je me suis tenu devant elle ; elle cousait un bouton sur la chemise d'école de Sachin, assise sur le lit.

"Oui, il a des examens à passer cette année. Il a dit à Pradeep qu'il avait besoin de cours particuliers, alors Pradeep a arrangé des cours en ville", a-t-elle expliqué.

"Mais qu'en est-il de l'argent ? Je sais qu'ils sont brillants. À l'école, ils obtiennent des bourses, mais comment vont-ils payer ces frais de scolarité ?" ai-je demandé.

"Je l'ai dit, n'est-ce pas ? Pradeep a arrangé quelque chose", a-t-elle crié.

"Que fait Pradeep en ville ?" ai-je aussi crié. J'avais le sentiment qu'il faisait des emplois illégaux en ville pour gagner de l'argent. Après tout, les pauvres et les personnes désespérées peuvent facilement être influencés pour faire n'importe quoi.

"Tu ne sais pas comment nous mangeons deux fois par jour !", n'a-t-elle pas répondu à ma question mais a contre-interrogé en faisant un nouveau commentaire.

"Mes fils ne me parlent jamais. Comment puis-je savoir ce qu'ils font comme travail ?" ai-je crié de nouveau.

"Il prend tellement de cours particuliers en ville de l'après-midi jusqu'à la nuit", a finalement clarifié Vidya ce que Pradeep faisait réellement.

"Oui, et il ne m'aide jamais dans mes travaux agricoles. Ne peuvent-ils pas voir que leur propre père fait tout le travail agricole seul et subit des pertes depuis des années ?!" ai-je continué à crier.

"Ne peux-tu pas voir que les trois sont occupés par leurs études ?" a-t-elle rétorqué de manière agressive.

Une grande dispute a éclaté entre nous à cause des études des enfants.

"Quelle étude ? Vikram est allé à l'université de Parbhani contre mon autorisation. Pradeep fait ce qu'il veut, et tous les deux influencent mon petit Sachin aussi", ai-je crié.

Elle s'est levée du lit en colère.

"Quoi qu'ils fassent, ils sont en train d'être éduqués et cela grâce à leurs propres efforts. Seulement et uniquement grâce à leurs propres efforts. Qu'as-tu fait pour tes fils ?", a-t-elle demandé.

"Je les ai laissés étudier pour qu'ils puissent m'aider dans l'agriculture. Mais ils considéraient mon travail comme inutile", ai-je répondu.

"Parce que c'est inutile ! Tu ne donnes pas un seul centime à la maison grâce à l'agriculture", a-t-elle dit, me fixant de manière audacieuse.

Je suis devenu silencieux.

"Toi et tes fils me considérez comme inutile." Cette dispute était devenue une question de mon désespoir, pas de colère. Le ton de ma voix a baissé.

"Oui, tu es un père et un mari inutile, et un agriculteur inutile également. Sinon, pourquoi subis-tu autant de pertes ?" Chaque mot était comme un barbelé empoisonné qui s'enfonçait encore plus dans mon âme.

Les agriculteurs de tout l'État, voire de tout le pays, subissaient des pertes ; mais la question revenait à mes capacités et mes compétences. Je me suis tu, la regardant avec stupeur, puis je suis parti vers le champ, la laissant grogner de colère derrière moi.

Je suis arrivé au puits dans les champs, celui qui était asséché et qui était utilisé par les agriculteurs de nos jours pour se suicider. Les villageois disaient qu'ils allaient fermer ce "puits meurtrier", mais d'autres espéraient qu'un jour l'eau viendrait lorsque le Dieu de la pluie serait apaisé.

Je me suis assis près de ce puits, qui n'était pas si profond ; les gens utilisaient sa corde pour se suicider. J'étais totalement désespéré quant à ma vie. J'avais trois prêts sur la tête - un du gouvernement et deux du propriétaire terrien. Je devais également soutenir Mangeram pour les mariages de ses deux filles cadettes. D'où avais-je géré tout cela ? Vidya n'était pas du tout supportive ; mes fils m'ont laissé seul. Ils ne me parlaient même pas. Il n'y avait plus rien de bon dans la vie ; je ne pouvais pas réaliser le souhait de mon père de donner une bonne récolte grâce à un dur labeur.

Je me sentais impuissant dans ces situations, et maintenant, même Mangeram n'était pas là pour me motiver. Il disait toujours : "Ganga, nous allons couvrir cette terre desséchée d'un tapis vert et un jour, la déesse Laxmi sera impressionnée par nous. En voyant notre dur labeur, même Dieu nous saluera. Nous donnerons à nos enfants tous les jouets qu'ils veulent, les filles se marieront dans les maisons des grands agriculteurs, nos fils deviendront de grands agriculteurs éduqués. Nos pères nous ont donné la meilleure profession."

J'étais plus jeune que lui ; je l'écoutais juste parler et me motiver même pendant les pires pertes. Mais celui qui donnait de l'espoir aux autres s'est suicidé à cause des pertes et de tant de prêts. Sa famille entière souffrait, et ma famille me considérait également comme un fardeau.

Mes fils gagnaient de l'argent en donnant des cours particuliers. Ils pouvaient se faire une vie, mais que faisais-je ? Je devrais mourir. Il n'y avait rien qui serait entravé si j'étais parti. J'étais inutile pour ma famille. Personne n'avait besoin de moi.

Je devrais mourir ! Oui, je devrais !

Je me suis levé, ayant pris la décision de mettre fin à ma vie. Le soleil se couchait, et avec lui, mes espoirs de vie disparaissaient également.

Je suis rentré à la maison. Vidya était dans l'autre pièce. J'ai pris une corde sur la véranda et j'ai commencé à marcher vers ce puits meurtrier. J'ai marché rapidement, déterminé à ne plus être une partie de cette vie infernale.

Lorsque je suis arrivé près du puits en tenant la corde dans ma main, j'ai essayé de voir ma mort dans la profondeur du puits meurtrier. Je m'imaginais mort et libéré de toutes les préoccupations de la vie, mais soudain, le visage de mon père est apparu devant mes yeux. J'ai essayé d'ignorer son visage plein d'espoir et de motivation et j'ai imaginé le corps mort de Mangeram pendu à l'arbre. Mais encore une fois, j'ai senti de l'inspiration là-bas, dans le visage de Mangeram, même dans la situation la plus terrible. J'ai toujours vu son visage heureux et plein d'espoir, sauf le jour où il est mort.

"Pourquoi t'es-tu suicidé, mon frère ?", ai-je crié, et soudain, j'ai senti qu'il me parlait.

Il disait :

« Lorsqu'un agriculteur met fin à sa vie, ce n'est pas à cause d'une seule raison. C'est pour plusieurs raisons, mais ces raisons ont une racine commune : la perte dans l'agriculture, qui mène non seulement à la pauvreté, mais aussi à la frustration envers plusieurs choses telles que notre profession, la météo, le gouvernement et même la famille. Mais il y a une chose qui peut surmonter toutes ces négativités - c'est la MOTIVATION. Le sentiment de ne jamais abandonner. Soyez un guerrier, ne soyez pas effrayé par quoi que ce soit. J'ai été vaincu, j'ai été lâche, mais pas vous. Je n'aurais pas dû me suicider. Si vous devez mourir, vous et votre famille devriez mourir de faim, mais pas comme une personne faible.

Rappelez-vous votre père, ce qu'il disait ? Ne gâchez pas son enseignement excellent que « nourrir les autres est le meilleur travail au monde ». Ne laissez pas votre famille seule. Vous pouvez penser qu'ils n'ont peut-être pas besoin de vous, mais rappelez-vous, tout le monde veut quelqu'un à qui ils peuvent dire « Papa ».

Un agriculteur est le père du monde entier car il nourrit tout le monde. Il est la mère des cultures. Il les protège et les aide à croître. Il est le fils de la terre - plongé en permanence dans la terre. Remplissez votre responsabilité envers tout le monde et gardez également des attentes ; c'est la vraie vie. Ne mourrez pas. »

Gangaram:
'*Kabhi aasman ki taraf dekha,*
To kabhi fasal par gaur kiya,
Kabhi tera sajda kiya,
To kabhi mehnat par zor diya.
Par kahin se bhi jab wafaa nahi mili,
To apni qismet ko kosna shuru kiya.
Kehte hai bhookh mitate ho,
To nek-e-khuda ho,
Apna khoon pasina mitti me milate ho,
To kabil-e-tarif ho,
Kabil-e-tarif hota,
To duniya daga na deti.
Nek-e-khuda hota,
To kismat itni buri na hoti.
Apna ghar dekhta hoon,
To samajh me aata hai,
Ki mujhse jyada lachaar kisi ki halat nahi hoti.
Kyun chuna hai mujhe iss mushkil kaam ke liye,
Jisme kisi insan ki kabhi fateh nahi hoti.

Ab maut ko gale lagaoon,
Ya khud ko phir khada karu,
Is kashmakash mein,
Marne se badi koi raah asaan nahi hoti.
God:
Honsla rakhna nahi hai asaan,
Pata hai,
Par meri nazar me phir,
Kisi ki keemat tere se jyada nahi hoti.
Itna nek kaam karke,
Mere itne kareeb hai tu,
Ki tujhse apne ko,
Alag karne ki meri jarurat nahi hoti.
Tu jab asmaan ki taraf dekhta hai,
Baarish na paakar,
Meri ankhon mein bhi nami ka saya rehta hai.
Mera sajda karke bhi jab tujhe wafaa nahi milti,
To tere saath mera dil bhi jalta hai.
Dhoop chaav ka silsila rakhna hai barkarar,
Is arzoo me mera rutba ghatta hai.
Mazboor hoon mein,
Khuda nahi,
Kyunki asal khuda to teri tarh mushkil rahe chunta hai.

Khuda-e-nek nahi,
Khuda hai tu,
Kabil-e-tarif nahi,
Ek tarif hai tu,
Kyunki itni mehnat karke,
Tu in sabke haqdar ka haq rakhta hai.
Lachaar to mein hoon,
Jise apni khudai se badhkar aur kuch nahi dikhta hai.

Maut ko gale lagayega,
To yakin kar, isme duniya ka bahot kuch bighadta hai.
Tera karam hi aisa hai,
Tu khuda ka ghuroor, uski shaan ban kar rehta hai.
Khudkushi ka raasta kisaano ka nahi,
Kamzor insano ka hota hai.
Jo banzar mitti ko bhi hara-bhara kar de,
Uske liye zindgi ka har masla asaan hota hai.

Gangaram:
Je regarde le ciel,
Et je regarde ma récolte.
Je demande ta miséricorde,
Et je fais de mon mieux.
Mais je n'ai reçu aucun répit de nulle part,
J'accepte mon destin pourri ici.
Soulager la faim,
Est la plus grande bonté,
Donner son sang et sa sueur à sa terre,
La plus grande louange.
Si je suis le plus digne de Dieu,
Ce monde ne me trahira pas,
Si je suis le plus gentil de Dieu,
Mon destin ne me privera pas.
Quand je regarde ma maison,
Je vois une détresse jamais vue ailleurs.
Pourquoi ai-je eu ce rôle ardu,
Le succès est hors de portée ici.
Devrais-je simplement abandonner, mourir,
Ou me remettre en marche,
À ce stade,
La mort est la plus facile à envisager.

Dieu :

Rester fort, ce n'est pas facile,
Continuer à avancer, c'est difficile,
Mais c'est la voie,
Pour devenir un diamant brut,
La plus précieuse de toutes les pierres.
Ton travail est le meilleur,
Tu es plus proche de moi que les autres,
Nous sommes connectés par le cœur,
De toi, je ne peux jamais me séparer.
Quand tes yeux cherchent le ciel,
Ne trouvant aucun espoir comme la pluie,
La tristesse remplit mes yeux aussi.
Quand ta profonde dévotion envers moi ne donne aucun gain,
Ça brûle mon cœur aussi.
Perte et gain doivent être maintenus,
Ce cycle est ma plus grande malédiction.
Je suis impuissant, pas Dieu,
Car le vrai Dieu sera brave,
Comme toi, choisissant le chemin difficile.
Tu n'es pas le plus gentil de Dieu,
Tu es Dieu,

Tu n'es pas le plus digne de Dieu,

Tu es toi-même une louange.

Après tout ton dur travail,

Tu mérites l'honneur.

C'est moi qui suis faible,

Qui ne peut pas voir au-delà de mon pouvoir,

Mon devoir, mon adoration.

Si tu embrasses la mort,

Une énorme perte frappera ce monde.

La grande valeur de tes actions,

Fait de toi mon honneur, ma récompense.

Le chemin du suicide n'est pas pour les agriculteurs,

C'est pour les esprits faibles.

Celui qui peut faire pousser l'abondance sur des terres stériles,

A la force de surmonter,

Tous les périls de ce monde.

J'étais stupéfait. J'étais perdu dans ces pensées et je me sentais coupable de ce que j'étais sur le point de faire juste une minute auparavant. Comment pouvais-je même penser au suicide ? Je n'étais jamais aussi pessimiste; juste à cause de quelques incidents, j'avais décidé de mettre fin à ma vie précieuse, offerte par Dieu pour faire toujours de bonnes actions, pour travailler dur. Je me suis assis par terre, mettant ma tête dans mes mains.

"Je suis désolé, mon Dieu, je suis vraiment désolé", ai-je dit à moi-même en ayant confiance en Dieu. J'ai commencé à regarder vers le ciel, sur lequel quelques étoiles avaient commencé à scintiller. "Je ne suis pas faible, je ne suis pas lâche, mon Dieu. Je sais que tu m'estimes. Je sais que tu es avec moi. Je vais vivre, je vais vivre. Je ne mourrai jamais jusqu'à ce que tu m'appelles."

Je me suis levé, tenant la corde dans ma main. J'ai commencé à marcher vers ma maison avec une confiance renouvelée, sachant que personne ne pouvait affecter ce monde.

"Vikram a été admis pour des études supérieures à Delhi, et il veut y aller", a dit Vidya en venant vers moi avec nos fils. Elle parlait poliment, car elle avait remarqué que depuis plusieurs jours, je parlais moins avec elle.

"Va, mon fils", ai-je dit joyeusement. Vikram était très heureux et a commencé à me dire : "Papa, c'est un institut agricole réputé qui travaille pour améliorer les cultures". Il a commencé à expliquer avec enthousiasme, ce qu'il n'avait jamais fait auparavant. "...et pour les agriculteurs", a-t-il souligné pour me rendre encore plus heureux.

"C'est bien, mon fils, alors tu pourras revenir pour améliorer nos cultures", ai-je dit, non pas pour commenter, mais pour voir son intérêt pour ma profession. Il est resté silencieux un moment.

"Oui, papa, je le ferai, mais je ferai des recherches avec une équipe de scientifiques intelligents", a répondu Vikram après avoir réfléchi un moment.

Je n'ai pas complètement compris comment un sujet inconnu comme la science pouvait vraiment aider notre douloureuse condition. Mais je devais être heureux pour le bonheur de mon fils.

"Que Dieu te bénisse, mon enfant", ai-je dit, le bénissant de tout mon cœur.

Pradeep était également à côté d'eux ; il semblait ne pas vouloir parler de son travail en ville et ne voulait pas non plus de ma bénédiction. Il se tournait pour partir, mais je l'ai arrêté pour lui demander :

"Pradeep."

"Oui, papa ?" a-t-il répondu avec tant d'excitation que j'ai réalisé qu'il attendait juste que je l'appelle. Ses yeux brillaient.

"Comment se passe ton travail ?" ai-je demandé.

"C'est génial, papa. Je vais à Delhi avec Vikram pour le déposer, et je vais trouver un endroit pour moi aussi", a-t-il dit très gentiment et avec un respect total.

"Hmm...", j'ai acquiescé. "Papa, je veux rejoindre un centre de coaching en tant qu'enseignant. J'ai déjà parlé à l'un à Delhi", a-t-il poursuivi.

"Quoi que tu fasses, mes vœux sont toujours avec mes fils", ai-je dit les larmes aux yeux.

Ils étaient tous contrariés par moi. Ils ont compris que j'étais vraiment découragé.

"Papa, nous ne voulons pas blesser tes sentiments ni ceux de grand-père, mais nous avons toujours subi des pertes en agriculture, et ce n'est pas de notre faute ; notre gouvernement est corrompu", a déclaré Vikram, assis à côté de moi. Tout le monde s'est rapproché de moi.

"Je sais. Tout le monde parle de ça", ai-je dit impuissant.

"Papa, tu verras, un jour nous mangerons tous suffisamment de nourriture, nous aurons une bonne maison et tout ce que des gens comme nous méritent", a dit Pradeep en me prenant doucement la main.

Après un long moment, toute ma famille était assise ensemble et parlait gentiment les uns avec les autres. Vidya avait également les larmes aux yeux ; elle souriait encore pour moi.

"Et papa, je serai ingénieur, et tu seras appelé le père d'un grand ingénieur", a dit mon petit Sachin. Le mélange d'innocence et de jeunesse en croissance se reflétait dans sa voix.

Mais dans mon cœur, j'étais toujours découragé, quand allaient-ils dire : "Nous sommes les fils d'un agriculteur travailleur ?"

Plusieurs années ont passé, mais l'état de Vidya et de mon agriculture est devenu terrible. Pradeep l'a emmenée dans un hôpital de la ville, mais son cancer du foie à un stade avancé ne répondait pas au traitement, même après la chimiothérapie. Parfois, elle allait mieux, mais depuis hier, elle était très pessimiste quant à sa vie, pensant qu'elle ne vivrait peut-être plus très longtemps. Les médecins ont dit de simplement prendre soin d'elle et rien d'autre.

Je ne pourrais pas supporter la douleur de la perdre. Il était six heures du soir.

"Quand mes fils viendront-ils ?", demandait-elle continuellement d'une voix faible et terne.

"Ils sont tous en route. Ne t'inquiète pas, ils viendront et tu iras bien", j'ai essayé d'arrêter mes larmes, mais ma voix trahissait mes émotions.

"J'ai tellement mal, je ne vivrai plus", a-t-elle dit en tremblant, et je n'ai pas pu retenir mes larmes.

"Ne dis pas ça, Vidya. Je ne pourrais pas vivre sans toi", ai-je dit en tenant sa main droite dans la mienne.

"Tu vas partir avec nos fils ; ils pourront mieux prendre soin de toi que moi", a-t-elle dit avec espoir. "Je veux dire quelque chose", avait-elle presque plus de temps, mais elle voulait tout dire à sa dernière heure.

"J'ai toujours mal agi envers toi", a-t-elle pleuré.

"Tu n'as jamais mal agi, Vidya", je l'ai consolée en lui caressant la tête.

"J'ai toujours maudit ta culture et ta promesse envers mon beau-père sans connaître tes sentiments en profondeur", a-t-elle dit de nouveau d'une voix tremblante et en pleurs.

"Mais je ne t'ai rien donné, sauf cette pauvreté et cette maladie. Tu n'es pas allée voir nos fils parce que je ne suis pas allé. Si tu étais là, tu irais bien", ai-je dit en pleurant.

"Comment pourrais-je te laisser seul ici ? Mais je n'étais pas avec toi mentalement. Je savais que tu étais seul et sans espoir depuis la mort de mon frère Mangeram....", a-t-elle dit, et j'étais surpris qu'elle m'ait remarqué autant ; je pensais qu'elle ne pensait qu'à ses fils.

"Je n'étais pas seul ; tu étais toujours là avec moi", ai-je dit en essuyant mes larmes. "C'est toi qui m'as toujours donné de la nourriture et pris soin de toutes mes nécessités, même lorsque je ne t'ai pas donné un sou".

"Je dois partir, mais j'ai un dernier souhait", a-t-elle dit.

"Vidya, s'il te plaît, ne parle pas de partir quelque part, je mourrai....".

"Je t'en prie... réalise... mon... dernier... souhait", a-t-elle dit d'une voix plus tremblante, et j'ai acquiescé sans perdre une seule seconde. "Ne te blâme jamais toi-même et... ta culture dans l'avenir... pour ma mort... tu m'as tout donné...", elle fermait les yeux, puis à un moment donné, j'ai senti sa respiration s'arrêter.

Je suis resté silencieux. Alors qu'elle s'éloignait de moi, elle m'a laissé avec un beau mensonge - qui m'a causé la blessure la plus complexe de ma vie.

"Maman !", Pradeep et Sachin étaient à la porte. Ils pleuraient pour leur mère, mais ils étaient en retard ; Vikram était toujours en chemin.

« Papa, allons à Mumbai », a dit Pradeep en me servant du thé le matin. C'était le quinzième jour depuis que nous avions perdu Vidya, mais j'avais toujours l'impression de l'avoir perdue il y a seulement quelques instants.

« Mais c'est le moment de semer. J'ai le champ à entretenir », ai-je dit en prenant le thé qu'il me tendait.

« Papa, vous n'êtes pas en condition de faire de l'agriculture », a-t-il dit poliment, sachant que me dire de ne pas faire d'agriculture me blesserait.

« Je ne suis pas seul, le propriétaire a également engagé d'autres ouvriers pour ma zone », ai-je dit.

« Pourquoi travaillez-vous comme un ouvrier ? Nous sommes installés, vous pouvez venir avec nous », a-t-il dit, mais il a soudainement réalisé qu'il pourrait me blesser. Étant calculateur, il a ajouté : « Nous pouvons acheter un champ là-bas, mais cela ne servirait à rien. Il n'y a pas de pluie cette année et il y a à peine des installations là-bas ».

J'écoutais simplement en silence.

« Sachin a terminé sa licence en technologie et a décroché un emploi dans une entreprise exceptionnelle, avec un bon salaire. Tout le monde évolue, papa, et vous voulez toujours rester ici ? Pourquoi ? » disait-il sans cesse. « Papa, s'il vous plaît, dites quelque chose. Pourquoi êtes-vous si silencieux ? »

Je ne voulais rien dire, mais finalement, je ne pouvais plus contrôler mes sentiments.

« Je travaille dans ce champ depuis l'époque de mon père. Oui, c'est la terre de quelqu'un d'autre. Pourtant, j'étais attaché à beaucoup de choses comme ce sol, mes récoltes détruites, mes nouveaux efforts chaque année, mon vieux matériel agricole, ma vie très ordinaire et mes pensées que je fais le meilleur travail du monde », dis-je, étant très émotif.

« Ne soyez pas émotif, papa ; soyez pratique. En ville aussi, les gens font des emplois bien rémunérés et confortables », insista-t-il. « Il y a une agriculture moderne dans laquelle les riches hommes d'affaires investissent de l'argent, ce qui rend le travail plus facile. Les gens dans le monde ne mourront pas de faim ; il n'y aura jamais de pénurie de nourriture ». Il a continué, mais j'ai gardé le silence. Il a continué : « Vous devez entendre parler de ces choses. Les agriculteurs comme nos villageois n'ont pas besoin de sacrifier leur bonheur juste pour faire de l'agriculture ».

« Je vais bien ici, vous pouvez partir », ai-je dit et j'ai pris une gorgée de mon thé, sachant qu'il n'y avait pas d'utilité à discuter davantage.

« La situation empire ! Le gouvernement devrait faire quelque chose », disait Murlidhar, très frustré. L'un de ses proches venait juste de se suicider.

« Mon fils aîné dit en fait que nous, les agriculteurs, avons été accordés tant de droits dans notre pays... » dis-je. Nous étions tous assis en-dessous d'un vieil arbre de neem l'après-midi près de nos champs, en train de manger.

« Frère, ces choses ne sont que des rumeurs ou de la propagande gouvernementale. En fait, si le dieu de la pluie est en colère contre notre état, que peuvent faire ces petits êtres humains du gouvernement ? » déclara Premswarup.

« Pourquoi Dieu serait-il en colère contre nous ? Nous sommes juste des pauvres agriculteurs... » se demanda Kishor, le plus jeune d'entre nous.

« Dieu est en colère contre les propriétaires terriens ; parfois, ils ignorent leurs prières et leur dévotion, et ils ne font jamais de charité ou de dons aux saints. Peut-être que c'est pourquoi Dieu ne veut pas leur donner de la pluie et aider avec les récoltes », exprima Premswarup ses opinions.

« Il y a des problèmes à chaque étape de l'agriculture », dit Murlidhar avec frustration.

« Vous devriez être satisfait si vous apportez une petite contribution ; après tout, vous êtes la source de nourriture pour les gens », dis-je pour calmer sa frustration.

« Mais que recevons-nous en retour, frère ? Tous les jours, il y a un suicide qui se produit. La femme de mon frère... tous les jours, elle essaie de se suicider à cause de la pauvreté. Elle met toute la famille en difficulté », grogna-t-il.

« Oh, mon Dieu ! Cette vie misérable est un enfer pour nous », conclut Kishor. Soudain, mon téléphone sonna avant que je puisse dire quelque chose.

« Tu n'as pas changé ton téléphone, frère ; tes fils se portent tellement bien », dit Premswarup, regardant mon téléphone. J'ai eu un vieux téléphone Samsung non tactile depuis de nombreuses années. Je n'ai pas commenté ; je savais que c'était juste son innocence qui parlait.

« Allô ? » j'étais au téléphone.

« Papa, comment allez-vous ? » Vikram était de l'autre côté. Il avait l'air excité.

« Je vais bien, mon enfant. Et toi ? »

« Papa... » Il avait l'air ravi. Tellement que je ne pouvais même pas parler à cause de sa joie.

« Quoi ? Dis-moi, mon enfant », lui dis-je. J'avais commencé à montrer beaucoup de soin et d'amour envers nos fils après la mort de Vidya.

« Papa, j'ai décroché un emploi de scientifique ! » s'exclama-t-il.

« Oh, vraiment ? Grâce à Dieu », dis-je avec une grande joie, sachant que c'était son rêve depuis l'enfance.

« Oui, papa, et après la formation, j'aurai une maison ici, à Delhi », déclara-t-il.

« Bon fils », lui dis-je.

« Quand viendras-tu, papa ? » me posa-t-il une question difficile.

« Moi ? Je ne peux pas dire. Il faudra quelques mois pour finir mon travail dans les champs », lui dis-je.

« Fais-le plus tôt, papa, et s'il te plaît, viens ici. Je me sens seul », sa voix devenait émotive et je ressentais tellement de maternité pour lui. Pour la première fois de ma vie, mes fils avaient besoin de moi du fond de leur cœur.

Je suis allé à Delhi avec Vikram après plusieurs mois de préparation pour aller le rejoindre. Il ne cessait de dire qu'il se sentait seul, et la situation était telle que je ne pouvais pas résister ; je devais maintenant abandonner l'agriculture. Tout au long du voyage en train, mes amis me manquaient, en particulier Bansilal. Ils m'ont présenté tant de vœux et ont apprécié ma chance d'avoir des fils si talentueux.

Notre voiture est entrée dans l'institut de recherche agricole de Delhi où Vikram avait été nommé en tant que scientifique en agriculture. Il m'avait accueilli à la gare. Je pouvais voir depuis la fenêtre de la voiture que de nombreuses personnes sortaient des grands bâtiments environnants. Beaucoup d'entre eux étaient à vélo. Tout autour, on pouvait voir de nombreuses plantes et des champs. Le campus n'était rien comme une ville ; je me sentais à la campagne pour la plupart des endroits.

« Papa, ici, des scientifiques travaillent pour améliorer l'agriculture. »

« C'est vraiment bien ! » lui dis-je.

« À Parbhani aussi, les gens font la même chose, et de nombreuses autres universités font le même travail dans notre pays. »

J'étais stupéfait qu'un endroit si important et tant de personnes travaillent pour améliorer les cultures. J'étais satisfait que l'un de mes fils soit très proche de ma profession.

Nous sommes entrés dans la maison de Vikram, se tenant entre tant de plantes et de verdure avec moins de monde, pas bondé comme j'avais vu ailleurs dans la ville.

Il m'a montré ma chambre.

« Comment c'est, papa ? » m'a-t-il demandé avec excitation.

« Très bien », ai-je dit. Une fois, à un très jeune âge, il m'avait dit que nous aurions une belle maison, et il avait réalisé ce souhait tout seul.

Après le petit-déjeuner, il a mis un film marathi à la télévision pour moi dans le salon, et il est allé à son bureau.

Il était environ 18 heures ; le film était sur le point de se terminer et soudain, Pradeep et Sachin sont arrivés.

J'étais surpris et heureux. Vikram ne m'avait pas informé de leur arrivée. Vikram était juste derrière eux, et ils voulaient me surprendre.

« Comment allez-vous, papa ? » Pradeep et Sachin m'ont demandé, touchant mes pieds.

« Je vais bien ; comment allez-vous tous les deux ? » Je leur ai demandé avec affection.

« Nous sommes heureux de te voir, papa », a déclaré Sachin et s'est assis à côté de moi sur le canapé.

J'étais heureux de les voir tous ensemble avec moi, mais en même temps, je regrettais la présence de Vidya. Ils la regrettaient également, mais ne le montraient pas. J'ai également caché mes sentiments pour maintenir une ambiance joyeuse entre nous.

Nous avons tous dîné ensemble ; ils m'ont fait essayer de nouveaux plats comme les pâtes, la pizza et pour leur bonheur, j'ai mangé tout ce qu'ils m'ont proposé. Parmi mes amis du village, personne n'avait même entendu parler de ces plats. Est-ce qu'ils vivront un jour ce que je vivais ici ?

« Papa, prends un café, s'il te plaît », m'a proposé Sachin avec son nouveau plat qu'il avait préparé lui-même.

Je l'ai pris joyeusement.

Nous étions tous assis dans le salon. Les voyant tous devant moi en vêtements occidentaux coûteux et moi-même en dhoti, kurta et turban traditionnels, j'ai commencé à sentir que personne ne pourrait dire qu'ils étaient les fils d'un fermier faible et illettré. J'ai commencé à réfléchir aux années précédentes de pauvreté dans ma famille.

« À quoi penses-tu, papa ? » m'a demandé Vikram de manière décontractée tout en prenant son café.

« Rien. Et vous tous, comment va votre travail ? Je ne sais presque rien de votre travail. »

« Nous ne faisons rien de très grand comme toi, papa », a déclaré Pradeep, et j'étais surpris car cet enfant critique le plus l'agriculture.

« Grand ? » ai-je feint la surprise. « L'argent mesure le succès et la grandeur, et vous tous gagnez bien votre vie. » J'ai déclaré ensuite poliment. Ils se sont tous les trois regardés comme s'ils voulaient dire quelque chose ensemble.

« Cet argent est inutile. Il ne nous apporte rien d'autre que des soucis et des problèmes », a déclaré Pradeep avec irritation.

« Oui, papa, tu sais, tout ce que nous faisons pour toi aujourd'hui n'est pas seulement parce que tu es notre père, mais à cause du respect que nous avons pour toi », a déclaré Vikram.

J'ai posé ma tasse de café sur la table.

« Auparavant, nous pensions que tu n'avais rien fait pour nous. Tu nous as éduqués uniquement par intérêt, afin que nous puissions t'aider plus tard dans ta ferme. C'est une autre question que nous ne sommes pas entrés dans l'agriculture. Mais maintenant, nous réalisons que tu as vraiment fait tant de sacrifices non pas seulement pour ton intérêt mais pour la plus grande profession du monde », a déclaré Pradeep, me faisant sentir encore plus confus.

« Tu sais papa, nous avons toujours vu que tu te levais tôt tous les jours sans demander un seul jour de sommeil prolongé, de jogging ou de marche matinale, mais pour travailler ; parce que tu considères ton travail comme une prière pour Dieu », a déclaré Pradeep avec enthousiasme.

« Tant de fois, tu as fait face à des pertes, à l'humiliation des banques, au manque de coopération à la maison, à des cultures détruites… pourtant, tu as surmonté ces problèmes chaque année avec une nouvelle énergie malgré la sécheresse croissante, parce que tu considérais ton travail comme un défi », a déclaré Vikram avec enthousiasme. Je me demandais s'ils disaient vraiment ce qu'ils ressentaient ou s'ils voulaient juste me rendre heureux.

« Ce que nous faisons n'est rien de grand comme ton travail, papa. Un agriculteur soutient toujours les autres agriculteurs. Nous avons vu depuis notre enfance que tu avais toujours des amis très solidaires et honnêtes avec toi. Personne n'était en compétition pour donner aux autres la sécheresse parce que tu étais confronté à la sécheresse dans ton champ. Nous n'avons pas d'amis ;

nous n'avons que des concurrents dans notre domaine de travail », a déclaré Sachin, découragé.

"Vous étiez travailleur, sincère et honnête envers votre travail et vous n'avez jamais fait en sorte que les autres se sentent inférieurs pour vous sentir grand. Vous n'avez jamais ridiculisé les autres, vous n'êtes jamais resté inactif", a déclaré Vikram.

"Et surtout, malgré tant de prêts et de pertes, vous n'avez jamais abandonné ; vous n'avez jamais essayé de vous suicider comme d'autres membres de la famille", a déclaré Pradeep avec fierté, mais cela m'a blessé, involontairement.

"J'ai essayé une fois...", ai-je balbutié avec culpabilité.

Ils se sont tous tus pendant un moment. J'ai baissé les yeux.

"Papa...", a voulu dire Vikram, mais il s'est arrêté.

"Je suis allé me suicider après la mort de mon frère Mangeram", ai-je dit, devenant très émotif.

"Papa, mais pourquoi ?", a demandé Pradeep avec un ton élevé et choqué.

"Ne demandez pas à un agriculteur vaincu pourquoi il a essayé de se suicider. Les circonstances l'ont poussé à commettre ce crime. Mais vous savez, aujourd'hui, je pense que j'ai pris la décision la plus idiote de ma vie. Je sais que le suicide n'est pas la solution. Mais j'ai été un agriculteur vaincu parce que j'ai peut-être donné une petite part des récoltes au monde en cultivant, mais je n'ai pas rendu mon propre monde beau et exempt de la faim", ai-je pleuré d'émotion. "Je suis vaincu en tant que père et mari". J'étais très ému et j'ai utilisé mon turban pour essuyer mes yeux humides.

Ils écoutaient tous en silence avec une gamme d'émotions sur leur visage.

"Papa, mais nous vous respectons tellement. Vous avez bravement affronté tout cela, et nous pensons qu'en ce moment, vous pouvez également rendre votre profession satisfaisante", a déclaré Pradeep avec de petites larmes dans les yeux.

Je l'ai regardé avec confusion.

"Oui papa, nous vous avons appelé ici pour vous faire une surprise : nous prévoyons également d'acheter des terres dans notre village et de les donner à des personnes dans le besoin. Ils feront de l'agriculture dessus ; nous ne facturerons rien pour la terre. Ce serait une petite contribution de notre part", a déclaré Vikram.

"Et papa, il n'est pas trop tard. Nous avons assez d'argent et beaucoup de connaissances sur les nouvelles techniques agricoles et la sélection des cultures. Nous avons la capacité de résoudre les problèmes, vous pouvez également vous lancer à nouveau si vous le souhaitez, et vos fils sont avec vous", a déclaré Sachin.

J'avais attendu ces mots pendant de nombreuses années, qu'un jour mes propres fils voudraient volontairement entrer dans ma profession agricole, mais maintenant je ne voulais pas qu'ils viennent. Je pensais qu'il devrait probablement y avoir d'autres moyens, comme l'agriculture aidée par les nouvelles technologies. J'ai entendu parler des autres contributions et subventions disponibles pour les agriculteurs et d'autres installations que je n'avais pas obtenues pendant mon temps.

"C'est vraiment tard pour moi, et je ne veux pas vous immerger seuls dans le sol des fermes. J'ai perdu mon endurance", ai-je dit d'une voix douloureuse. "Mais s'il vous plaît, faites quelque chose, mes fils...", ai-je dit, et ils sont tous les trois devenus très attentifs. "S'il vous plaît, faites quelque chose pour les pères, maris et fils de cette profession qui se suicident par impatience, qui ne peuvent même pas attendre un bon moment. La patience, que Dieu m'avait donnée, m'a fait atteindre ce moment présent ; j'ai appris mes droits fondamentaux et j'ai gagné le respect de ma famille. Rendez mes autres frères conscients et courageux. Motivez-les. C'est la seule façon de les sauver. Ni le gouvernement ni aucune pluie ne peuvent le faire."

Comme je disais cela, j'ai regardé Vikram. Il souriait étonnamment, avec quelques larmes dans les yeux. Mais c'étaient des larmes de bonheur.

"Oui, papa, et cela devrait être la responsabilité de tout le monde envers les agriculteurs", a déclaré Sachin, en tenant ma main.

"Papa...", a dit Pradeep, et je l'ai regardé avec affection.

"Nous sommes vraiment fiers d'être les fils d'un agriculteur travailleur, informé et courageux." Il a dit, en essuyant ses larmes et souriant largement.

J'ai regardé vers le ciel, que je pouvais voir depuis le balcon au loin. Je ne pouvais être plus reconnaissant de la compassion dont Dieu avait fait preuve envers moi.

Gangaram nous a raconté toute son histoire. Tout le monde était perdu dans son histoire, mais je ne l'étais pas. J'avais une culpabilité inexprimée ; même avec la meilleure éducation et une famille riche et influente, je me sentais beaucoup plus inférieur qu'un agriculteur pauvre et non éduqué dans mes pensées et mes actes. Sa profession et ses valeurs faisaient de lui l'une des meilleures personnes aux yeux de Dieu, et mes ambitions avides me rendaient inhumain.

Pour la première fois de ma vie, j'ai valorisé un agriculteur, le pourvoyeur de nourriture pour le monde.

Il est la fierté de la nation, du monde et de Dieu.

Un homme pieux : la force de Dieu

"Que s'est-il passé ?" me demanda Sir.

J'étais juste silencieux, regardant ici et là. Il a dit au revoir à ce groupe, et nous avons continué à marcher. Je n'ai pas pu dire au revoir à Gangaram mais je l'ai juste regardé. Son visage flottait encore dans mes pensées.

"Ne t'inquiète pas, torturons les autres", a dit Sir poliment.

Je l'ai regardé et j'ai de nouveau pensé à Sakshi. La rencontrer devenait très difficile car beaucoup de gens m'impliquaient dans leur vie, et je ne pouvais pas faire confiance à Sir pour lui parler de Sakshi, car il informerait peut-être son Seigneur Diable. Et puis, que se passerait-il ? Je ne voulais même pas l'imaginer.

Nous avons marché mais soudain, le mot "Dieu" est arrivé à mes oreilles. J'ai regardé à ma droite, et quelques pieds plus loin, nous sommes tombés sur un homme à la barbe noire parlant de Dieu à de jeunes enfants. Il pouvait attirer n'importe qui vers lui - c'était le genre d'excellentes compétences oratoires qu'il avait - mais j'étais assez intelligent pour ignorer ses discours.

"Sir, qui est-il ?" ai-je demandé à Sir par curiosité.

"Un homme."

"Je sais, mais que leur enseigne-t-il à propos de Dieu ?"

"Il les rend plus conscients de Dieu", a-t-il dit en souriant. C'était la première fois que je le voyais sourire. J'ai aussi souri.

Sir est allé le voir et a commencé à parler, mais je l'ai délibérément ignoré. Ils se sont parlé très gentiment. Puis, après un certain temps, ils sont tous les deux venus me voir.

"Bonjour", m'a-t-il salué sagement.

"Salut, je suis Amar d'Inde", ai-je répondu avec toute la formalité nécessaire.

"Je suis Farman Ahmed Siddiqi du Pakistan", a-t-il répondu. Tout à coup, je me suis senti un peu mal à l'aise (avec ce mot "Pakistan"), bien que je ne sois pas très patriote sur Terre. Mais il avait l'air assez humble et terre à terre, et j'ai senti que je devrais parler avec lui, au moins à propos de Dieu.

"Avez-vous déjà vu Dieu ?" je lui ai demandé directement. C'était une question inhabituelle à poser lors d'une première rencontre, mais j'avais perdu patience.

"Non, mais nous pouvons le ressentir", a-t-il répondu avec ses mots magiques.

Je n'ai pas compris grand-chose à sa réponse plutôt philosophique.

"Ici ? Le ressentez-vous ici ?" demanda Sir.

"Partout", répondit-il de nouveau indirectement.

"Comment ? Nous voulons savoir", dit Sir, mais je savais qu'il allait commencer à parler de toute son expérience de vie pour prouver que l'on peut ressentir la présence de Dieu.

"Sir, une minute", dis-je à Sir et l'emmenai sur le côté. Il s'est gentiment excusé auprès de Farman.

"Écoutez, je ne suis pas venu ici pour écouter les histoires de vie de ces gens", dis-je, irrité.

"Je sais que vous êtes venu chercher Dieu", répondit-il avec calme. Tout à coup, je suis devenu nerveux et effrayé qu'il ait peut-être compris mes véritables intentions. J'ai essayé d'être normal et courageux.

"Je ne veux pas torturer les gens bien. Je veux rencontrer quelqu'un", dis-je, étant très honnête cette fois-ci.

"Je sais que vous voulez rencontrer Dieu et le voir, non pas par souci mais seulement par curiosité", dit-il astucieusement. J'étais soulagé qu'il n'ait pas compris mes véritables intentions.

"Croyez-moi, l'indice pour trouver Dieu se cache dans ces croyants de Dieu uniquement, et peut-être, l'un d'entre eux est Dieu aussi", a-t-il dit, m'expliquant pourquoi il était intéressé à parler à ces gens. Il attendait ma réponse. J'ai réfléchi pendant un moment.

"Allez, parlons avec lui", ai-je accepté, et nous sommes allés tous les deux vers cet homme.

Il était à nouveau occupé avec les enfants. Sérieusement, quel orateur formidable il était !

"Farman, allez-vous nous parler de votre foi en Dieu ?" je lui ai demandé gentiment.

Il nous a regardés poliment avec un sourire.

"Allez, Hamad, essaye juste une fois", j'ai offert du whisky à Hamad dans un club. J'étais à moitié ivre.

"Hors de question", il s'est irrité, ajoutant : "Et Farman, toi aussi arrête ça. Ce n'est pas autorisé." Hamad grognait.

"Tu n'es pas dans ta ville natale Karachi, mon frère", ai-je dit. "Monsieur Pakistan." J'ai crié.

"Mais nous sommes tous les deux Pakistanais ici et musulmans partout", a-t-il argumenté.

"Prendre une gorgée ne causera aucun mal. Même Dieu peut comprendre ça", ai-je répondu, riant bruyamment.

"Ne fais pas d'aussi stupides blagues ! Un jour, tu seras toi-même la cible de telles blagues !"

"Ce n'est pas une blague, mais un grand homme d'affaires", j'ai vanté en criant au-dessus de la musique forte.

"Vraiment ? Comme ça, juste comme ça ?" Il m'a demandé, en se moquant de moi. Soudain, j'ai trébuché sur le sol ; j'étais trop ivre.

"Tu t'impliques tellement avec tes amis stupides, mec", a dit Hamad, me ramassant du sol et m'aidant à me lever.

"Est-ce mal ? L'Amérique a une vie si belle, tant de liberté…", j'ai répondu en riant.

"Si nous ne continuons pas cette culture dans notre pays, il vaut mieux ne pas s'impliquer autant dès le début. Je suppose que tu t'es trop bien mélangé avec tes amis mal élevés." Hamad avait toujours des plaintes au sujet de mon implication avec mes amis grossiers.

"Tu n'es pas là à Portland, c'est pour ça", j'ai crié, ajoutant : "Et oui, frère, tu as raison. Nous ne devrions pas accepter leur culture. À partir de demain, nous commencerons à porter une barbe et à prier cinq fois. C'est ça, non ?" ai-je dit sarcastiquement, mais cette fois il a souri.

"Dieu, c'est une perte de temps de parler avec toi. Je pense que tu es trop ivre", a-t-il dit en me sortant du club. Le reste de mes camarades de classe et de mes amis sont restés derrière.

"Non, la fête vient juste de commencer. Je ne veux pas partir si tôt !" J'ai crié et me suis comporté très grossièrement.

"Allons chez nous, frère." Il a demandé, en me traînant vers le taxi.

Après m'avoir déposé à mon appartement, Hamad est reparti à San Francisco.

Après ça, j'ai dormi très profondément. Mais dans cet état-là aussi, une chose était vivante et claire dans mon esprit, qu'un jour je retournerais au Pakistan pour créer ma propre entreprise d'informatique. J'ai eu ce rêve depuis ma graduation en applications informatiques de Karachi.

Le lendemain matin, tôt, je me suis réveillé pour voir 30 appels manqués du numéro de mon père. J'étais en panique. Il n'appelait jamais comme ça. Mon esprit tourbillonnait avec des pensées craintives que peut-être papa ou maman étaient malades ou qu'il y avait d'autres mauvaises nouvelles, je l'ai appelé de manière anxieuse.

J'étais tellement inquiet que je n'ai même pas attendu qu'il dise bonjour quand il a décroché le téléphone. J'ai juste balbutié, "Allo, papa."

"Farman", a-t-il dit, ayant l'air très contrarié.

"Oui, papa. Tout va bien ?" J'ai demandé.

"Toi, s'il te plaît, reviens aujourd'hui même", a-t-il dit, et cela a augmenté ma tension encore plus. J'ai commencé à m'inquiéter pour maman.

"Qu'est-ce qui s'est passé ?" ai-je demandé à nouveau.

"Fils, ton grand-père..." Il a dit ça et s'est arrêté. J'étais choqué.

"Quoi ? Papa, qu'est-ce qui lui est arrivé ?" J'étais très agité.

"Mon fils, s'il te plaît viens tôt." Papa avait l'air très contrarié. J'ai compris que grand-père n'était plus là. Il souffrait depuis longtemps de diabète élevé et de problèmes cardiaques.

J'ai appelé Hamad en deuil et je lui ai donné cette information. Il a réservé mon billet pour Karachi le plus tôt possible mais mon souhait de voir le corps de mon grand-père mort est resté insatisfait.

Alors que j'étais à l'aéroport, j'ai de nouveau reçu un appel de papa, lui disant qu'ils ne pouvaient plus attendre mon arrivée pour les funérailles. J'étais désespéré d'être si malchanceux. Je n'ai même pas pu voir mon grand-père pour la dernière fois de ma vie à cause de ce stupide diplôme de MBA ! La nuit dernière, alors que je m'amusais avec mes amis, mon grand-père a perdu la vie en m'attendant.

Les souvenirs de mon grand-père ont continué à courir dans ma tête tout au long du vol. J'ai passé toute mon enfance avec mon grand-père. Papa était toujours occupé avec son entreprise et maman était occupée avec ses achats et ses rassemblements publics.

"Grand-père, est-ce que tu aimes plus papa ou moi ?" À l'âge de 5 ou 6 ans, je posais ces questions stupides tout le temps.

"Toi, mon enfant", répondait-il toujours ; et probablement, c'était vrai aussi.

Cependant, quand je lui demandais : "Est-ce que tu aimes plus Dieu ou moi ?", il réfléchissait toujours avant de répondre.

"Dieu m'a donné un petit-fils comme toi. Je t'aime à cause de Dieu." Il était assez intelligent dans ses réponses.

"Mais quand même, qui aimes-tu le plus ?", le questionnais-je.

"Je vous aime tous les deux", répondit-il, en me serrant dans ses bras.

Je regardais dehors par la fenêtre de l'avion. Il ne voulait pas que je vienne aux États-Unis.

"Grand-père, est-ce que le grand-père du Prophète était comme toi ?" Je lui posais innocemment cette question tout le temps.

"Meilleur que moi ; c'était le meilleur grand-père", répondait-il en me tapotant la tête.

"Mais tu es mon meilleur grand-père !", je répondais en le serrant fort dans mes bras.

Grand-père m'aimait vraiment beaucoup.

Je suis arrivé à Karachi et je me suis senti sombre. J'étais encore plongé dans mon passé, où la plupart du temps, je passais du temps avec grand-père seulement. Jusqu'à ce que mes études soient terminées, j'ai été avec lui, mais je n'ai jamais compris ses enseignements et je n'aimais jamais sa façon de vivre.

Je suis arrivé si tard pour les funérailles que je n'ai même pas pu voir son visage pour la dernière fois. Mais sa tombe fraîche m'a fait éclater en sanglots. J'ai touché le sol de sa tombe ; je le sentais.

"Chaque fois que les difficultés viennent, fais confiance à Dieu ; il a des plans merveilleux pour toi." Il disait toujours cette phrase.

Je me suis mis à me souvenir de ces jours où il passait la plupart du temps à prier et à lire le Saint Coran, les Hadiths et d'autres livres islamiques.

Je suis allé dans sa vieille maison où il avait passé ses derniers jours. Il croyait toujours en la simplicité et ne restait donc pas longtemps dans la grande maison de mon père.

La chambre de grand-père était remplie de livres religieux. Il avait appris tous les versets du Coran en arabe et était très bon en persan. Il avait toujours une solution pour chaque problème, et ses réponses n'avaient qu'un seul mot, "Dieu". Il voulait que je lise le Coran tous les jours et qu'on remercie Dieu pour ce qu'il nous avait donné, mais je n'ai jamais fait ce qu'il voulait, et ni papa ni maman ne l'ont fait non plus.

"Farman, quand rentres-tu ?" Papa m'a demandé. J'étais assis sur mon lit dans ma chambre avec la casquette préférée de grand-père dans mes mains.

"Demain." J'ai juste jeté un coup d'œil à lui et je me suis replongé dans mes chagrins.

"Oui, tu manques des cours." A-t-il dit en s'asseyant devant moi sur le lit. "Comment se passe tes études ?" il m'a demandé gentiment.

"Bien." ai-je dit. Il avait aussi l'air désespéré, comme s'il avait beaucoup pleuré ou n'avait pas bien dormi.

"Papa."

"Oui, mon fils."

"Est-ce que je peux prendre les affaires de grand-père avec moi ?"

"Quelles affaires ?" m'a-t-il demandé.

"Ses livres et ses autres affaires ?"

"Mais que vas-tu faire avec ces affaires ?"

Je suis devenu silencieux car je n'avais vraiment pas la réponse à cette question.

Il a compris mes sentiments et que je n'étais pas vraiment dans un état normal. Il m'a apaisé et a quitté ma chambre.

Après son départ, je suis allé devant le miroir, j'ai mis la casquette de grand-père et je me suis regardé dans le miroir. Je pouvais voir le visage de grand-père reflété sur mon visage ; j'étais presque comme lui, grand et clair avec des traits marqués, mais il avait une barbe que je n'avais pas.

"J'ai parlé à la famille de Sirah." Maman m'a dit à table, mais je suis resté silencieux. Elle a jeté un regard significatif à papa et a continué : "Je pense que tu devrais te marier."

"Maman, ce n'est pas le bon moment pour parler de ça." ai-je dit d'une voix très haute.

"Pourquoi ?" a-t-elle demandé en élevant la voix.

"Ne savez-vous pas que grand-père vient juste de nous quitter ?!" ai-je demandé avec mépris, mais cette fois-ci le ton de ma voix était bas. J'ai laissé la nourriture et je suis allé dans ma chambre. Après un certain temps, maman est venue avec le plateau de nourriture dans sa main. Je savais que je n'aurais pas dû parler comme ça.

"Ça va prendre un an et demi pour terminer mon MBA, et après ça, je prévois de travailler." Je lui ai dit alors qu'elle posait le plateau devant moi sur le lit.

"Mon fils, toutes ces choses vont continuer. En attendant, s'il tu te maries, qu'est-ce qui ne va pas ? Jusqu'à quand Sirah va-t-elle t'attendre ? Et grand-père le voulait aussi." Elle a expliqué la raison de se dépêcher pour le mariage.

"Elle a été mon amie depuis l'enfance ; elle me comprendra et mes ambitions." ai-je dit très confiant. En entendant cela, maman est tombée dans un silence plein de tristesse. Voyant cela, je lui ai dit : "Maman, ne te fais pas de soucis pour ça. S'il te plaît." Enfin, elle a souri un peu. J'étais encore perdu dans mes souvenirs à propos de grand-père.

J'étais dans la salle de classe de mon université. C'était la première fois que j'étais si attentif au cours. Après le cours, même si tout le monde sortait pour sortir avec des gens, je restais dans la salle de classe seulement.

"Eh, Farman, pourquoi es-tu si perdu ?" Dustin m'a demandé.

"Non, je pensais juste à quelque chose."

"Tu t'ennuies toujours de ton grand-père, n'est-ce pas ?" Il a mis une main sur mon épaule.

Je ne savais pas quoi dire si je m'ennuyais de mon grand-père ou si c'était quelque chose d'autre qui m'avait causé cet ennui dans cet environnement agréable et divertissant.

"Allons au bar aujourd'hui pour faire la fête. Je vais te prendre." A-t-il dit, puis nous avons commencé à marcher vers la cafétéria. Pour toute la journée, je n'avais pas envie d'aller à la fête plus tard. Peut-être parce que j'étais bouleversé par la mort de mon grand-père. J'avais été très différent ; la douleur sera surmontée bientôt, et j'espère retrouver mon moi normal.

Cette nuit-là, je me préparais pour la fête. J'ai mis un t-shirt blanc cool et un jean bleu et me suis coiffé devant le miroir. Tout à coup, j'ai vu la réflexion de quelque chose derrière moi, dans le miroir. La petite valise contenant les affaires de grand-père était posée sur le sol près du lit.

Grand-père disait : "Mon fils, il doit toujours y avoir des principes pour vivre la vie. Tu dois trouver certaines façons de vivre ta vie. J'ai trouvé la mienne dans la religion. La religion te dit comment devenir une personne réussie dans la vie tout en étant un bon être humain aussi."

À ce moment-là, Dustin a sonné à la porte ; il était venu me chercher. J'ai ignoré mes pensées et les affaires autour de moi et suis parti avec lui à la fête.

Un grand groupe de mon collège était là ; tout le monde dansait et buvait ensemble.

"Prends un verre ; à quoi penses-tu ?" Frank m'a offert un verre.

J'ai pris un verre, mais c'était la première fois que je ne me sentais pas bien après avoir bu. D'habitude, je me sentais détendu et sans stress, mais cette fois-ci, je me sentais très anxieux pour aucune raison apparente.

La musique était assourdissante, et je sentais la douleur pulsante dans ma tête. J'ai commencé à trouver les paroles des chansons vulgaires ; je n'avais jamais ressenti ça avant. J'ai quitté la fête sans informer Frank et Dustin.

Je ressentais de l'inquiétude dans mon corps et mon esprit. Je ne ressentais pas de paix nulle part et dans rien. Encore une fois, j'ai vu la valise de grand-père et j'ai pensé que c'était peut-être le moyen de me soulager.

J'ai ouvert la valise. Son salwar-kurta et sa casquette préférés sentaient encore son parfum. En touchant ses livres, j'avais l'impression de toucher ses mains. Le livre "Vie du prophète Mahomet" semblait très léger comparé au Coran et aux autres lourds livres islamiques.

J'ai changé de vêtements et j'ai commencé à lire ce livre, allongé sur le lit. Soudain, un souvenir de grand-père m'est venu à l'esprit.

"Mon enfant, quand tu es vraiment contrarié, lis simplement le Saint Coran. Tu te sentiras mieux."

Il me l'avait dit une fois lorsque j'avais obtenu la deuxième place de la classe en 8e année et que j'étais très déprimé à ce sujet. J'ai essayé de me rappeler toutes ses enseignements du Coran. Il m'avait beaucoup appris pendant mon enfance ; certains je me souviens et certains j'ai oublié.

J'ai ouvert le Coran comme un livre ordinaire ; involontairement, un verset s'est ouvert.

Dans l'après-midi et dans la nuit qui s'étend sur le monde en paix, votre Seigneur ne vous a pas abandonnés, et il n'est pas mécontent de vous. La fin sera pour vous meilleure que le commencement. Votre Seigneur vous donnera bientôt de ses biens, et vous en serez satisfaits. Ne t'a-t-il pas trouvé orphelin et ne t'a-t-il pas donné asile ? Ne t'a-t-il pas trouvé dans l'erreur et ne t'a-t-il pas guidé vers la vérité ? Ne t'a-t-il pas trouvé dans le besoin et ne t'a-t-il pas pourvu ? N'opprimez donc pas l'orphelin et ne repoussez pas celui qui vous demande secours. Et la générosité de votre Seigneur, annoncez-la toujours. (Coran, 93:1-11)

Ensuite, j'ai pris le livre "La Vie de Muhammad" et j'ai commencé à lire sur son enfance.

"Muhammad." Je me suis dit son nom. Pour la première fois, j'ai ressenti un sentiment d'appartenance et de satisfaction en entendant son nom. J'ai senti que je comprenais pourquoi grand-père était si dévoué à cet homme exceptionnellement grand.

Il était environ 2 heures du matin.

J'ai ouvert mon ordinateur portable pour en savoir plus sur le prophète Muhammad et j'ai regardé des vidéos sur YouTube. Quels enseignements! Wow! J'étais rempli d'espoir et de croyance ; à ce moment-là, grand-père serait satisfait de moi.

Depuis lors, j'ai régulièrement commencé à lire sur les prophètes et j'ai également commencé à comprendre les versets du Coran. J'ai essayé d'appliquer les enseignements dans ma vie quotidienne et j'ai commencé à me sentir de plus en plus satisfait jour après jour.

Si les enseignements du Prophète étaient pleinement compris par quiconque, cela pourrait faire de lui le meilleur être humain, tout comme mon grand-père l'était.

À l'âge de 25 ans, j'ai enfin compris ce que grand-père disait il y a 15 ans.

Pourquoi papa et maman n'avaient-ils jamais appliqué ces enseignements dans leur propre vie ? Ou était-ce que Dieu était vraiment reconnaissant envers moi ?

Après quelques jours, mes propres amis Dustin et Frank ont commencé à se comporter grossièrement. Je ne voulais même pas croire qu'ils étaient les mêmes personnes qui étaient vraiment préoccupées pour moi à un autre moment de ma vie. J'ai beaucoup essayé de clarifier les raisons pour lesquelles j'avais changé comme ça. Pourquoi j'avais arrêté d'aller aux fêtes, arrêté de boire, arrêté de me raser la barbe, vivant très simplement et consacré autant de temps à la lecture et à l'étude. Mais ils ne voulaient même pas m'écouter. Ils ont commencé à me blesser l'esprit avec leurs actions, leurs mots. J'étais brisé à ce moment-là. Je me sentais intimidé - quelque chose que les gens ont connu très tôt, peut-être à l'école ou au début de l'université, mais pas en faisant leur MBA avec des futurs planificateurs d'entreprise hautement qualifiés. J'ai commencé à sentir que je devais partir d'ici même avant de terminer mon diplôme de MBA.

Un jour, Hamad est venu me voir à l'université.

"Pourquoi ne t'es-tu pas rasé la barbe?" Hamad a demandé. "Nouveau style?" Nous étions assis dans la cafétéria; il mangeait son burger tout en plaisantant de manière amicale.

"Non, pas un nouveau style, mais j'essaie de suivre les traditions du prophète Muhammad." J'ai répondu très poliment.

Il a été très choqué par ma déclaration.

"Quoi? Mais pourquoi?" Il essayait de sourire mais était encore très confus.

"Grand-père suivait. Après lui, personne dans la famille ne veut faire ça." J'ai dit.

"Donc, c'est tout à cause de grand-père?" il a conclu.

"Pas exactement, j'ai commencé à lire sur le Prophète, et j'ai senti que je devrais au moins essayer de suivre ses enseignements. Je me sens bien à ce sujet." J'ai confié.

"Mais ici? Aux États-Unis?" Il était toujours confus.

"Et alors?" J'ai un peu été en colère, même si je n'aurais pas dû.

"Rien, frère, mais où sont tes amis?" Il a changé de sujet. Peut-être voulait-il savoir ce que mes amis américains pensaient de moi.

"Ils ne me parlent plus ces jours-ci. Ils se sont éloignés de moi."

"Ils ont pris leur distance, ou tu l'as fait?" Hamad a demandé, se demandant si suivre la religion faisait des obstacles à mes amis.

"Je n'ai pas le droit d'ignorer même un ennemi. Alors, ce sont mes amis. Mais j'ai volontairement arrêté d'aller aux fêtes. Je n'ai presque plus de temps." J'ai dit très directement.

"En voyant ta barbe, peut-être qu'un jour, ils vont t'humilier", a-t-il dit, exprimant ses inquiétudes.

"Ils m'ont déjà beaucoup humilié. Je pense qu'il ne reste plus rien à humilier", ai-je répondu.

"Tu ne te sens pas blessé?"

"Avant, oui, mais maintenant je comprends que je dois affronter tout ça. Le Prophète (Muhammad) a également dû faire face à cela. Mais je dois rester calme et humble avec tout. Ils ne me blessent pas physiquement." ai-je dit avec conviction et un sourire.

"Mais tu dois te sentir seul ici...", a demandé Hamad avec inquiétude.

"Dieu est toujours là pour tout le monde." ai je répondu avec confiance.

"Je suis étonné ; tu es vraiment une personne changée maintenant." Il souriait très sincèrement.

"J'ai encore beaucoup de défauts que je dois surmonter", ai-je dit en commençant à manger mon sandwich.

Il me regardait simplement.

Après une semaine, après un autre épisode humiliant, je me suis agité et j'ai appelé Sirah le soir.

"Comment vas-tu, Sirah ?"

"Je vais très bien. Et toi ?" Elle a répondu très joyeusement.

"Je vais bien", ai-je dit. Ma tristesse n'a pas échappé à Sirah.

"Qu'est-il arrivé ? Tu sembles contrarié..." Elle a montré de l'inquiétude.

"En fait..." Je ne voulais pas lui divulguer la vraie raison.

"Oh, tu me manques sûrement. Je m'ennuie aussi de toi, mon cher ami", a-t-elle dit avec affection.

"Quand prévois-tu de revenir à Karachi ?"

"Le mois prochain", ai-je dit.

"Le mois prochain", a-t-elle répété en murmurant.

"Tu n'es pas allé traîner avec tes amis ?" a-t-elle demandé, soupçonnant quelque chose de suspect.

"J'ai arrêté de sortir avec eux", ai-je répondu sèchement.

"Pourquoi, Farman ?" a-t-elle demandé.

"Différences culturelles."

"Allez, tu es à 90% américain", a-t-elle dit avec décontraction.

"Je suis à 100% musulman !" J'ai répondu strictement.

"Quoi ?" Elle a demandé d'un ton élevé, effrayée.

"D'accord, laissez tomber ce sujet." J'ai dit en me calmant. "Je suis désolé, je suis juste de mauvaise humeur, je suppose."

"C'est bon, je peux comprendre ta situation." Comme d'habitude, elle me comprenait. "Ne t'inquiète pas, tout ira bien un jour." elle m'a assuré.

"Khuda Hafiz", ai-je dit, la laissant partir de meilleure humeur.

Après un moment de pause, elle a dit "Au revoir".

Un jour, un vendredi, je suis allé à la mosquée pour la prière. En revenant, j'ai vu six appels manqués du numéro de maman. Je l'ai rappelée sans supposer quoi que ce soit de mal; c'était le changement que j'avais ressenti après avoir suivi la religion.

Elle a décroché.

"Farman, qu'as-tu fait ?" elle a commencé à crier dès qu'elle a répondu au téléphone.

"Maman ? Que s'est-il passé ?" ai-je demandé, ne comprenant pas ce que j'avais fait de mal.

"Tu as commencé à porter une barbe ?" Elle a demandé d'une voix en colère.

Il n'y avait rien à dire à cela. J'ai juste raccroché, me sentant blessé. Ses mots sur la barbe étaient très durs ; j'avais l'impression que mon cœur brûlait. Après un certain temps, maman m'a rappelé. J'ai pris une profonde respiration et j'ai répondu au téléphone.

"Farman, qu'est-ce qui t'arrive ?" Cette fois, elle a demandé d'un ton normal.

"Maman, s'il te plaît. Je ne fais rien d'illégal." J'ai répondu poliment.

"Le pays où tu fais ça, ils ne l'apprécieront pas ou ne te loueront pas. Même les musulmans américains sont une menace pour leur bien-être, et tu es pakistanais. Je te dis ; ils se comporteront mal avec toi." Elle a dit avec préoccupation.

"Maman, cela n'a pas d'importance pour moi. Je suis sur le bon chemin. C'est suffisant." ai-je dit.

"Et tu n'obéis pas à ta mère, c'est ça ?" Elle a crié.

"Maman, je ne peux pas te désobéir. Je t'aime tellement." ai-je répondu.

"Eh bien, si tu as vraiment du respect et de l'amour pour moi, alors rase ta barbe immédiatement." Elle a ordonné.

"Maman, s'il te plaît. Tu me fais vraiment mal." ai-je dit d'une voix douloureuse.

"Mon fils, Sirah, te quittera", elle a crié.

"Maman, que dis-tu ?" J'étais choqué.

"Hamad a dit à Sirah que tu avais commencé à suivre la religion traditionnelle et que tu avais gardé la barbe. Elle est venue me voir et s'est plainte. Elle m'a directement dit que si tu ne quittais pas ces choses, elle ne t'épouserait pas." Maman a dit très impuissante.

"Mais pourquoi ne m'a-t-elle pas parlé directement ?" J'ai demandé à maman ; elle est restée silencieuse.

Je suis rentré chez moi pendant les vacances de Noël. Ma mère insistait continuellement pour que je rencontre Sirah une fois. Ce n'est pas que je ne voulais pas la rencontrer ; je voulais la rencontrer du fond de mon cœur, mais je n'avais reçu aucun appel ni message d'elle depuis plusieurs mois, donc j'avais un fort sentiment qu'elle voulait rompre notre relation.

Je la connaissais depuis l'enfance ; elle aimait les gens qui ne parlaient pas de religion et de Dieu. Elle avait un esprit libre et voulait aller dans un autre monde qui était juste comme ça. J'avais complètement changé cette dernière année ; comment pouvais-je m'attendre à ce qu'elle m'accepte après ce changement drastique ?

J'ai décidé de lui parler comme une personne ordinaire, pas comme son ami d'enfance et son amoureux. Je l'ai appelée.

"Allo." J'ai entendu sa voix douce.

"Sirah." J'ai à peine pu dire son nom.

"Farman, tu as appelé après si longtemps !" Elle a dit avec excitation.

"Oui, je veux te rencontrer."

"Oui, pourquoi pas ? Je vais aussi te faire rencontrer quelqu'un." Elle a répondu joyeusement.

"Qui ?" Je lui ai demandé.

"C'est une surprise. Je t'enverrai un message avec le lieu et l'heure. Sois là, d'accord ? Ok, salut !" Elle a raccroché. J'étais content qu'elle ait parlé gentiment, mais j'étais aussi curieux de savoir quelle surprise elle préparait. Sirah était une personne joyeuse. Elle parlait toujours comme ça.

Je pensais qu'après l'avoir rencontrée, j'essaierais de lui faire comprendre mon nouveau mode de vie. Elle comprendrait et finirait par me louer pour ce changement positif en moi. Elle me trouverait une nouvelle personne avec de nombreuses valeurs et accepterait joyeusement de m'épouser.

"Farman, voici Zaid, mon cousin et mon fiancé." Sirah a dit, me présentant sa "surprise", qui s'est transformée en un choc douloureux pour moi ! Je ne me souvenais pas avoir été autant blessé de toute ma vie ! Pourtant, extérieurement, j'ai essayé de rester normal.

"Salut." ai-je dit très poliment à Zaid. Il était très grand et beau, tout comme moi, mais peut-être que ses joues rasées le rendaient plus attractif pour une femme moderne.

Il a simplement hoché la tête et souri de force.

"Nous nous sommes installés à la table du restaurant qui était notre repaire préféré depuis notre adolescence. Alors que nous nous installions, Zaid a claqué des doigts et a crié : "Garçon !"

Quand un jeune serveur est arrivé à la table, Zaid a commencé à crier :

"Nous devons vous appeler ? Vous n'avez aucun sens que vous devriez venir de vous-même ? Quel restaurant stupide !", Zaid continuait de crier de manière agressive. J'ai regardé vers Sirah. Elle ne réagissait pas au comportement de Zaid. J'étais également plongé dans mes propres douleurs.

"Désolé, monsieur." a dit le serveur très poliment.

"Alors, que voulez-vous, mon amour ?" Zaid s'est tourné vers Sirah et lui a demandé avec amour.

"Un café noir." Elle a répondu comme d'habitude.

"Et toi ?" Il m'a demandé.

"Je prendrai du thé." ai-je répondu respectueusement.

"Deux cafés noirs et un thé, compris ?" Il a à nouveau maltraité le serveur.

"Oui, monsieur." a dit le serveur et est parti.

"Alors, Maulana Sahib, que fais-tu ces jours-ci ?" Il s'est tourné vers moi et a commencé à se moquer. Avant que je puisse répondre, Sirah a répondu pour moi, en disant :

"Il fait un MBA à l'université d'Oregon et cela aussi avec une bourse."

"Oh, oui, des gens comme toi ont besoin d'une bourse d'études", a-t-il commenté de nouveau avec mépris. En fait, chaque phrase de sa part (envers qui que ce soit) était simplement un commentaire sarcastique.

"Zaid, ne dis pas ça. En réalité, il a une entreprise prospère", répondit Sirah. J'étais heureux qu'elle se soucie encore de moi comme d'un ami.

"Où ça ? Dans la mosquée ?", riposta Zaid avec un sourire en coin.

"Zaid, s'il te plaît ! Farman, s'il te plaît, ne lui en veux pas. Il est très franc", supplia Sirah.

"Je comprends", dis-je en restant silencieux pour le reste de la réunion. Quand nous sommes sortis du restaurant pour partir, le téléphone de Zaid a soudainement sonné, et il nous a laissé seuls pendant un certain temps.

"Sirah, puis-je te poser une question ?", ai-je demandé très poliment à Sirah. Elle a hoché la tête.

"Qu'as-tu vu en ce gars ?"

Surprenamment, elle s'est mise en colère en entendant ma question et a rétorqué avec arrogance : "Quoi qu'il en soit, je suis la personne la plus importante pour lui dans sa vie !"

"Tu étais également très importante pour moi", ai-je été humble.

"Tu as valorisé tes principes plus que moi. Ta religion, ton Dieu sont plus importants même que ta mère et moi", a-t-elle déclaré avec sévérité.

"Une personne qui suit une religion valorise les sentiments de tout le monde, mais tu es mon amour", ai-je dit. Elle a détourné le visage car elle ne voulait pas écouter. "Je ne t'oublierai jamais, Sirah. Je te souhaite tout le bonheur du monde", ai-je dit chaleureusement, mais c'était le plus douloureux pour moi.

Elle n'a pas répondu, elle ne m'a même pas regardé. J'ai commencé à marcher vers chez moi ; j'avais le plus besoin de ma mère à ce moment-là.

Quand je suis revenu à la maison, maman a compris toute la situation sur la façon dont Sirah m'avait trahi gravement. Elle était assise sur le canapé, et je me suis assis près de ses pieds, en pleurant.

"Maman, je suis désolé. Je t'ai beaucoup fait de mal."

"Aucun enfant ne peut blesser sa mère, mon cher", dit-elle, mais elle s'est mise à pleurer elle-même.

"J'ai gardé une barbe sans ta permission", lui ai-je dit.

Farman:
Tere raste mushkilaato se bhare hai,
Aur mere honsle ab jawaab dene lage hai,
kitna akela padd gaya hoon teri mohabbat me ulajhkar,
Man ke parinde tere usoolo se door udane lage hai.
Kyun karta hai tu aisa, apne aashiqo ke saath hi,
Shayad tujhe naa chahne wale hi tujhe acche lagne lage hai.
Pani ki boond jitna bhi ishq hai tujhe to bata de ek baar,
Kya meri ibadat ke labz tujhe jhoote lagne lage hai.

God:
Mushkilate to lazmi hai mere raste ki,
Par manzil to main hun beintehaan mohabbat se bhari.
Honsle to waqt ke mohtaz hote hai, jabab dete rehte hai,
Par ashiq har pal taiyar rehte hai, har koshish har kaam me kamyaab hote hai.
Man, manchala, usoolo se door ho sakta hai, tujhe tanha kar sakta hai,
Par ishq ho agar mera tere rom-rom me, to man ko hara deta hai,
Tere sare khwaab hakikat me badal deta hai.
Khuda hoon, naa chahne wale bhi mujhe bhaayenge,
Par tere jaise mujhpe mar mitnewale alag hi mukaam payenge.

Meri mohabbat ko tol mat; itni hai ki insan to kya, kabhi main bhi hisaab na kar paaya hoon,

Ibadat kar ya ruswa kar mujhe, tu yaad rakhta hai, sirf isme hi apni khushnaseebi samajhta aaya hoon.

Yakeen kar tera naseeb, tera muqaddar, apne haatho se likh kar baitha hoon,

Akbar hoga tu iss duniya ka, ye pehle hi tey kar chukaa hoon.

Farman :

Le chemin vers toi est rempli d'épines,
Ma force est en train de fléchir,
Je lutte pour ton amour et je me sens si seul,
Je veux quitter ton chemin de vérité,
Pour prendre la route plus facile et plus fréquentée.

Pourquoi tes amoureux souffrent-ils ?
Peut-être que tu aimes plus tes ennemis,
Dis-moi si tu as même une goutte d'amour pour nous,
Ou est-ce que notre adoration est pour toi une imposture.

Dieu :

Les épines décorent le chemin vers moi,

Mais les roses de mon amour remplissent la destination.

Notre force fléchit avec le temps,

Mais notre amour est notre intelligence et notre détermination,

Pour atteindre notre gloire tout le temps.

Le cœur est changeant, essaie de fuir les règles,

Vous fait sentir seul aussi,

Mais votre amour débordant pour moi fleurit,

Dirige votre cœur à travers,

Et réalise tous vos rêves.

Je suis le Dieu, qui surveille tout,

Me plaire est l'intérêt de tous,

Mais des gens comme vous qui m'aiment de toutes leurs forces,

Atteindront bien au-delà de ce qu'ils souhaitaient.

Ne cherchez pas à mesurer mon amour,

Comment le ferez-vous, quand moi-même je ne peux le mesurer,

Vous m'aimez, m'adorez ou me détestez, tant que vous vous souvenez de moi,

Je me considère chanceux.

Croyez-moi, votre destinée, votre chance,

Je les ai écrits de mes mains,

Vous serez le gagnant de votre monde,
Cela a déjà été décidé à l'avance.

"Tu as la permission de Dieu, mon fils, alors qu'est-ce que je suis ?" a-t-elle dit chaleureusement, ajoutant : "Oui, mon fils. Je t'ai observé pendant longtemps, alors que nous étions en contact uniquement par téléphone et maintenant, ici devant moi. Tu es devenu une grande personne, un grand fils", dit-elle en caressant affectueusement ma tête.

"Ton père et moi n'avons jamais valorisé ce que ton grand-père disait. Nous avions tous les deux un vide déprimant dans nos vies que tu as rempli avec ta croyance en Dieu."

"Si quelqu'un te déteste, il déteste l'humanité. Si quelqu'un t'humilie, il humilie Dieu. Si quelqu'un te rejette, il rejette la vérité, et ce genre de personnes ne réalisera jamais rien dans leur vie. Mais toi, tu réaliseras quelque chose de bon un jour. Mon fils, tu seras admiré par les autres", sa confiance transparaissant. J'ai mis ma tête sur ses genoux.

Mes larmes ne pouvaient être contenues ; pourtant, j'ai ressenti une paix m'envahir, comme dans une prière. Les larmes ont peu à peu lavé toute ma douleur.

J'étais à la bibliothèque pour rendre mes livres au bibliothécaire car les examens étaient terminés et nous attendions les résultats. J'avais été le meilleur de ma classe pendant trois semestres, mais je n'étais pas confiant pour ce quatrième semestre, car la compétition avait augmenté.

Après avoir rendu les livres, j'ai ouvert mon ordinateur portable et j'ai vu un e-mail du professeur Imran Qureshi, un enseignant renommé de notre école de commerce. Il voulait me rencontrer.

Je suis allé dans son bureau.

"Puis-je entrer, monsieur ?" j'ai demandé sa permission.

"Oui, s'il vous plaît, M. Siddiqi", dit-il avec joie. "Asseyez-vous, pourquoi êtes-vous debout ?"

Je me suis assis. "Comment vous sentez-vous après avoir été sélectionné par Adobe ?" m'a-t-il demandé avec un grand sourire.

"Mon rêve s'est réalisé, monsieur", ai-je dit respectueusement.

"Très bien", a-t-il dit, puis a demandé après une pause : "Farman, pouvons-nous parler de manière personnelle ?"

"Bien sûr, monsieur. Ici, aux États-Unis, je vous ai toujours considéré comme mon mentor ; vous m'avez soutenu de nombreuses manières", ai-je dit avec un profond respect.

"Farman, tu suis la religion, et c'est une belle chose, mais...." Il s'est arrêté soudainement, et j'ai compris ce qu'il voulait dire.

"S'il vous plaît, dites-le, monsieur, cela ne me dérange pas", ai-je dit très poliment.

"Je sais que ce n'est pas à moi de commenter ces aspects de ta vie, mais j'ai fait face à beaucoup de critiques à cause de ma religion. Je respecte beaucoup ma religion, mais j'ai dû transformer complètement ma vie en tant qu'Américain pour atteindre ce niveau", a-t-il confié. Je l'écoutais poliment sans rien dire. Il a continué,

"Et il n'y a rien de mal dans cette vie américanisée. Après tout, je travaille en tant qu'enseignant, en donnant de bonnes compétences commerciales à des étudiants du monde entier. Je travaille pour l'humanité, et je suis sûr que Dieu l'apprécie. En fait, je suis aussi indirectement en train de suivre certaines enseignements du prophète Muhammad. Est-ce que tu comprends mon point de vue ?" a-t-il demandé, en attendant ma réponse.

"Qu'attendez-vous de moi, monsieur ?" je lui ai demandé d'une voix basse.

"Farman, les Indiens et les Américains m'admirent tous les deux en tant que musulman seulement. Ils disent que je suis un joyau de leur communauté musulmane, et pourtant je n'ai pas la barbe", a-t-il dit.

"Et si vous avez une barbe, alors vous n'êtes pas considéré comme un bon musulman par les non-musulmans ?" ai-je demandé d'un ton désespéré.

"Farman, tu vas dans un État différent. Essaye de comprendre que, ici à l'université, il n'y a que des étudiants, mais dans le monde réel, il y aura un environnement plus professionnel. Tu as été un étudiant brillant et obéissant. Je ne veux pas que tu aies des ennuis, c'est tout", m'a-t-il dit de manière directe mais humble. Le professeur Imran Qureshi serait toujours modeste, selon l'un des enseignements de la religion.

"Je comprends, monsieur. Mais vraiment, un gentleman ou un être humain professionnel jugerait-il de moi sur mon apparence uniquement ?" ai-je demandé.

"Eh bien, ils pourraient le faire. Probablement alors, ils ne seraient pas des gentlemen ou des êtres professionnels", a-t-il dit.

"Alors, il n'y a aucune raison pour que je m'inquiète pour eux", ai-je dit très confiant. "Monsieur, ce n'est pas de l'entêtement, mais je veux me prouver à moi-même que je suis un bon être humain et une personne réussie en tant que musulman religieux seulement."

"Il y a beaucoup de différences entre les enseignements religieux et la formation commerciale avancée d'aujourd'hui", a essayé de me faire voir le professeur Qureshi.

"Je les vois comme exactement la même chose", ai-je répondu avec un sourire.

"Comment ?" a-t-il demandé curieusement.

"Je le prouverai un jour", ai-je répondu poliment.

Il a réfléchi un moment, puis m'a donné un sourire qui reflétait ses bénédictions sur moi.

Ça faisait quatre ans que je travaillais chez Adobe, et je commençais à regretter profondément le Pakistan. Avec beaucoup d'expérience et d'économies des États-Unis, je voulais maintenant faire quelque chose pour mon propre pays et mon peuple. Ma mère et mon père voulaient aussi que je rentre le plus tôt possible.

Finalement, un jour, j'ai démissionné et je suis allé voir mon patron, M. Kevin Nelson. C'était une personne talentueuse, expérimentée et raffinée qui me donnait toujours la liberté pour de nouvelles idées. Je voulais le rencontrer pour la dernière fois et lui dire au revoir.

"Tu vas nous manquer, Farman. Tu as beaucoup contribué à cette entreprise", a-t-il dit.

"Merci", ai-je répondu.

"Mais pourquoi pars-tu si tôt ?" a-t-il demandé.

"M. Nelson, en fait, je veux commencer ma propre entreprise informatique dans ma ville natale, Karachi", ai-je dit. J'étais une personne très peu bavarde ici. C'était la première fois que je parlais avec lui de choses non professionnelles.

"C'est une excellente idée. As-tu besoin d'aide à ce sujet ?" a-t-il demandé par politesse.

"Juste vos bénédictions", ai-je dit.

"Bien sûr, je te souhaite toujours du succès. Mais vraiment, nous perdons un employé talentueux", a-t-il dit avec une pointe de tristesse.

Nous nous sommes serrés la main.

"Je te souhaite le meilleur pour ton avenir, jeune homme", a dit M. Nelson.

Je lui ai dit au revoir et j'ai rencontré mes collègues, qui je suppose ne me considéraient jamais comme faisant partie de leur cercle. Mais je devais les rencontrer pour la dernière fois. Au cours de toutes ces années aux États-Unis, j'avais appris à vivre seul, car je considérais Dieu comme mon "tout".

Je suis rentré à Karachi avec beaucoup de rêves dans les yeux. Mon père a commencé à m'aider dans mon entreprise. Il a pris le risque de vendre sa précédente entreprise et une grande partie de sa propriété pour réaliser mes rêves. J'avais mes propres économies, mais le fardeau de nombreuses responsabilités est tombé sur mes épaules.

Avec une foi inébranlable en Dieu, nous avons commencé avec seulement un petit bâtiment de 3 étages, quelques ordinateurs et des employés inexpérimentés et nouveaux. J'avais besoin d'être enthousiaste et courageux à ce moment-là. Je devais me prouver en peu de temps mais avec beaucoup de patience.

Au début, l'entreprise a connu des pertes après des pertes. Malgré le fait que j'étais un bon gestionnaire, je ne gérais rien correctement - ni le travail ni les employés. Mais enfin, un jour, le soulagement est venu par un appel de M. Kevin Nelson, mon ancien patron chez Adobe.

"Farman, nous avons besoin d'un collaborateur pour notre nouveau projet. J'ai parlé à la directrice principale, Joy Lincoln, que ce nouveau programme peut être développé par toi et ton équipe", a-t-il dit.

"Mais, M. Nelson, je suis juste un nouvel arrivant dans ce domaine commercial, et mon équipe est très jeune", ai-je clarifié.

"Farman, ton diplôme de baccalauréat en informatique associé à ta qualification en gestion nous a rapporté tellement de bénéfices lorsque tu étais avec nous. Plus important encore, nous te confions ce projet en raison de ton honnêteté et de tes compétences uniques. Nous avons l'impression que tu seras un collaborateur précieux pour nous pour ce nouveau projet", a-t-il déclaré.

C'était une excellente opportunité pour ma nouvelle entreprise établie et un essai pour mon équipe et moi-même pour réussir à tout prix.

J'ai accepté la proposition de M. Nelson ; il m'a envoyé tous les documents par courriel. Une semaine plus tard, j'ai convoqué une réunion de tous mes employés de programmation informatique. Ils n'étaient que 18, tous très jeunes.

Je les ai regardés, en pensant : "Mon Dieu, ils sont tous si jeunes et inexpérimentés ! Comment vont-ils gérer cette proposition difficile ?" Mais j'avais confiance en Dieu et en mes actes. J'ai réalisé qu'ils étaient tous des êtres humains éduqués, et que cela serait suffisant.

"Les gars, vous serez ravis d'apprendre que nous avons un nouveau projet de collaboration avec Adobe USA", leur ai-je annoncé.

Tout le monde était surpris. Ils se regardaient les uns les autres, les yeux brillants de bonheur. J'ai attendu leur attention. Quand ils ont tous recommencé à me regarder, j'ai commencé à parler.

"Nous devons développer un nouveau programme informatique. Vous êtes tous des experts en informatique et même meilleurs que moi dans de nombreux domaines. Aidez-nous dans cette nouvelle tâche et vous en bénéficierez également." J'ai dit et discuté de l'ensemble du projet avec eux en détail.

"Bien sûr, monsieur, vous nous avez tous soutenus et maintenant c'est à notre tour." Yasir, le chef d'équipe de notre petite équipe, a déclaré très enthousiaste.

"Merci, Yasir, mais je voudrais clarifier que ce projet est assez difficile pour nous, difficile pour nous mais aussi un nouveau défi pour nous. Les gars, appartenant à une nation en développement, nous avons toujours des problèmes persistants en ce qui concerne la société, le gouvernement et la famille. Mais comprenez une chose ; malgré tout cela, nous devons prouver devant la plus grande nation du monde que nous sommes les collaborateurs les plus talentueux et les plus honnêtes qu'ils aient jamais connus," ai-je déclaré avec emphase.

"Oui, monsieur!" Ils ont accepté avec enthousiasme.

Après ce jour-là, nous avons commencé à avoir deux réunions chaque semaine dans lesquelles le suivi du travail de chaque employé était rapporté. Après plusieurs mois, nous avons tous terminé notre travail à la date prévue, et M. Nelson était satisfait de la performance de notre équipe.

Peu de temps après, nous avons commencé à recevoir de nombreux projets similaires du monde entier, et en seulement cinq ans, j'ai été classé parmi les entrepreneurs les plus influents de Karachi. Mais j'étais toujours affamé de plus de succès.

Un jour, quand je suis rentré chez moi après le travail, j'ai vu ma tante (la sœur de mon père) assise là avec un visage contrarié.

Je lui ai souhaité la bienvenue. Elle a répondu, mais pas avec enthousiasme.

Après son départ, j'ai demandé à ma mère quel était son problème.

"Tu connais le mari de Yana, Salman ? Eh bien, il l'a divorcée," a dit maman très tristement.

"Quoi ? Mais pourquoi ? Yana est une fille si gentille," ai-je dit choqué.

"Yana ne peut pas être mère. Cela faisait huit ans qu'ils étaient mariés. Il a commencé à aimer une autre fille et l'a épousée le jour où il a divorcé de Yana," a dit maman. "Yana est en état de choc, elle est complètement brisée. Je me demande comment elle pourra surmonter sa peine." Elle a ajouté et est allée dans la cuisine pour vérifier si la nourriture était prête ou non. Mais j'avais perdu mon appétit.

Yana et moi étions des cousins très amicaux ; elle était deux ans plus âgée que moi. C'était une fille très cultivée, mature et intelligente. Son ex-mari était tellement malchanceux de l'avoir quittée.

Toute la nuit, j'ai pensé à Yana. Oui, elle venait d'une famille connue ; elle était financièrement sûre ; ses parents étaient vraiment solidaires. Mais elle aurait sans aucun doute besoin d'un peu de compagnie plus tard, si ce n'est pas maintenant.

Soudain, je me suis souvenu de Sirah. Je l'aimais tellement, mais elle m'a quitté tout comme le mari de Yana l'a quittée.

Après plusieurs jours, j'ai parlé à ma mère.

"Maman, je veux épouser Yana." Elle prenait son petit déjeuner avec moi et a été vraiment choquée d'entendre ce que je disais.

"Farman..., " elle voulait dire quelque chose de plus, mais je l'ai interrompue.

"Maman, parle avec elle et sa famille. S'ils sont d'accord, je l'épouserai bientôt," ai-je dit directement.

"Farman, je comprends que tu veux la sauver. Mais nous chercherons un autre gars parfait pour elle ; pourquoi fais-tu cela ?" Elle était irritée.

"Maman, je l'aime," ai-je dit avec grâce.

"Tu peux l'apprécier, mais je suis sûr que tu ne l'aimes pas vraiment ! Elle est plus âgée que toi et elle est divorcée !" Maman a crié.

"Maman, de quoi parles-tu ? Notre Messager a épousé des veuves et des divorcées. Le divorce de Yana n'est pas de sa faute. Tu as cherché des filles pour moi au cours de la dernière décennie, mais aucune fille de notre société n'a voulu m'épouser. Je suppose qu'elles m'ont rejeté à cause de moi-même." J'ai dit d'une voix basse seulement. "Je pense que Dieu veut aussi que je me marie dans ma famille et avec quelqu'un de compatible."

"Il ne t'ont jamais rejeté. J'ai rejeté toutes ces filles qui n'ont pas de vision à long terme, qui n'ont jamais compris à quel point mon fils est raffiné et élevé." a-t-elle dit.

"Maman, chaque fille a le droit de choisir son partenaire de vie, et je ne me suis jamais senti mal à ce sujet. S'il te plaît, parle aux parents de Yana. Si elle me rejette, ce sera très décourageant pour moi," ai-je dit en me levant de la table à manger.

"Mais mon fils, de nouvelles propositions de filles arrivent pour toi ; elles veulent t'épouser de leur plein gré." elle a pris mes mains affectueusement, essayant de me persuader en sa faveur.

"C'est seulement parce que je suis classé parmi les entrepreneurs influents, pas à cause de qui je suis. Yana et moi nous connaissons depuis l'enfance. Je suis sûr qu'elle ne me choisira jamais uniquement à cause de mon succès," j'ai déclaré avec conviction.

Le visage de maman devenait de plus en plus bouleversé. J'ai pris ses mains dans les miennes.

"Maman, s'il te plaît, je ne fais rien de très mal ou de très grand." J'ai dit à maman, lui ai embrassé le front et j'ai commencé à marcher vers ma voiture.

"Farman, s'il te plaît, ne fais pas preuve de pitié. Tu es comme mon ami ; tu peux me soutenir en tant qu'ami et cousin également."

Yana m'avait également mal compris. Nous étions tous les deux dans le jardin de sa maison, et je venais d'exprimer mon désir de l'épouser.

"Et si je dis que j'ai besoin de ton soutien, quelle sera ta réponse ?" ai-je demandé.

"Tu as tout ; tu auras n'importe quelle fille de ton choix", a-t-elle déclaré franchement.

"Yana, si tu ne m'aimes pas, si tu ne veux pas passer ta vie avec moi, rejette-moi ; cela ne me dérange pas. Mais si tu penses que je te propose uniquement par pitié, alors s'il te plaît, crois-moi, tu me prends vraiment à tort." ai-je dit, poli mais ferme.

Elle ne me regardait pas. J'ai continué, "Nous avons passé notre enfance avec grand-père ; tu étais toujours son enfant préféré parce que tu le comprenais parfaitement. S'il te plaît, essaie de me comprendre ; sois avec moi en tant que ma force." Je lui ai demandé, mais elle était toujours silencieuse.

"Tu sais, Dieu a déjà fait une femme forte. Un homme ne peut jamais faire preuve de pitié envers une femme et ne peut jamais lui donner de la force. Il peut juste prétendre le faire, mais une femme, tout en étant silencieuse, donne un océan de pitié, de force et de soutien à tout le monde", ai-je dit, et cette fois elle a tourné son visage vers moi. "S'il te plaît, sois mon âme sœur. Crois-moi, je ne te laisserai jamais seule." ai-je demandé.

Elle a baissé les yeux innocents et incertains, mais elle m'a donné indirectement un signal d'acceptation.

Alors que mon entreprise continuait de prospérer et que je recevais de nombreux prix, la santé de mon père ne cessait de se détériorer. Un jour, je suis arrivé très tard au bureau car j'avais pris soin de mon père malade la nuit précédente. Il avait dû être admis à l'hôpital ; les médecins ont déclaré que son cœur ne fonctionnait pas correctement en raison d'une forte pression artérielle. Il perdait également l'espoir de vivre, et une fois de plus, je faisais face à une autre épreuve de Dieu.

Je suis allé dans mon bureau et je me suis assis sur ma chaise avec beaucoup de tension dans l'esprit.

"Oh, mon Dieu !" ai-je exclamé et j'ai ouvert mon ordinateur portable pour vérifier mes courriels afin de détourner mon attention.

À ma grande surprise, il y avait un e-mail du directeur de l'école de gestion de l'Oregon.

L'e-mail disait :

Cher M. Farman Ahmed Siddiqi,

Nous sommes extrêmement heureux que vous soyez notre ancien élève, classé parmi les 500 musulmans les plus influents du monde et récipiendaire de prix hautement réputés dans le domaine des affaires. À cet égard, nous aimerions vous inviter en tant qu'invité d'honneur et conférencier motivant à la cérémonie de remise des diplômes de l'école de commerce. Nos étudiants peuvent bénéficier énormément de votre discours inspirant pour atteindre une position réussie en tant qu'homme d'affaires.

Nous attendrons votre réponse affirmative.

Cordialement,

Michael Ostrowski

Directeur

Je devrais avoir été heureux à ce moment-là, mais de mauvais souvenirs de mes jours d'études en MBA ont refait surface dans mon esprit à cause de cet e-mail. Peut-être que j'avais pardonné à tout le monde, mais je n'avais certainement pas tout oublié, et ces mauvais souvenirs datent du temps où j'ai commencé à suivre la religion. Les harcèlements et les humiliations que j'ai subis à chaque étape. Je disais à Hamad que je ne me sentais pas seul, mais la vérité était toujours dans mon cœur.

Mes propres amis Frank et Dustin m'ont insulté sur le campus et devant le public. Mais un jour, j'ai réalisé que si vous suivez le chemin de Dieu, Dieu ne vous laissera jamais sans être testé.

Toute la journée, j'étais en dilemme sur la façon de répondre à cet e-mail. Le soir, je suis allé à l'hôpital pour voir papa. Il était allongé sur le lit. Il m'a regardé avec un sourire.

"Comment va-t-il ?" ai-je demandé à maman ; elle était là depuis ce matin.

"Il va bien depuis cet après-midi", a-t-elle répondu en regardant papa pour dire : "Regarde-le, il s'inquiète pour toi."

"Papa, ne perds pas espoir de vivre, s'il te plaît", ai-je dit à papa.

"Fils, j'ai toujours mal à la poitrine", a-t-il dit en tordant le visage dans une autre douleur.

"Cela est dû au stress. Je ne comprends pas quelle chose te stresse autant, te rend déprimé ?", ai-je demandé.

"Quand tout ira-t-il bien dans ta vie ?" a-t-il demandé, le front plissé par la tension.

"Papa, tout va parfaitement bien."

"Ne veux-tu pas avoir d'enfant ?" Papa a demandé avec irritation.

"S'il te plaît, ne dis pas cela devant Yana. Elle a déjà l'impression que tu es tombé malade à cause de ce stress seulement", a dit maman strictement mais avec humilité.

Papa a ignoré maman et m'a regardé à nouveau pour demander :

"Est-ce que tu ne penses jamais qu'il n'y aura personne pour t'appeler Papa ?"

"Pour l'instant, je veux qu'il y ait quelqu'un de très en bonne santé que je peux appeler papa", ai-je répondu. En entendant cela, papa a été très déçappointé.

Je lui ai dit : "Papa, je ne pourrai pas donner autant d'amour et d'affection à une autre femme que je donne à Yana, donc il n'y a aucun intérêt à penser à me remarier". J'ai clarifié.

"Le traitement est en cours. Si Dieu le veut, elle sera bénie avec un enfant bientôt", a ajouté maman.

"Je l'espère", a dit papa avant de se taire.

Cette nuit-là, l'e-mail de l'Oregon tourbillonnait encore dans mon esprit. Je ne voulais pas y aller, mais lorsque j'en ai discuté avec Yana, elle a dit : "Tu devrais certainement y aller. Tu as obtenu ton diplôme là-bas, et c'est ton devoir d'encourager tes juniors."

"Ça ne sert à rien. Les jeunes MBA américains verront ma barbe et me jugeront à tort."

"Je ne pense pas que ce sera le cas. Les gens changent, et s'ils ont vraiment une idée fausse sur la barbe, c'est notre responsabilité de les corriger", a-t-elle opiné, mais je voulais discuter de cette question avec maman et papa.

Le lendemain, je suis allé à l'hôpital pour parler à mes parents.

"Fils, va leur parler non seulement de ton succès, mais aussi de tes souffrances que tu as subies à cause de jugements erronés et de discriminations de la part des gens. Parle-leur de ta foi en l'Almighty et de la manière d'accepter les succès ainsi que les échecs de Sa part", a déclaré papa avec beaucoup d'optimisme.

Il a continué,

"Va, mon fils, et dis-leur que mon père est juste comme moi en termes de qualités, mais qu'il n'a jamais réussi autant que moi parce qu'il lui manque une chose que j'ai en moi. Cette chose, ce sont les enseignements de la religion ; les enseignements qui m'ont fait non seulement une personne de valeurs, mais aussi un homme d'affaires réussi." En entendant les paroles de papa, j'étais finalement prêt à retourner à l'université.

"Chers étudiants, membres du corps professoral et tous les autres présents ici ; aujourd'hui, j'aimerais vous présenter un illustre ancien étudiant de cette école de commerce - un ancien élève influent qui s'est avéré être un magnat des affaires grâce à beaucoup de travail acharné et de dévouement. Nous sommes ravis qu'il ait accepté notre proposition de vous donner une conférence de motivation lors de notre cérémonie de remise des diplômes. Nous sommes fiers de lui décerner le titre de 'Meilleur Ancien Élève de l'année' pour célébrer son succès et sa gloire", a déclaré le directeur M. Ostrowski en me décernant un titre d'une grande importance.

Toute la salle applaudissait et le bruit de ces applaudissements me rendait encore plus nerveux. Dans l'histoire de réussite que je devais présenter, je devais dire seulement la vérité ; j'étais réussi non seulement grâce à mon diplôme de MBA, mais par quelque chose d'autre d'essentiel pour moi, bien que je doute que mon public le comprendrait.

e suis monté sur le podium et j'ai regardé tout le monde. Les jeunes visages de filles et de garçons me fixaient du regard, attendant avec impatience mes paroles. J'ai commencé mon discours après avoir pris le nom de Dieu dans mon cœur.

"Salutations au directeur, à tous les membres du corps enseignant et à tous les autres invités - en particulier mes juniors pour qui je suis ici aujourd'hui. Lorsque M. Ostrowski m'a demandé de parler de mon parcours de réussite devant vous, j'ai réalisé que j'étais devenu capable d'être considéré pour donner une conférence de motivation aux brillants esprits d'affaires en herbe comme vous. Croyez-moi, j'avais beaucoup de défauts en moi. Tout le monde en a. Mais le meilleur est lorsque nous commençons à essayer de surmonter ces défauts. Finalement, je suis devenu si travailleur, concentré et ponctuel en suivant les **enseignements religieux**." Qui comprennent : **être honnête, poli, sourire à tout le monde, pardonner les autres, être patient, tolérant, ne pas être jugeant, être humble, développer des**

compétences uniques, de bonnes compétences en communication, une attitude positive, le courage de faire face aux échecs, se comporter cordialement avec tout le monde, que ce soit un employé ou un patron. Seules des qualités telles que celles-ci peuvent vous mener à une véritable réussite, et franchement, ces compétences ne peuvent pas être développées en seulement deux ans. Cela nécessite beaucoup de temps et de pratique.

Les compétences dont j'ai parlé ont toujours fait partie de ma vie depuis l'enfance, mais je n'ai jamais donné d'importance parce que je pensais que j'apprendrais tout pendant mes études de MBA. C'était la principale idée fausse que j'avais. Les gars, je vous le dis ; pour être un grand entrepreneur ou un employé de valeur d'une grande entreprise, vous avez besoin d'un diplôme de MBA et, surtout, d'intégrité. "L'intégrité est un système profond de valeurs et de principes auxquels on adhère tout au long de sa vie. J'ai créé ma propre entreprise quand je n'avais rien d'autre que des qualités données par Dieu et une foi en l'Almighty.

Les compétences dont j'ai parlé plus tôt sont déjà présentes dans toutes les religions, mais je ne les ai jamais comprises. Je suis en train de suivre les enseignements du Prophète Muhammad depuis mes études de MBA. Il avait d'excellentes compétences en affaires."

J'ai observé que lorsqu'ils ont entendu cette déclaration, tout le monde était stupéfait. Leurs sourires ont vacillé, les expressions ont montré différents degrés de surprise et de jugement.

J'ai continué,

"Croyez-moi, c'est grâce à ma religion que j'ai pu comprendre le vrai sens des affaires et apprendre à gérer mon petit empire, si je peux l'appeler ainsi. Grâce au modèle de marchand, le Prophète Muhammad, j'ai atteint ce sommet où je peux me tenir devant vous et parler de ma réussite", ai-je déclaré avec beaucoup de confiance.

"Ce n'est pas parce que vous ne suivez pas une religion que vous ne serez pas réussi, mais il devrait y avoir un mode de vie, et le plus important, des principes. Je les ai trouvés dans la religion ; vous pouvez les trouver dans quelque chose d'autre. Quel que soit le chemin que vous choisissez, assurez-vous simplement d'éviter les mauvaises qualités qui peuvent vous causer de gros ennuis", ai-je souligné, et j'ai continué,

"Mais parfois, vos principes peuvent également vous causer des petits ennuis et des souffrances, que j'ai moi-même connus sur ce campus. Je ne vais pas en parler. Je suis sûr que vous le savez déjà ; vous savez déjà que ce pays porte une grande blessure suite à une attaque cruelle dans laquelle des centaines de personnes innocentes sont mortes. Pas seulement ce pays, mais le monde entier a souffert aux mains des attaquants qui prétendaient être des followers du Prophète Muhammad. Sur cet arrière-plan odieux, il n'est pas anormal que ce pays, voire le monde entier, ait pris les enseignements du Prophète Muhammad et de ses disciples sous une lumière très sombre. Si je devais penser à moi-même sans mon arrière-plan religieux, je prendrais probablement cela de manière très défavorable. Mais si je réfléchis de manière avisée, je commencerai d'abord par acquérir des connaissances sur cette question à partir d'une source fiable et l'analyser. Cela ne prend que 2 à 3 jours. Si je trouve que c'est bon, parfait. Même si je trouve que c'est mauvais, alors encore une fois, je réfléchirai des millions de fois avant d'humilier ceux qui m'entourent et qui suivent l'islam mais qui se comportent très bien. Encore une fois, je le dis dans le contexte de 'si' je suis un homme sage, qualifié et raffiné. Si quelqu'un prend le nom de Dieu, deviendra-t-il vraiment un Dieu ou une entité divine ? Non. Il en va de même pour le terrorisme. Ils se proclament un État islamique, mais sont-ils vraiment islamiques ? Je ne pense pas. Ils ont tué des êtres humains innocents, même des enfants d'école, à Peshawar, dans mon propre pays musulman. De telles atrocités sont fortement interdites en Islam."

J'ai marqué une pause pour respirer et j'ai continué,

"Ma religion m'a appris la vraie éducation qui nous aide à vivre une meilleure vie. L'importance de la recherche, de la patience, de l'attitude non jugeante, de la compétence dans divers domaines, de l'humilité, du pouvoir d'observation, et la liste continue. J'ai trouvé tout ce qui était bon dans mes principes, ma religion, car j'étais assez ouvert et optimiste pour le comprendre. Le mal voit toujours le mal dans tout, même dans les Saintes Écritures. Dans tout mon parcours vers le succès, ces enseignements religieux m'ont aidé à devenir un magnat des affaires tout en me rendant pieux aussi."

Ici, j'ai pris une profonde respiration et j'ai dit,

"Les gars, s'il vous plaît ne discriminez pas. En observant l'apparence extérieure d'une personne, nous ne pouvons pas voir son talent intérieur et son âme ; et cela est très important dans les affaires ou dans tout travail à un niveau élevé dans une entreprise afin que nous ne discriminions pas dans quelque cercle personnel ou professionnel que ce soit. Si nous pensons que c'est correct de se comporter différemment et d'être très bon dans la vie professionnelle et d'être mauvais dans les relations avec la famille et les amis, cela ne fonctionnera tout simplement pas.

Chers étudiants, je vous souhaite tous mes vœux et bénédictions pour que vous réussissiez un jour et que vous accomplissiez plus que moi. Merci beaucoup pour votre attention."

Tout le monde a commencé à applaudir ! L'applaudissement tonitruant était la preuve suffisante qu'ils avaient tous profondément apprécié mon discours. Je leur ai donné tous mes vœux et bénédictions sincères et j'ai quitté le podium. J'ai regardé le Prof. Imran Qureshi ; il avait beaucoup vieilli, mais son sourire humble et serein était toujours le même. Je suis allé le saluer et lui ai souhaité le meilleur.

Il a dit, "Farman, tu as vraiment compris l'un des grands enseignements du Prophète Muhammad - c'est la patience. Tu as patiemment attendu ce jour où tu as non seulement prouvé toi-même en montrant ta grande réussite et tes qualités précieuses, mais tu as aussi éduqué les gens sur le vrai islam."

"Je veux que les autres fassent de même, monsieur. Si un jour tous les musulmans comprennent qu'ils doivent être de vrais musulmans à tout prix, je vous le dis, le monde deviendra vraiment un paradis", lui ai-je dit.

"Que Dieu te bénisse, mon fils", a-t-il dit en me serrant fort dans ses bras.

Bientôt, j'étais en route pour rentrer chez moi. À l'aéroport, j'ai reçu un email de Yana dans lequel elle avait révélé qu'elle attendait un enfant. La fantastique nouvelle était une autre preuve que notre patience et notre foi en Dieu ont porté leurs fruits.

"Farman a fini de narrer ses expériences de vie qui étaient véritablement liées à Dieu. Sérieusement, c'était une personne avec une immense foi en Dieu. Je n'avais jamais vu ce type de piété et de pureté de cœur chez aucun homme d'affaires éminent sur terre.

Je voulais aussi devenir quelqu'un d'important dans les affaires, et avec ma nature politique, cela aurait peut-être même pu arriver, mais je suis sûr que je ne pourrais jamais être une personne aussi merveilleuse de valeurs comme lui. Il était meilleur que moi en tout : qualifications, compétences, sagesse, amour et humanité, car il suivait Dieu. Dieu a créé de telles personnes pour montrer Sa force."

Une prostituée : bien-aimée de Dieu

"Quand nous avons laissé Farman, ma curiosité de rencontrer d'autres croyants en Dieu avait augmenté. J'ai compris que le chemin vers Dieu passait par ces adeptes de Dieu seulement.

"La vie de Farman était une source d'inspiration pour l'humanité", a dit Sir à moi. "Atteindre un si haut niveau dans le domaine des affaires avec son genre de cœur aimant est rare."

Je lui ai souri et demandé : "Comment le savez-vous ? Étiez-vous aussi un homme d'affaires sur terre ?"

"Oui, je l'étais", dit-il.

Ma confusion n'a pas échappé à Sir, mais avant que je puisse en savoir plus sur lui, il a pointé du doigt une femme qui venait vers nous. En la regardant, je ne pouvais simplement pas détourner les yeux. Elle était belle et attrayante. Elle portait un saree et ses cheveux étaient laissés libres. Pas seulement moi, même Sir ne pouvait pas s'empêcher de fixer son beau visage. N'importe qui aurait pu être ensorcelé par sa beauté, mais cela devenait très gênant que nous la fixions bouche bée sur son visage charmant !

Elle nous a regardés, mais elle a simplement traversé notre chemin en regardant droit devant elle. Par politesse, j'ai essayé de ne pas l'appeler, mais Sir l'a fait.

"Madame."

Elle s'est arrêtée et s'est retournée avec un visage interrogateur. "Bonjour madame, et désolé si nous vous avons dérangée", a dit Sir.

"Non, vous ne m'avez pas dérangée. Qu'est-ce qui se passe ?" Sa voix était très mélodieuse. Beaucoup de radiance et de charme se reflétaient dans ses yeux. Nous deux ne pouvions pas expliquer pourquoi Sir l'avait arrêtée. Après un moment, elle a simplement engagé la conversation.

"Êtes-vous nouveaux ici ?" a-t-elle demandé.

"Oui." J'ai répondu respectueusement, mais j'avais encore envie de continuer à regarder son beau visage. "Elle pourrait être une déesse... Je veux dire une déesse." Sir chuchota à mon oreille, détournant mon attention de son visage. Je l'ai regardée; elle nous regardait interrogativement. "Madame, avez-vous une idée de Dieu?" Je lui ai demandé calmement. Elle est soudain devenue un peu triste mais a réussi à esquisser un léger sourire après un moment. "Oui, j'ai toute une idée de Dieu", dit-elle, et j'ai été surpris ! "Où est-il ? L'avez-vous vu ?" J'ai demandé avec un espoir caché dans mon cœur. "Je ne l'ai pas vu, mais il est partout", dit-elle d'un ton sévère, ajoutant : "Il était toujours présent avec moi sur terre." "Sérieusement ? Il était sur terre ?" Sir lui demanda avec joie et surprise. J'ai remarqué qu'avec le temps, Sir devenait drôle. "J'ai dit qu'il est partout", a-t-elle déclaré avec sagesse. "Oh, j'ai compris votre point de vue", a déclaré Sir en souriant. Il semblait très drôle à ce moment-là. "Quel point de vue ?" Je lui ai demandé car je ne comprenais pas ce qu'il faisait. "Un vrai croyant peut sentir Dieu partout", a-t-il répondu, et j'ai de nouveau été confronté à des conneries philosophiques plutôt qu'à une réponse claire. "Au fait, vous êtes originaire d'Asie. N'est-ce pas ?" Il lui a demandé en observant les symboles de sa main gauche. Elle a fait oui de la tête, disant : "Je viens d'Inde." "Que faisiez-vous là-bas ?" Sir lui a demandé. "J'étais une prostituée, mais j'ai quitté cette profession", a-t-elle dit très simplement. Sa réponse nous a rendus tous les deux mal à l'aise. Nous ne nous y attendions pas. Son beau visage nous paraissait normal. Nous sommes devenus jugementaux en une seconde. Cependant, nous nous sommes abstenus de lui montrer notre réaction, car cela aurait pu la blesser. "Nous voulons en savoir plus sur la présence de Dieu avec vous sur terre. Comment était votre vie ?" Je lui ai demandé sur un ton amical. Je savais qu'elle était une personne formidable sur terre. Sinon, elle ne serait pas ici, et nous ne ressentirions pas une telle positivité autour d'elle.

"Amit..." J'ai crié sur mon frère depuis la cuisine. Il regardait un film à la télévision dans la chambre, et chaque fois que je l'appelais, il continuait de m'ignorer.

Je suis devenue furieuse et j'ai foncé dans la chambre. "Tu n'as pas d'oreilles ?" Je lui ai crié. "Toute la ville de Saharanpur peut entendre ma voix sauf toi, n'est-ce pas ?!"

"Que veux-tu ?" a-t-il demandé d'un air boudeur, sans se détourner de l'écran de télévision. C'était son habitude de le faire, et cela m'irritait au plus haut point. À chaque fois, je déversais mes frustrations liées aux tâches ménagères sur lui.

"Je hurle comme une folle depuis une heure. Tu es toujours devant la télé !"

"Je n'ai presque pas le temps de regarder la télé", m'a-t-il crié.

"Tu ne peux pas m'aider avec les tâches ménagères ? Chaque fois, c'est moi qui bosse dans toute la maison. Ce n'est pas ta maison aussi ?" ai-je demandé en arrangeant les vêtements sur le lit.

"Je vais à l'école. Toi, tu ne vas nulle part, donc tu devrais t'occuper de la maison", a-t-il argumenté.

"Tu oublies que je suis en train d'étudier pour mon MA, mais je n'ai jamais le temps d'étudier pour cela." ai-je dit, devenant plus agressive cette fois-ci.

"C'est par correspondance. L'étude tard le soir suffit pour cela", a répliqué Amit en souriant. Il avait une réponse pour chaque question.

"Je veux être enseignante. J'ai besoin d'étudier sérieusement pour transmettre le bon savoir à mes futurs élèves", j'ai précisé.

"S'il te plaît, laisse-moi regarder mon film. C'est la dernière scène. Regarde, Salman Khan sauve l'héroïne..." Il a essayé de détourner mon attention de mes arguments.

"Cela n'arrivera jamais dans la vie réelle", ai-je dit en rangeant les vêtements dans l'armoire. "Allez, lève-toi et remplis les seaux. Sinon, l'eau va partir", ai-je crié à nouveau en quittant la pièce.

"J'arrive, di !" a-t-il dit. Mais il est venu une demi-heure plus tard. Amit était très paresseux pour les tâches ménagères, mais il était bon dans ses études.

Nous avions une petite maison avec une seule pièce. Cette pièce était tout pour nous - notre salon, notre chambre, notre chambre d'amis et notre cuisine. Notre petit monde comprenait mon père, moi et mon petit frère. J'étais en 8ème année lorsque ma mère est morte dans un accident. Mon père a pris une compensation de Rs. 5 lakhs de la partie responsable de l'accident qui avait heurté ma mère et l'a oubliée, mais je ne pourrai jamais oublier ma mère.

"Amit, papa n'est pas encore rentré. Va demander à oncle Shyam", ai-je dit à Amit. Il étudiait son livre de chimie. Il venait de se lever pour partir quand soudain quelqu'un a frappé à la porte.

"Papa est arrivé", a dit Amit avant de retourner à ses études. Parfois, j'avais l'impression qu'il était un peu trop calme face à tout cela.

Papa est arrivé avec oncle Shyam et était complètement ivre, il ne pouvait même pas se tenir debout. Oncle Shyam l'a aidé à entrer dans la maison. Amit était absorbé par son livre de chimie et les a ignorés.

"Namaste, oncle", ai-je salué Shyam oncle.

"Namaste." Dit-il très formellement. Il était toujours formel avec nous. Il n'aimait pas mon père, mais pour l'amitié ancienne, il l'aiderait en cas de besoin comme aujourd'hui.

Oncle Shyam a installé mon père sur le lit et est parti sans rien dire car sa responsabilité était terminée. Quand ma mère était vivante, il venait tous les jours avec sa femme et montrait tant de préoccupation pour moi. Mais pourquoi devrais-je me sentir mal à propos de son comportement changé alors que mon propre père a également cessé de montrer de la préoccupation ?

"Amit, tu te souviens de maman?" ai-je demandé à Amit en étant allongé sur le lit à côté de son lit.

"Non, et je ne veux pas parler de choses impossibles et toujours hors de portée." Dit-il très pratiquement car il savait que je commencerai une conversation inutile (selon lui).

"Après sa mort, je n'ai jamais reçu d'amour et de soins. Quand elle était en vie, tout le monde prenait soin de moi, mais maintenant tout le monde a cessé de prendre soin, même papa. Une mère est-elle si importante?" ai-je déversé mes pensées les plus intimes à lui.

"Hmm..." Il était à moitié endormi.

"Tu sais, j'aimerai beaucoup mes enfants. Je gagnerai et fournirai tout pour eux."

"Hmm..."

"Tu as dormi ?"

"Hmm..."

Il n'écoutait tout simplement pas.

Le lendemain, le propriétaire est venu demander de l'argent.

"Papa est sorti." Ai-je dit à la porte seulement. Amit était également allé à l'école.

Les yeux du propriétaire sont devenus fixés sur mon corps. Il me dévorait honteusement des yeux. Je suis devenu très consciente, et j'ai tiré mon dupatta fermement sur ma poitrine. J'ai ressenti un feu dans mon cœur mais je me suis sentie si impuissante que des larmes sont montées à mes yeux après son départ. Ces choses se produisaient régulièrement, mais contrairement à Amit, je ne me suis jamais habitué à ces terribles expériences. Peut-être parce que j'étais une fille, je n'étais pas faible mais sensible.

"Amit, j'ai besoin de prendre un travail. Sinon, nous mourrons de faim." ai-je dit à Amit, qui résolvait son nombre de physique.

"Quel travail vas-tu faire?" a-t-il demandé.

"Je demanderai à Mansi. Après l'obtention de son diplôme, elle est allée à Delhi. Elle travaille dans une entreprise là-bas."

"D'accord, demande." A-t-il dit.

"Devrais-je demander à papa ? De toute façon, il n'est guère concerné."

"Dis-lui quand tu auras un travail", a-t-il suggéré. Les gens pratiques doivent penser de manière rationnelle. "Mansi di est très intelligente et astucieuse, mais pas toi", a-t-il ajouté très sérieusement.

Je me suis mise en colère.

"Ta gueule ! Je sais comment me comporter dans le monde extérieur. Devrais-je me comporter très intelligemment à la maison ?" lui ai-je dit en ouvrant mon livre d'anglais.

Après un certain temps, j'ai composé le numéro de Mansi.

"Il y a une entreprise réputée appelée Choudhary Printing Firm. Ils ont besoin d'éditeurs en anglais." Mansi m'a dit.

"Mansi, je suis bonne en anglais, tu le sais, n'est-ce pas." Je voulais son approbation. Peut-être que c'est un problème de personnes peu confiantes.

"Donc, appelle-les; ils commencent leurs entretiens. Passe un entretien là-bas." A déclaré Mansi. "Écoute, je ne peux pas parler beaucoup maintenant. Je dois aller quelque part", a-t-elle ajouté.

"Mansi, puis-je rester chez toi quand je viens pour l'entretien ?" Je lui ai demandé poliment.

"Oui, pour une courte durée, c'est bon. D'accord, au revoir." Elle a dit et a raccroché sans même entendre mon "Merci".

J'ai postulé par e-mail à cette entreprise. Après seulement 8 jours, j'ai reçu un appel d'entrevue de là-bas, et finalement, je suis arrivée à Delhi.

"Tu vas t'habiller comme ça ?" Mansi a demandé quand je me préparais pour l'entretien dans sa chambre.

"Oui, ce costume n'est pas bien ?" Je suis devenue nerveuse.

"Le costume est bien, mais tu devrais d'abord détacher tes cheveux", a-t-elle poussé la pince loin de mes cheveux. "Applique un peu d'eye-liner et de rouge à lèvres", a-t-elle suggéré et a ouvert sa table de maquillage.

"La toilette est très essentielle pour obtenir un bon travail", a-t-elle commenté, en appliquant du rouge à lèvres et de l'eye-liner sur mon visage.

"Tu sais, tu es si innocente, c'est pourquoi tu es encore plus belle." Elle m'a appréciée. J'ai été enchanté à ce moment-là. Après longtemps, quelqu'un montrait autant de préoccupation pour moi.

"Allez. Bonne chance !" Elle a dit avec beaucoup d'enthousiasme.

"Merci, Mansi." Je lui ai dit et suis devenu très optimiste quant à l'entretien.

C'était un grand bureau. À la réception, deux filles très convenables étaient assises habillées en tenue occidentale intelligente.

"Je suis venue pour l'entrevue", j'ai informé à la réception.

"Les entretiens sont terminés", a déclaré la réceptionniste avec nonchalance et s'est rapidement occupée de quelque chose.

J'étais choquée.

"Terminés ? Mais on m'a donné cette heure au téléphone", ai-je dit avec inquiétude.

"Nous avons informé les candidats par e-mail", a-t-elle dit et a commencé à composer un numéro.

"Mais madame..." J'ai voulu dire que j'étais venue de très loin, mais elle m'a interrompu.

"S'il vous plaît, madame, vous pouvez y aller." Elle était trop impolie cette fois.

Soudain, j'ai entendu la voix d'un homme demandant :
"Qu'est-ce qui s'est passé ?"

Je me suis retournée pour voir un homme grand d'environ 30 ans, portant un costume gris, paraissant très gentil et bien élevé, demandant à la réceptionniste. Elle s'est levée de son siège.

"Monsieur, nous avons avancé les entretiens ; elle est arrivée en retard", a informé la réceptionniste avec beaucoup de respect. J'ai compris que cet homme occupait un poste élevé dans ce bureau.

"Vous ne m'avez pas informé !" ai-je protesté.

"Monsieur, nous avons informé tout le monde par e-mail", a-t-elle clarifié pour lui.

"Je n'ai pas vérifié mes e-mails", ai-je dit, au bord des larmes. Je ne savais pas pourquoi j'interagissais avec ces gens. Cela montrait simplement mon attitude immature.

"Vous devriez informer les candidats par téléphone également", a-t-il conclu très strictement à la réceptionniste.

"Désolé, monsieur", a répondu la réceptionniste, et il lui a demandé de s'asseoir. Elle s'est assise le visage renfrogné. J'ai eu de la peine pour elle.

"Vous êtes venu pour le poste d'éditeur d'anglais ?" m'a-t-il demandé en se tournant vers moi.

"Oui", ai-je répondu.

"Ne paniquez pas. Vous pouvez essayer dans d'autres entreprises", a-t-il suggéré encourageant.

"Je ne suis pas de Delhi ; je suis venue de Saharanpur. Ce travail était comme ma seule chance", lui ai-je dit franchement. Il est resté silencieux pendant un moment et m'a regardé fixement. Après un moment, il a dit d'une voix anguissée,

"Nous sommes vraiment désolés."

"S'il vous plaît, ne vous excusez pas ; c'était ma faute", ai-je dit par formalité.

"Votre nom ?", a-t-il demandé.

"Ranjana Verma", ai-je dit avec un faux petit sourire. Il continuait à me regarder avec un sourire.

"Merci, Monsieur", ai-je dit et je suis sortie du bureau, mon sourire s'effaçait.

Après être rentrée chez moi à Saharanpur, j'ai postulé à de nombreuses autres entreprises de conseil également, mais je n'ai jamais reçu d'appel de nulle part pendant de nombreux jours. Enfin, j'ai reçu un appel.

"Allo...", ai-je dit, décrochant le téléphone.

Mais la personne qui a appelé n'a rien dit. J'ai raccroché irritée et me suis occupée de mes tâches ménagères, l'oubliant assez vite. Mais cela a commencé à se produire tous les jours. J'ai ignoré cela chaque fois car il n'y avait rien que je pouvais faire à ce sujet.

Puis un jour, l'appelant a parlé.

"Salut, je suis Avijit Choudhary", a-t-il dit très poliment. J'ai essayé de me rappeler si je connaissais quelqu'un de ce nom, mais il n'y avait aucun Avijit dans mon école ou mon collège.

"Qui est Avijit?" ai-je demandé d'une voix sévère.

"Avijit, qui t'aime", a-t-il dit très romantiquement.

"Qui es-tu?" ai-je crié.

"Tu veux un emploi à Delhi, n'est-ce pas? Je peux t'aider", a-t-il dit, toujours très poliment. J'ai réalisé que quelqu'un avait pris mon numéro à partir de mon CV et jouait avec moi.

J'ai raccroché le téléphone avec irritation et, après un certain temps, j'ai oublié ça.

"Amit, il est 1 heure du matin ; où est papa ?" C'était très tard dans la nuit. Papa ne venait jamais aussi tard même en état d'ivresse.

"Il peut venir demain. Laisse-moi dormir, s'il te plaît", a répondu Amit, comme d'habitude, ignorant la situation.

"Amit, je me sens anxieuse." Depuis le soir, je me sentais très anxieuse. Mais Amit a refusé de bouger. J'ai continué à attendre tandis qu'Amit dormait.

À 2 heures du matin, quelqu'un a frappé à la porte. J'ai mis un dupatta sur mes épaules et j'ai ouvert la porte avec une fausse colère pour effrayer papa. J'avais décidé de le gronder sévèrement.

Mais papa n'était pas là. Au lieu de cela, environ cinq personnes se tenaient devant moi, le visage sérieux et les yeux humides. Une camionnette bleue Maruti était garée derrière eux.

Je comprenais la situation mais ne voulais pas l'accepter. Je souhaitais que tout ce que je pensais soit complètement incorrect.

"Où est papa?" ai-je demandé à Shyam oncle. Il s'est mis à pleurer.

C'était le moment le plus bas de ma vie - encore plus douloureux que lorsque j'ai perdu ma mère parce que maintenant j'étais complètement orpheline.

Nous avons quitté notre maison et sommes venus chez le frère cadet de papa à Saharanpur même. Nos parents et amis ont suggéré qu'il n'était pas sage pour une jeune fille comme moi de vivre seule. Mon oncle n'avait pas d'enfants. Les proches disaient qu'il y avait un problème seulement avec ma tante.

Ma tante avait un comportement très impoli, surtout envers moi. Je ne connaissais pas la raison exacte, mais j'ai remarqué que mon oncle était trop attentionné envers moi et parfois dépassait les limites avec de mauvaises intentions. Il regardait toujours mon visage comme s'il pouvait le regarder en continu pendant plusieurs heures. Je me sentais très mal à l'aise et tendue. J'ai essayé de contacter Mansi, mais elle était vraiment occupée avec les préparatifs de son mariage.

L'école d'Amit a été changée pour une école publique en raison de la crise financière. Mon père n'avait laissé aucun bien derrière lui. Mon frère et moi sommes devenus très pauvres. Mon oncle était chauffeur de bus pour une école privée. Je lui ai toujours demandé un emploi dans cette école, mais chaque fois que j'abordais le sujet, il touchait mes épaules sous prétexte de soins et de préoccupation.

Je me sentais comme si je voulais mettre fin à ma vie ! Je pouvais voir mon avenir sombre et misérable. Tandis que l'avenir d'Amit semblait encore plus sombre. Puis soudain, un jour, je me suis souvenue de cet appel téléphonique dans lequel ce garçon, Avijit, avait parlé d'un travail à Delhi. Je voulais aussi faire carrière pour Amit, et cela ne serait possible qu'avec mes gains.

J'ai cherché le numéro d'Avijit dans mon historique d'appels, et en prenant le nom de Lord Krishna, j'ai composé son numéro. Je savais qu'il flirterait avec moi, mais à ce moment-là, même cela serait plus supportable que le toucher sale et non désiré de mon oncle.

Il n'a pas répondu à l'appel ; j'ai essayé quatre fois mais en vain. Je suis devenue nerveuse, pensant que ma dernière chance était aussi perdue.

Ce soir-là, lorsque je lavais la vaisselle, le téléphone a sonné avec son numéro.

J'ai répondu à l'appel avec bonheur.

"Bonjour...", ai-je dit avec enthousiasme.

"Salut, comment vas-tu ?" Il a demandé très poliment, et cela semblait sincèrement préoccupé.

J'ai commencé à pleurer.

"Qu'est-ce qui s'est passé ?" a-t-il demandé d'une voix douce.

"J'ai besoin d'un emploi. Désespérément !" ai-je dit à travers mes larmes.

"D'accord, alors viens à Delhi." a-t-il dit très poliment.

"Quand ?" ai-je demandé.

"Demain matin. Je t'enverrai une voiture." a-t-il répondu.

"Voiture ?" j'étais surprise.

"Oui, tu vas obtenir un emploi. Ne t'inquiète pas." a-t-il dit très confiant.

"Qui es-tu ?" ai-je demandé, la suspicion levant la tête.

"Tu le sauras très bientôt. Fais-moi confiance, je ne te ferai pas de mal." Son assurance m'a donné un sentiment de soulagement et d'espoir.

"Dois-je envoyer la voiture à ton adresse ?" a-t-il demandé ensuite.

"Non, à la gare routière, s'il te plaît." ai-je répondu.

"D'accord, demain, à 7 heures du matin, mon chauffeur t'appellera. D'accord ?" il semblait pressé.

"Oui, merci." ai-je dit.

"On se voit demain, au revoir." a-t-il dit et a raccroché le téléphone.

Il était très sensé dans toute la conversation. Je m'attendais à un flirt, mais ce n'était pas le cas. Je l'ai pris comme un très bon signe et une miséricorde de Dieu.

Le lendemain, j'ai informé ma tante que je vais passer un entretien à Delhi ; elle a juste répondu de manière décontractée. Je n'ai pas dit à mon oncle car j'essayais toujours de ne parler avec lui que si c'était nécessaire.

Je suis allée à la gare routière où le chauffeur m'a récupérée dans une voiture Mercedes. Nous sommes arrivés à Delhi en cinq heures. J'étais surprise qu'il m'ait déposée devant un grand hôtel 5 étoiles.

Un homme en tenue formelle est venu me rencontrer. J'ai pensé que c'était Avijit.

"Êtes-vous Avijit ?" je lui ai demandé directement.

"Non, madame." Il a dissipé mon malentendu. "Veuillez me suivre, s'il vous plaît", a-t-il poursuivi.

Je l'ai suivi. Il m'a fait m'asseoir dans un resto-bar vide.

"Madame, Monsieur sera bientôt là. En attendant, vous pouvez prendre quelque chose." m'a-t-il dit et a appelé le serveur.

"Non, merci." ai-je dit.

"Madame, prenez au moins un jus s'il vous plaît." a-t-il insisté. J'ai tout à coup été très prudente et j'ai refusé toutes ses demandes de prendre quelque chose. Dans les films, j'ai vu des gens mélanger des pilules étranges dans des jus. Je ne voulais pas être la victime de telles astuces.

Il est parti, et je suis restée là, seule, en attendant Avijit, qui était mon seul espoir en ces jours difficiles.

J'ai senti quelqu'un s'approcher de ma table. Par instinct, j'ai tourné autour de moi et j'ai été choquée de voir l'homme se tenir devant moi.

"Vous ?" ai-je exclamé, me levant de ma chaise. C'était le même homme que j'avais rencontré chez Choudhary Printing Firm, celui qui avait grondé la réceptionniste et qui m'avait favorisée.

"Oui, je suis Avijit Choudhary ; comment allez-vous ?" a-t-il demandé avec un sourire.

"Pourquoi m'aides-tu ?" ai-je demandé avec méfiance.

"Vous êtes partie tellement bouleversée à cause des fautes de mon employé, alors j'ai pensé que je devrais vous aider." a-t-il répondu en s'asseyant en face de moi.

"Asseyez-vous, s'il vous plaît." m'a-t-il dit, et j'ai aussi pris place. Dans mon esprit, j'étais très reconnaissante envers Dieu. J'ai commencé à pleurer très fort.

"Qu'est-ce qui s'est passé ? Ça va ?" a-t-il demandé avec préoccupation. "S'il vous plaît, ne pleurez pas." Il m'a tendu un mouchoir.

"J'ai perdu mon père récemment. Je suis devenue orpheline...." ai-je dit, en pleurant.

"Oh, je suis tellement désolé." Il a montré de l'empathie.

"Je ne vais pas bien. Je ne veux pas rester chez mon oncle." Je lui ai dit.

J'étais tellement émotive à ce moment-là que j'ai oublié qu'il était la même personne qui appelait et ne disait rien, et puis un jour, avait dit qu'il m'aimait. Dans cet état d'esprit désespérément perturbé, j'ai simplement commencé à lui faire aveuglément confiance. Ces incidents imprudents et sans réserve sont un signe qu'une période misérable commence dans votre vie.

"D'accord, alors viens ici. Ne t'inquiète pas." A-t-il dit. Je l'ai regardé, surprise. "Je peux t'acheter un appartement", a-t-il déclaré.

"Un appartement ?" J'étais abasourdi.

"Oui."

"J'ai juste besoin d'un travail", j'ai clarifié, car je ne voulais aucun privilège supplémentaire.

"Je vais vous donner un travail simple et confortable. Cela vous aidera à gagner une belle somme d'argent", a-t-il dit.

J'ai pensé à Amit; il serait heureux s'il entendait ce qu'Avijit disait.

J'ai essuyé mes larmes.

"Oui. Je peux vraiment vous donner un tel travail. Mais pour cela, vous devrez vivre dans un appartement seulement, à Noida." Il a clarifié. J'ai hoché la tête, car je pensais qu'ils fournissaient probablement un logement à tous leurs employés.

Je suis devenue très optimiste et heureuse. Dans mon esprit, j'ai commencé à remercier le Seigneur Krishna. Avijit me regardait toujours avec un sourire. J'ai remarqué qu'il était en fait assez beau.

"Quel travail vais-je obtenir ? Est-ce en tant qu'éditeur ?" J'ai demandé.

"C'est vraiment simple." Il a dit et a fait une pause. "Je suppose que tu n'as jamais eu de petit ami ou d'amoureux auparavant. C'est vrai ?" Il a demandé, et j'étais confuse car je ne m'attendais pas à cette question. Encore une fois, j'ai commencé à penser qu'il flirtait à nouveau.

Mansi disait que son patron était très flirt, mais elle disait aussi que nous devrions ignorer ces petites choses et nous préoccuper seulement de l'argent. Alors, j'ai répondu,

"Oui, c'est vrai."

"Alors, tu es vierge. C'est vrai ?"

J'étais perturbée par cette question inattendue et inconfortable. Il a obtenu sa réponse dans mon silence.

"Ranjana, je veux que tu fasses partie de ma vie ; sois ma propriété privée."

Je l'ai regardé, stupéfaite ! Je ne pouvais pas croire mes oreilles ! Qu'est-ce qu'il disait ?!

"Que veux-tu dire ?" lui ai-je demandé en colère.

"D'accord, laisse-moi être clair. Tu es si belle et innocente ; je veux du plaisir physique avec toi." Il l'a dit simplement. À cause du choc, je n'ai pas pu répondre quoi que ce soit, et il a continué,

"Je prendrai soin de toi. Je te donnerai de l'argent à temps et tout le reste aussi, mais ce ne sera pas une relation légale." Il a fait une pause pendant un moment. "Tu comprends de quoi je parle ?"

J'ai tout compris clairement. J'étais innocente mais pas idiote.

"Non. Je ne suis pas du tout d'accord avec ça !" ai-je dit en me levant de ma chaise. Mais Avijit a retenu ma main juste au moment où j'ai commencé à quitter la table.

"Eh, ne pars pas. Regarde, réfléchis-y. Des filles meurent pour cette opportunité."

"Je mourrai, mais je ne serai jamais la concubine de quelqu'un", ai-je dit avec force et j'ai défait ma main de la sienne.

J'étais tellement en colère que je n'ai pas pensé à ma vie chez mon oncle, qui n'était également pas moins qu'un enfer.

J'ai pris un bus pour Saharanpur, et alors que les paroles d'Avijit résonnaient dans ma tête, j'ai recommencé à pleurer. Je n'avais qu'une seule pensée à ce moment difficile - pourquoi Dieu était-il si cruel avec moi ?

Je suis arrivée chez moi le soir.

Mon oncle fumait seul.

"Où sont tante et Amit ?" lui ai-je demandé, me crispant, réalisant que lui et moi serions seuls dans la maison.

"Elle est allée chez sa mère...." a-t-il dit.

"Pourquoi ?" ai-je demandé avec crainte.

"Pourquoi...? Parce que sa mère est malade. Et elle a emmené Amit avec elle." a-t-il dit en continuant de fumer.

"Quand vont-ils revenir ?" ai-je demandé, en buvant de l'eau du pichet. J'ai essayé de montrer que je n'étais pas inquiète, mais dans ma tête, j'étais vraiment appréhensive d'être seule avec mon oncle.

"Ils reviendront après deux jours." a-t-il dit et s'est allongé sur le lit. "

"Qu'est-ce qui s'est passé ? Tu as l'air très tendue", a-t-il commenté. Je n'ai pas répondu et suis simplement entrée à l'intérieur pour changer de vêtements. J'ai verrouillé la porte de l'intérieur et j'ai recommencé à pleurer. Je me sentais tellement en insécurité là-bas que si quelqu'un m'offrait du poison à ce moment-là, je pourrais le prendre sans hésitation pour échapper à la terreur d'être harcelée par mon propre oncle.

"Tu es allée à Delhi pour un travail, l'as-tu obtenu ?", a demandé mon oncle après le dîner. J'étais dans la cuisine, en train de laver la vaisselle.

"Non. Oncle, s'il vous plaît, parlez à l'administration de votre école à propos de mon travail d'enseignement. Vous y travaillez depuis 20 ans, pouvez-vous me recommander ?", je lui ai demandé à nouveau et je suis sortie de la cuisine pour éviter son toucher attendu. Mais il m'a suivi jusqu'à la véranda.

"Je vais parler. Ne t'inquiète pas", a-t-il dit en commençant à me tapoter le dos. Il faisait ça assez souvent, mais cette fois, il a continué pendant longtemps. J'étais irritée.

"S'il vous plaît, oncle !" ai-je dit et j'ai essayé de m'éloigner de lui.

"Qu'est-ce qui s'est passé ?" a-t-il dit en me tenant fermement. J'étais en train de devenir pétrifiée. J'avais l'impression que je ne pourrais pas m'échapper aujourd'hui.

"Oncle, s'il vous plaît, lâchez-moi", ai-je crié, mais il a commencé à me harceler.

Soudain, son téléphone a sonné dans la poche de sa chemise. Grâce au téléphone, j'ai eu l'occasion de me sauver.

Je l'ai poussé de toutes mes forces et j'ai commencé à le frapper avec un bâton épais destiné à laver les vêtements.

Il a commencé à hurler de douleur, et j'ai commencé à me sentir très bien en le frappant.

Après un certain temps, j'ai jeté le bâton de côté et je suis allée dans la cuisine prendre mon téléphone. Je suis sortie et je suis allée au temple le plus proche avec l'assurance que mon frère et moi ne pouvions plus vivre chez mon oncle. Mais, où irions-nous ?

Toute la nuit, j'ai passé du temps dans le temple en regardant les idoles. Chaque statue et chaque image semblaient me sourire, et je pleurais. J'étais très en colère contre Dieu.

"Je devrais mourir." J'ai commencé à parler aux idoles tout en étant assise devant elles, mais elles n'ont pas répondu. J'ai beaucoup pleuré cette nuit-là.

"Dites-moi, que dois-je faire ? Aidez-moi, s'il vous plaît." J'ai dit aux idoles. "Comment Amit survivra-t-il et sera éduqué ? Tante et oncle en feront un serviteur. Il a des rêves, il a des désirs. Il deviendra un orphelin !"

"J'accepterai la proposition de ce riche homme de devenir sa concubine; je vous le dis, je ferai la mauvaise chose si vous ne m'aidez pas." J'ai continué à hurler et à pleurer.

Après un certain temps, mes larmes se sont arrêtées, mais pas ma douleur. Néanmoins, lorsque le matin est arrivé, j'avais pris une décision ferme.

Avec une main tremblante, j'ai appelé ma dernière option.

"Salut, Ranjana." Avijit a dit en décrochant le téléphone. Il semblait heureux d'avoir remporté le jeu.

"Où dois-je venir ?" je lui ai demandé d'un ton sombre.

Ce jour-là, je n'ai même pas demandé pardon à Dieu !

Les esthéticiennes du salon ont transformé mon apparence banale en une apparence élégante et moderne. J'ai été surprise de voir comment l'argent peut transformer votre apparence et même votre âme.

Vêtements occidentaux, cheveux colorés, talons hauts, maquillage léger sur mon visage... avec tout cela, je ne me reconnaissais même pas dans le miroir. Avijit a changé mon apparence, mon nom et toute ma personnalité. Il m'a donné un nouveau nom - Sukanya.

"À quoi tu penses ?" Neeta, la propriétaire du salon, m'a demandé. Elle a été nommée comme ma styliste. Plus âgée que moi, elle était une reine de la mode, avec tant de prestance dans chacun de ses gestes et de ses paroles.

"Rien", ai-je dit avec un sourire pour couvrir mes peines.

"Je connais la raison", a-t-elle dit, et j'ai eu l'impression d'avoir été prise en train de voler quelque chose. Elle s'est assise sur une chaise à côté de moi.

"Ce n'est pas grave, ma chérie", a-t-elle dit avec empathie, et j'ai commencé à me détendre devant elle. J'ai révélé mon cœur brisé devant elle - sans rien dire mais en le laissant se refléter sur mon visage.

"Ne sois pas triste, ma chère. C'est la vie ; accepte chaque phase de celle-ci", a-t-elle remarqué en me tapotant la tête avec amour. J'avais l'impression d'être avec ma mère.

Ma nouvelle vie avait commencé. Avijit venait un jour sur deux ou parfois juste le week-end à l'appartement. Il me proposait un bon salaire chaque mois. Avec cet argent,

Amit a été admis dans une école très prestigieuse et a commencé à vivre à l'internat. Je cachais tout à Amit.

Avijit m'a emmenée avec lui lors de certains de ses voyages d'affaires en Inde et même à l'étranger. J'ai appris beaucoup de choses nouvelles et j'ai commencé à devenir plus mondaine. En chemin, j'ai également développé des sentiments particuliers pour Avijit. Parfois, il me parlait pendant des heures de ses affaires, de sa carrière et de ses amis, de ses expériences quotidiennes, de ses souvenirs d'enfance et d'autres choses personnelles, mais il ne parlait jamais de sa famille. Je ne savais pas pourquoi il ressentait le besoin de cacher des informations sur sa famille.

Un jour, je suis allée au salon et j'ai demandé à Neeta des informations sur la famille d'Avijit.

"Il a ses parents, un frère cadet et une sœur cadette", dit-elle en me proposant un café. J'ai demandé du thé vert, qu'elle a rapidement commandé pour moi.

"Et une petite amie ?" ai-je demandé.

"Non, il ne peut pas avoir de petite amie", a-t-elle dit. J'ai regardé très surpris. "Sa famille est très conservatrice. Ils n'accepteront jamais même des amis occasionnels du sexe opposé", a-t-elle révélé. J'étais étonné.

"Je pensais qu'il avait une famille moderne."

"Non, pas du tout. Ils sont riches mais pas modernes. Ce sont des fervents dévots du Seigneur Krishna", a souligné Neeta.

"Vraiment ? Moi aussi, je vénérais le Seigneur Krishna", ai-je remarqué très heureusement.

"Plus maintenant ?" a-t-elle demandé.

J'étais dévastée et j'ai répondu : "Non, j'ai arrêté de prier pour lui."

"Pourquoi, ma chérie ?" m'a-t-elle demandé, mais je n'avais pas de réponse.

"Vous pouvez me le dire, ma chère ?" m'a-t-elle demandé avec amour, mais j'étais très incertaine de dire quoi que ce soit.

"Je fais des choses mauvaises", ai-je dit après un certain temps.

"Ma chérie, tu es une enfant, mais Dieu ne l'est pas. Il est très intelligent", a-t-elle dit chaleureusement. Je ne comprenais pas ce qu'elle voulait dire, mais j'ai continué avec ma perception.

"Il ne me pardonnera pas", ai-je dit de manière dépitée.

"Tu ne fais rien de mal. Je ne pense pas que le Seigneur Krishna sera en colère contre toi", a-t-elle déclaré avec confiance, ajoutant : "Je ne suis pas Son dévot, mais je suis sûre qu'Il t'aime beaucoup. Il aime les gens au cœur pur. Tu devrais reprendre tes prières." Après longtemps, j'ai ressenti beaucoup d'optimisme après avoir entendu ses paroles.

"Neeta madame, pourquoi me soutenez-vous autant ?" Je lui ai demandé.

"Parce que je viens du même milieu d'impuissance et de bas statut financier", a-t-elle révélé, dissipant ma confusion à son sujet, car je pensais toujours qu'elle venait d'un milieu très en vue. "Je travaillais comme prostituée", a-t-elle dit avec tristesse, dans une voix qui reflétait son passé douloureux de prostituée. Je suis restée silencieuse et j'ai baissé la tête. Je ne savais pas comment répondre à cette situation.

"Choquée ?" Elle a demandé. Je suis restée silencieuse. Je voulais juste entendre son histoire sans rien dire.

"Eh bien, mon père m'a vendue quand j'avais seulement 12 ans, et tu sais combien d'argent ?" Elle a demandé avec un sourire ironique. "Pour seulement 20 roupies ! Je n'avais pas d'autre choix. Mais je suis devenue courageuse et brave et j'ai affronté tous les problèmes qui se sont présentés à moi. J'ai même réussi à sortir de cette profession - ce qui était une tâche presque impossible - et tu peux voir, maintenant je dirige mon propre salon." Elle a résumé sa vie troublée en deux lignes seulement. Seules les grandes personnes peuvent faire cela !

"Dis-moi, Dieu me pardonnera-t-il ?" Elle m'a demandé après que nous ayons tous les deux été silencieux pendant un certain temps. J'ai compris pourquoi elle m'avait raconté son histoire. Elle avait ouvert la boîte de sa vie contenant douleur et chagrin, juste pour que je puisse me rapprocher de Dieu à nouveau.

Cette fois, j'ai dit de tout mon cœur : "Madame, Il vous aime." À mesure que je disais cela, elle a commencé à me regarder, à la fois surprise et heureuse.

Un jour, Avijit m'a appelé le soir.

"Sukanya, tu dois t'occuper d'un de mes clients importants..." a-t-il dit avec empressement.

"Client ?" J'étais choquée. Il pourrait être un client d'Avijit, mais pourquoi devrais-je m'en occuper, je me suis demandée.

"Il arrivera à 23 heures, sois prête", a-t-il donné des instructions sans plus d'explication et a coupé abruptement l'appel.

À chaque jour qui passait, je recevais plusieurs chocs. Un nouvel homme venait chez moi ; Avijit l'avait lui-même invité. J'ai réalisé que pour Avijit, je n'étais rien de plus qu'un jouet jetable. Après ce jour-là, j'ai commencé à recevoir un flot de nouvelles personnes, y compris les clients d'Avijit, ses amis d'affaires et même ses proches. Avijit a augmenté mon salaire de façon exponentielle, mais avec cela, ma dépression mentale augmentait également dangereusement. Cela faisait un an que j'avais commencé ce travail. Avec le temps, mon âme était morte, et seule l'enveloppe de mon corps restait.

À ce stade, j'ai commencé à haïr Dieu.

Ranjana:

Kitni majburiyo mein ghera tha tune,
Kabhi yaad karti hoon,
Kabhi maut ki fariyad karti hoon,
Guzara hai aise bure waqt se mujhe,
Tujhe dil se nikalne ke tarike dhundhti hoon.
Mardon ki iss duniya mai,
Aisa akele chod diya tha tune,
Ki tere masiha-paigambar tak,
Mujhe zalim lagne lage,
Tune haq diya tha jine aurat ki izzat se khelne ka,
Who teri raah par chalne ke dawey karne lage.
Kabhi jab apne ko gunhegaar maanti hu,
Teri raah se kaapntey hue pav vapas mod leti hoon,
Jab kabhi tu mera jurmi lagta hain,
Tujhse bagawat karne lagti hoon.
Shayad tu bhi ek mard hain,
Tabhi toh meri halaat par chup hain,
Biktey hain bebas jism tere raaz main,
Is ghinoney kaam mein tu shaamil kyu hai,
Asli khuda hai to bata de ek baar,
Meri in zillaton par khush kyu hain?

God:

Taklifey, pareshaniya likhi hai har insaan ki muqaddar mein maine,
Yaad kar mujhe, par maut ki murad kaise kar di tune,
Bure waqt mein mujhe dil se nahi,
Apne ko bure waqt se nikalne ka jazba rakh,

Sar mera tere sajde me jhuke,
Aise honslo ko paida kar.
Duniya to sirf meri hai,
Mardo ki kaisi lagi tujhe,
Masiha-paigambar ne to mujhe samjha tha,
Jaalim kaise lage tujhe.
Unhone aurto ke haq hudaar me bahot kuch kiya hai,
Jo unke raste par chala hai, aurat ka hifazati saabit hua hai.
Gunahgaar tu hai nahi,
Tabhi to apne kadam meri raho pe pati hai,
Julmi samajh ya apna khuda,
Par juban par to mujhko hi lati hai.
Mard hoon ya aurat,
Par tujhse gair nahi,
Teri halat par chup nahi,
Cheekhta hoon is kadar tere sath me,

Iska tujhe ehsaas nahi.
Duniya ne insani jism kya,
Rooh tak bechi hai,
Tu kya, khuda aur khuda ki taalime tak bazaro me padi hai.
Mat keh ki teri zillato par khush hoon mein,
Sehta hoon teri takleefo ko tujhse jyada mein,
Akele me tere aansuon ko ginta hoon mein,
Tere dard ko apne seene me mahsoos karta hoon mein.
Har cheez ka ek waqt hota hai,
Kuch azmaish se bhara, to kuch saza se bhara hota hai,
Ye tere par hai, isko azmaish samajh kar iska muqabla karti hai,
Ya saza maan kar zindagi bhar bardhasht karti hai.

Ranjana:

Tant d'impuissance tu m'as fait sombrer,
Parfois je me souviens,
Parfois je souhaite la fin,
Tu m'as plongée dans des temps si périlleux,
Me faisant vouloir t'effacer, te retirer de mon cœur.
Dans ce monde dirigé par les hommes,
Tu m'as laissée si seule,
Que même tes messagers les plus gentils semblaient les plus cruels de tous.

L'honneur de la femme est devenu un jeu,

Pour ceux qui ont obtenu leur droit de toi,

Ils revendiquent maintenant aussi de suivre le chemin que tu as montré.

Quand je me sens coupable,

Je fais marche arrière sur le chemin vers toi,

Quand il semble que tu sois mon tortionnaire,

Je me bats contre toi.

Peut-être es-tu aussi un homme,

C'est pourquoi tu peux tranquillement voir ma déchéance,

Des corps impuissants sont vendus sous ton règne,

Pourquoi fais-tu partie de cette piscine dégoûtante,

Si tu es le vrai Dieu?

Pourquoi es-tu heureux face à mes insultes et mon déshonneur?

Dieu:

Les difficultés et les chagrins font partie du destin de chaque être humain,

Rappelle-toi de moi, demande-moi, mais comment peux-tu demander la mort?

En temps périlleux, ne me rejette pas, ne m'éloigne pas de ton cœur,

Plutôt renforce ta volonté de te sortir de cette menace,

Renforce ta force jusqu'à des hauteurs incommensurables,

Fais-moi plier devant ton respect.

Ce monde est le mien,

Il n'appartient à aucun homme,

Mes messagers m'ont compris à de nouveaux niveaux,

Ils n'ont pas un seul souffle cruel.

Mes disciples et moi prêchons le respect pour toutes les femmes,

En suivant mon chemin, des protecteurs naissent.

Tu n'es pas le coupable,

Car tes pieds sont sur mon chemin,

Considère-moi comme un bourreau ou ton Dieu,

Mais je suis toujours dans ton cœur.

Homme ou femme, je suis le tien,

Je ne suis pas tout à fait dans ta misère,

Mais plutôt, je ressens et je crie avec toi dans ta douleur,

Tu ne me croirais jamais.

Dans ce monde, non seulement les corps,

Mais même les âmes sont vendues,

Pas seulement toi, même moi et mes enseignements,

Se trouvent mentis sur ces routes de marché.

Ne dis pas que je suis heureux dans ton déshonneur,

Quand je porte ta misère plus que toi,

Seul, je compte toutes tes larmes,

Ta douleur palpite aussi dans ma poitrine.

Tout a son temps,

Certains remplis de bénédiction, d'autres de souffrance,

Considère cela comme un défi et lutte jusqu'à la victoire,

Ou

Considère cela comme une punition et continue de souffrir.

Un jour, je me suis sentie très seule et suis allée voir Neeta ma'am. "Neeta ma'am ..." ai-je appelé, en frappant à sa porte de bureau. "Oh, Ranjana, viens, s'il te plaît", dit-elle, heureuse de me voir. Je me suis assise sans demander la permission, car avec le temps, notre amitié était devenue très profonde. "Alors, comment vas-tu? Je ne t'ai pas vue depuis longtemps", a-t-elle demandé. "Ma'am, en fait ..." Je voulais tout partager avec elle, mais elle m'a interrompu. "D'abord, appelle-moi par mon nom", dit-elle. "Non, vous êtes plus âgée", ai-je répondu poliment. "Mais nous sommes amies, non?" Dit-elle avec un sourire. "D'accord, je vous appellerai di." J'ai dit. Elle m'a donné un grand sourire, ce qui indiquait que je pouvais commencer ma conversation douloureuse avec elle.

"Di, Avijit m'a envoyé d'autres personnes depuis l'année dernière. Mais il ne vient pas du tout", ai-je révélé. "Envoyer d'autres personnes? Que voulez-vous dire?" demanda-t-elle d'une voix haute. Je ne savais pas comment lui dire. "En me donnant plus d'argent...." j'ai finalement réussi à bafouiller avec des larmes dans les yeux. Elle a tout compris. "Chérie, pourquoi ne m'as-tu pas dit cela avant?" demanda-t-elle en s'approchant de moi. "Ranjana, je t'ai parlé de moi si franchement, et pourtant, tu étais prête à accepter les demandes d'Avijit sans protester? Pourquoi?" "Amit était en train d'obtenir une admission à l'université à ce moment-là; j'avais besoin d'argent", dis-je en essuyant mes larmes. "Il t'a mal utilisée, ma chérie", dit-elle, et encore une fois, c'était comme si quelqu'un avait allumé le robinet. J'ai commencé à pleurer. "Écoute, ne continue pas avec ça, Neeta Di a dit strictement. "Je pense aussi à quitter ce travail terrible dès que possible. J'ai rassemblé quelques économies...." J'ai dit en la serrant dans mes bras. Elle a eu de la sympathie pour moi. "Je l'aimais. Mais lui, il ne...." J'ai crié.

"Amour pour qui?" demanda Neeta Di.

"Avijit."

"Non, ma chérie, il ne mérite pas ton amour", dit-elle en prenant mon visage dans ses mains. "Regarde, oublie-le; oublie tout ça. Je suis avec toi", dit-elle, et je l'ai de nouveau serrée dans mes bras. "Je prévoyais d'ouvrir une autre succursale de mon salon à Gurugram. Viens et soutiens-moi là-bas", a-t-elle suggéré.

Je l'ai regardée, perdue et désespérée.

"Oui, je cherchais quelqu'un de fiable. Viens là-bas; tu auras un emploi décent, ma chérie", dit-elle en essuyant mes larmes. "Je sais que ce ne sera pas facile d'oublier cette période tachée de ta vie et de commencer sur un noble chemin, mais tu peux le faire. J'ai aussi traversé cette phase de transition, et crois-moi, avec la bonne attitude, la confiance et l'estime de soi, tu peux y arriver."

Elle m'a tapoté la tête avec tendresse. J'ai de nouveau eu l'impression d'être avec ma mère. Dieu merci, dans tout ce chaos, j'avais un pilier de soutien solide.

Parfois, les solutions à nos problèmes sont très proches, mais nous devenons tellement négatifs et vaincus par nos problèmes que nous devenons même prêts à vivre en enfer et à faire face à l'injustice.

"Avijit, je m'en vais", lui ai-je dit un jour lorsqu'il est enfin arrivé après une longue absence.

"Où vas-tu?" a-t-il demandé, mais dans un état d'esprit très terne car il savait que cela allait arriver un jour.

"Je ne veux pas continuer. J'ai loué une maison, j'y vais."

Avijit n'a pas répondu. Il a allumé une cigarette et s'est assis sur le canapé. Il semblait tendu.

"Mais... j'ai besoin de toi", a-t-il finalement dit après un long moment. S'il avait dit "amour" au lieu de "besoin", j'aurais été morte de bonheur ! Mais cela n'était jamais destiné à être.

J'ai souri ironiquement et lui ai demandé :

"Pour tes affaires ?"

Il n'a pas répondu.

"Est-ce que tu m'aimes?" ai-je finalement posé la question qui tournait dans ma tête depuis si longtemps. Il m'a regardé pendant un moment et a dit :

"J'ai besoin de toi", a-t-il chuchoté, regardant le sol. Sa réponse, qui était une vérité vraiment amère pour moi, m'a rendue plus forte pour dire ma dernière phrase pour lui.

"Je t'aime, Avijit, mais je n'ai pas besoin de toi."

Il a gardé les yeux fixés sur le sol comme s'il n'avait rien entendu de ce que je venais de dire.

J'ai loué un appartement à Gurugram et j'ai commencé à aider Neeta Di dans son nouveau salon. Il a fallu plusieurs années pour réussir et effacer les mauvais souvenirs du passé. Amit venait me rendre visite souvent. Il me présentait à ses amis avec tellement d'appréciation et de fierté que chaque fois, j'avais l'impression qu'il méritait de connaître la vérité.

Une fois, il est venu pour le week-end. J'ai pris le nom de Seigneur Krishna et je lui ai demandé le courage de révéler mon passé à mon propre frère. J'avais peur qu'il le prenne mal, ou pire encore, qu'il me quitte pour toujours. Après tout, il était aussi un homme.

Enfin, j'ai rassemblé mon courage et lui ai dit :

"Amit... ?"

"Oui, Di?" Il lisait un livre.

"Je veux te dire quelque chose."

"Oui, Di, qu'est-ce que c'est ?" Il a refermé son livre et a demandé.

"Amit, en fait..." j'ai essayé de dire courageusement.

Étonnamment, avant que je puisse continuer, Amit a dit : "Je sais que tu veux partager quelque chose de douloureux qui t'est arrivé." Je l'ai regardé choquée ! Comment savait-il ça ? Se rendant compte de mes sentiments, Amit a continué : "Que tu voulais être enseignante, mais que le destin t'a fait devenir propriétaire de salon, n'est-ce pas ? Je vois toujours ta nostalgie pour ce rêve brisé. Ai-je raison ?"

Il ne comprenait tout simplement pas. Je ne savais pas si je devais être heureuse ou triste. Amit a continué : "Je suppose que tu as assez d'argent maintenant. Je peux également t'aider financièrement. Nous pouvons ouvrir une école dans la zone défavorisée près de notre ville natale", a-t-il suggéré, les yeux brillants.

"Une école ?" ai-je demandé, perplexe. D'où cela venait-il ? Amit m'avait soudainement détournée de ma conversation vers mon rêve perdu depuis longtemps. "Oui, devenir propriétaire d'une école. Cela t'aidera à te faire une carrière dans un domaine lié à l'éducation ; tu pourras aussi y enseigner pendant ton temps libre", a-t-il suggéré.

Je suis restée silencieuse un moment.

"Amit, en fait...", j'ai commencé à dire quelque chose, mais il m'a interrompu à nouveau.

"D'accord... Je comprends. Ne commence pas ton discours émotionnel. S'il te plaît, tu m'as déjà assez énervé dans mon enfance", a-t-il ri. "Tu veux du café ? Je vais le faire...", m'a-t-il demandé.

"Je vais le faire, attends", ai-je dit en me levant.

"Non, tu restes assise. Je vais préparer le café", a déclaré Amit, entrant dans la cuisine avant que je ne puisse le faire.

"Amit", ai-je dit en le suivant dans la cuisine, il versait de l'eau dans la casserole. Je l'ai ignoré intentionnellement et ai continué : "Amit, je voulais te dire quelque chose. Après ça, c'est à toi de décider si tu veux continuer à avoir des relations avec moi ou non ?" ai-je balbutié d'une traite.

Il a posé la casserole sur le comptoir et s'est tourné vers moi avec une expression sévère.

"Je sais ce que tu veux dire", a-t-il dit.

"Non, tu ne sais rien du tout, Amit", j'ai essayé de dire.

Il m'a regardé dans les yeux.

"Je sais tout, Di. Je comprends comment une fille très innocente et basique a commencé à gagner des lakhs."

Ses paroles m'ont glacé le sang. J'ai commencé à avoir peur de ce qu'il allait dire ensuite. Je n'ai pas osé le regarder dans les yeux. Amit a continué,

"J'ai tout appris la même année où tu as quitté cette profession."

Je l'ai regardé avec stupeur. Ses yeux débordaient de larmes.

"Avec beaucoup d'efforts, j'ai fait comprendre à mon cœur. Et j'ai accepté le fait que tu l'as quittée. Tu ne l'as pas poursuivie. Et je savais aussi que tu l'as choisi pour moi et pour te protéger des avances de l'oncle", dit-il en pleurant. "Je savais tout, Di, tout!"

Je me suis assise par terre, engourdie, et j'ai commencé à pleurer. Il s'est également assis en face de moi et a pris mes mains dans les siennes.

"Amit... mais je ne suis pas une mauvaise fille", ai-je dit, voulant me défendre.

"Tu ne peux jamais être mauvaise, Di. Tu as le meilleur caractère. Tu es toujours la même Ranjana Verma du passé - la gentille, l'innocente", dit-il avec emphase. "Le caractère n'est pas défini par le travail que nous faisons, mais par la façon dont nous faisons ce travail. Je savais que tu ne faisais jamais tout cela pour ton bonheur. Je suis juste content que tu l'aies quitté; c'est la meilleure chose que tu aies faite. Choisir ce domaine peut être difficile, mais le quitter est le plus difficile. Je sais", dit-il en pleurant avec moi et en me serrant dans ses bras.

Pour la première fois, je me suis sentie très en sécurité et protégée dans les bras d'un homme.

Ce jour-là, j'ai compris une chose - un homme peut également comprendre la douleur d'une femme. Ce n'est jamais une question de sexe masculin ou féminin; c'est une question d'humain ou de non-humain; c'est une question d'humanité.

"C'était une bonne idée d'ouvrir une école pour les filles dans le village", a dit Neeta Di. Nous marchions tous les deux dans notre petite école, observant les filles jouer au basketball pendant leur période de jeu.

"Oui, Neeta Di, et tout cela grâce à vous", je l'ai appréciée.

"Non, c'est grâce à votre courage", a-t-elle répondu. Je lui ai souri, pensant que des gens comme elle ne se félicitent jamais eux-mêmes.

"Ranjana, j'ai oublié de te demander quelque chose", a-t-elle dit.

"Quoi, Di?"

"Avais-tu recommencé à prier Dieu?"

"Non."

"Pourquoi pas?"

"Parce que j'ai commencé à l'aimer, et tu sais pourquoi?" Je lui ai demandé.

"Parce qu'Il t'aime", a-t-elle répondu avec un grand sourire.

"Non, parce qu'Il est le seul à pouvoir respecter pleinement nous deux et les autres femmes comme nous sans être même un peu jugeant", lui ai-je dit avec un sourire. "Et ces élèves nous respectent aussi."

"Tu as raison, Ranjana, Dieu respecte nos efforts pour vivre la vie", a-t-elle dit, et nous avons beaucoup souri ce jour-là.

Je n'ai plus jamais rien reproché à Dieu à partir de ce jour-là, car Il m'a toujours donné des choses que personne ne peut jamais attendre d'une prostituée: l'amour, le respect et le courage de choisir le bon chemin même dans les moments difficiles et dans un environnement maléfique.

Ni moi ni Sir ne pouvions trouver les mots pour apprécier la belle dame. Je me suis rappelé que nous adorions certaines déesses chez nous pour leur force et leur courage. Aujourd'hui, j'avais envie de saluer cette Déesse vivante devant moi pour être si forte et courageuse. Dans un monde de mépris et d'inhumanité, elle avait réussi à préserver ses valeurs. Elle a sécurisé ses actions, que nous ne pouvons même pas faire tout en étant respectés dans la société.

Elle a vendu son corps mais pas son âme. Et moi, j'ai toujours vendu mon âme pour maintenir mon corps.

Un scientifique : la sagesse de Dieu

Nous avons fait nos adieux à cette femme inspirante et avons continué à marcher. Sakshi me manquait énormément.

"Où est Dieu ?" ai-je demandé avec une immense frustration. Alors que je marchais plus loin, j'ai réalisé que Sir avait arrêté de marcher. Il observait un groupe de personnes sur le côté.

Je suis allé vers lui. Il avait l'air très tendu et triste.

"Qu'est-ce qui s'est passé ?" ai-je demandé.

Il n'a rien dit. Il y avait quelque chose dans son cœur, quelque chose de très émotionnel. Pourquoi regardait-il ces gens qui étaient absorbés dans leur conversation ? J'ai décidé d'aller vers ces gens avec Sir.

J'ai pris la main de Sir et lui ai demandé de venir avec moi. Il n'était pas prêt, mais je l'ai forcé.

"Bonjour !" ai-je salué en m'approchant de ce groupe composé de personnes de différentes races.

Tout le monde nous a gentiment souhaité la bienvenue.

J'ai vu un homme qui avait l'air d'être indien. J'ai tout à coup remarqué sa main ; il était en fait asiatique.

"Je suis Amar d'Inde, et lui c'est... Sir", ai-je dit, mais tout le monde a regardé Sir d'un air très familier, comme s'ils le connaissaient déjà.

Sir avait baissé la tête de honte ; évidemment, il connaissait déjà ces gens. Je ne comprenais pas la situation et j'ai pensé qu'il valait mieux changer de sujet.

"Pouvons-nous nous joindre à votre conversation ?" leur ai-je demandé avec grâce.

"Bien sûr", a répondu l'homme indien. J'ai remarqué que Sir communiquait avec ses yeux avec le groupe.

"De quoi parliez-vous tous ?" leur ai-je demandé.

"En fait, nous étions tous des scientifiques sur Terre. Nous partagions simplement nos expériences les uns avec les autres", a expliqué l'un d'entre eux.

Il y avait donc une réunion scientifique qui se tenait en enfer aussi. Très ennuyeux ! J'avais la science comme matière à l'école. C'était bien, mais les scientifiques étaient en fait les êtres humains les plus ennuyeux sur Terre.

"Oh, génial", ai-je dit avec un sourire faux. "Alors, nous allons partir, vous, continuez", ai-je dit, me demandant pourquoi attendre alors que nous pouvions à peine contribuer à cette conversation.

"Comment allez-vous, Dr. Ram ?" a demandé Sir à l'un d'entre eux qui avait l'air indien.

"Je vais très bien. M. Nobel, comment allez-vous ?" a répondu le Dr. Ram.

"Oh, donc le nom de Sir est Nobel", ai-je observé. Je voulais demander son nom complet, mais ils se sont tous les deux engagés dans une conversation.

Ce qu'ils disaient, je ne comprenais vraiment pas, mais les autres semblaient comprendre. C'était une discussion complètement scientifique. J'ai réalisé que Sir avait peut-être été un scientifique sur Terre.

Après leur longue conversation, Sir m'a regardé.

"Parle à ce jeune homme de ta vie, Dr. Ram", a demandé Sir à l'homme.

J'étais agacé de devoir écouter l'histoire de sa vie ennuyeuse et sans intérêt. Ses découvertes auraient pu être formidables, mais la vie d'un scientifique a toujours été fastidieuse. Je pensais qu'il parlerait de son laboratoire et de sa pauvre famille. De plus, les scientifiques croient rarement en l'existence de Dieu. Mais pourquoi est-il ici ?

Mais c'était une question de respect envers un croyant de Dieu ; donc, j'ai donné mon attention au Dr. Ram.

"Je veux faire un master en mathématiques," dis-je pendant qu'Amma me servait à manger.

"Pourquoi les mathématiques?" demanda-t-elle, de plus en plus irritée.

"Amma, j'ai de l'intérêt pour ça," dis-je, devenant anxieux.

"Dans ce cas, tu dois en parler à ton père", dit-elle fermement.

"Amma, tu peux en parler avec lui," je lui demandai, car je n'avais jamais contredit les décisions de mon père.

"Non, Ram, je ne le ferai pas. Si tu veux faire des maths, c'est à toi de lui dire," dit-elle.

Je suis devenu perturbé.

"Ram, viens manger", me dit-elle.

Je suis allé dans ma chambre et j'ai pris la photo du génie mathématique Ramanujam de mon livre de maths dans ma main. Je voulais être comme lui. Pas très qualifié mais toujours un grand mathématicien.

Le soir, Amma m'a dit que mon père voulait discuter de quelque chose. Je suis allé dans sa salle d'étude.

"Appa, tu m'as appelé?" ai-je demandé depuis la porte. Appa aimait la discipline ; il était un grand microbiologiste de l'Inde depuis l'époque britannique, très brillant et organisé. C'était la raison pour laquelle je ne disais jamais rien devant lui.

"Oui, fils, viens." Il m'a dit, et je suis allé devant sa table, où il était occupé avec des papiers. "Ta mère m'a dit que tu voulais parler." Il demanda, et je compris le stratagème d'Amma. Elle était une enseignante; pas étonnant qu'elle ait travaillé si intelligemment.

Je suis resté en silence.

"N'hésite pas, mon fils. Je sais que tu vas te séparer de ta mère pour la première fois. Tu te sens bouleversé à ce sujet. N'est-ce pas ?" Il soupçonnait autre chose.

"Viens, fils, je vais te raconter quelque chose sur ma vie." Il s'est levé et a mis sa main sur mon épaule. "Mes rêves pour toi." A-t-il ajouté.

Il m'a alors emmené vers la photographie de mon grand-père décédé. Mon grand-père était un petit commerçant à son époque.

"Tu sais, ton grand-père voulait que je devienne enseignant car il croyait que les enseignants peuvent nourrir et transformer les jeunes esprits, ce qui conduit finalement au développement de la société. Mais j'ai choisi d'être scientifique. Sais-tu pourquoi?" demanda-t-il.

Je l'écoutais simplement. Je ne lui parlais presque jamais car je le voyais toujours très occupé avec ses études scientifiques, et il voyageait beaucoup dans des pays étrangers.

J'attendais qu'il continue.

"Parce que je voulais gagner le prix Nobel. C'était mon rêve de longue date après avoir entendu le discours du Dr C.V. Raman à la radio. Je voulais tellement gagner le prix Nobel que j'avais même préparé mon propre discours de remerciement !" déclara-t-il avec un sourire.

Soudain, je me suis souvenu qu'il n'y avait pas de prix Nobel de mathématiques. Sur quelle base pouvais-je aborder mon sujet, je me demandais.

"Appa, est-ce juste une question de prix Nobel ?" ai-je demandé poliment, mais cela aurait pu aussi être une question problématique s'il l'avait pris autrement.

"Non, c'est une question de prestige de notre pays. Notre pays récemment libéré a besoin de bonnes sciences et de développements technologiques pour avancer. Pour cela, il a besoin de plus de prix Nobel en sciences car nous pouvons le faire." expliqua-t-il, donnant une raison patriotique, qui ne pouvait jamais être ouvertement contestée.

"Je veux que tu te lances dans le domaine de la biochimie et me rende fier en étant sélectionné pour un master en chimie à la prestigieuse IIT. Tu fais ça et je planifierai ton doctorat à l'étranger." proposa-t-il.

Je ne dis rien.

"Travaille juste sur toi-même et sur ton aptitude scientifique. Prépare-toi à remplir tous les critères," dit Appa avec enthousiasme.

Je suis revenu dans ma chambre, j'ai pris la photo de Ramanujam, l'ai remise dans le livre de maths, et j'ai rangé le livre dans l'armoire.

Amma est venue dans ma chambre. Elle a observé que j'étais vraiment bouleversé. Elle était la seule personne qui pouvait me faire sourire et me sentir léger même dans les pires conditions.

"Qu'est-ce qui s'est passé, Ram ?" demanda-t-elle avec beaucoup de soin. J'étais silencieux, tenant à mon malheur.

"Qu'a dit ton père, fils ?" demanda-t-elle en me tapotant la tête.

"Amma, il a beaucoup d'attentes de moi," dis-je à voix basse.

"Parce que tu es capable de cela. Les maths c'est bien, mais la science c'est exceptionnel - surtout la biologie" dit-elle avec beaucoup d'enthousiasme.

"Ton père pense comme un scientifique. Chaque fois qu'il parle de son sujet d'intérêt, je suis émerveillée de voir comment Dieu nous a créés très intelligemment. Il a le contrôle sur les choses les plus minuscules," dit-elle, ajoutant, "En écoutant la science, je me sens plus proche de Dieu. Tu devrais également avoir la chance de connaître Ses belles créations."

Je savais qu'Amma était très spirituelle, mais c'était une révélation qu'elle pouvait aussi connecter la science à Dieu.

"Fais un usage efficace de ta connaissance scientifique pour le bien-être de la société. Il y a tout de bon dans la science, rien de mauvais," conseilla-t-elle, et je décidai de continuer en science uniquement.

Après avoir passé du temps intensif à compléter mon Master, j'ai rempli tous les critères pour être admis dans des universités américaines. Pendant ce temps, mon père avait déjà parlé à un scientifique de renommée mondiale, le professeur Patrick Ferris, un pionnier dans son domaine. Il était prêt à devenir mon superviseur de doctorat.

Amma a emballé tout ce dont j'avais besoin, et j'ai emballé tous ses souvenirs et enseignements dans mon cœur.

J'étais entré dans le véritable domaine de la science, des laboratoires prestigieux et des chercheurs de haut niveau. Il y avait des personnes de différents pays, qui échangeaient leurs idées et leur culture entre eux, mais j'étais le seul Indien de mon département.

Après avoir passé quelques jours là-bas, j'ai commencé à voir l'autre côté, hautement politique, du domaine.

J'ai décidé de parler à mes parents; ils m'ont également donné diverses suggestions. Mais j'ai fait une erreur - j'ai parlé à chacun d'eux individuellement.

Appa a dit : "La science doit être pratiquée honnêtement, mais tu dois être honnête avec la science seulement; ce n'est pas grave si tu n'es pas honnête avec les gens".

Amma a dit : "Dieu aime l'honnêteté avec tous, sans discrimination".

Appa a dit : "Ne joue pas la politique, mais tu devrais en connaître suffisamment pour pouvoir échapper aux pièges des autres".

Amma a dit : "Ne t'inquiète pas des gens et de la concurrence ; Dieu est toujours avec ceux qui ont de bonnes intentions. Tu n'as rien à faire ni à t'inquiéter de quoi que ce soit".

Les deux étaient contradictoires, mais les deux avaient raison. L'un était pieux, et l'autre avait une approche pratique. Mais malheureusement, leur conseil mixte a finalement conduit à des complications pour moi.

Un jour, mon superviseur de doctorat, le professeur Ferris, est venu pour la réunion de laboratoire.

"Nous avons une conférence à Chicago, où nous serons exposés à une variété de nouvelles idées et de nouveaux contacts, ce qui sera très utile pour notre travail. En bref, essaie d'être intelligent et très communicatif là-bas."

Soudain, il m'a regardé avec un grand sourire qui était clairement faux.

"Ram, viendras-tu dans ma cabine, s'il te plaît?" a-t-il demandé. Je me suis demandé ce qu'il voulait me dire séparément.

J'ai acquiescé. Une fois à l'intérieur de sa cabine, le professeur Ferris a dit :

"Vos aînés m'ont dit que vous travaillez seul et n'interagissez généralement pas avec eux?"

"Oui, je préfère faire le travail plus simple seul", ai-je répondu poliment.

"Non, cela ne suffira pas", a ordonné le professeur Ferris de manière stricte. "Vous devriez impliquer toute votre équipe dans chaque travail."

J'avais l'impression de vouloir argumenter avec lui, mais je ne l'ai pas fait. Au lieu de cela, j'ai simplement dit :

"Oui, professeur Ferris" et me suis tourné pour partir.

"Très bien", a-t-il dit en se tournant vers ses papiers.

Je me suis senti très abattu après cette réunion. Mon succès complet et ma vie dépendaient de l'opinion de mon superviseur, mais cette réunion m'avait laissé paniqué. J'ai appelé Amma et lui ai dit :

"Dans mon laboratoire, les gens ne sont pas très coopératifs les uns envers les autres."

"C'est le cas partout, mon fils", m'a-t-elle apaisé.

"Le professeur Ferris veut toujours que je coopère avec eux tous. Comment cela sera-t-il possible d'un seul côté ?" ai-je dit, exprimant ma frustration.

"Cela sera possible; aie simplement foi en Dieu", a-t-elle dit.

Chaque fois que je parlais à ma mère, rien ne semblait impossible. Mais dans le laboratoire, tout devenait très désespéré. Il y avait une relation rigide entre juniors et seniors ; tout le monde était vraiment frustré. Je n'avais aucune interaction directe avec le professeur Ferris. Il me jugeait toujours en fonction des avis de mes aînés.

"Tu sais, dans mon laboratoire, les gens endommagent même les expériences des autres. C'est courant", m'a dit mon colocataire Abram. Il a partagé ses expériences avec moi.

Il était bavard, et j'étais toujours un bon auditeur.

"Tu sais, ton guide, le professeur Ferris, est diffamé pour voler des idées et des résultats à d'autres", m'a-t-il dit un jour pendant que nous préparions de la nourriture.

"C'est peut-être une rumeur. Quoi qu'il en soit, les rumeurs vont toujours de pair avec les personnalités célèbres, n'est-ce pas ?" ai-je dit, essayant de diffuser la tension dans mon cœur. Néanmoins, je savais la vérité parce que je l'avais remarqué souvent lors de différentes réunions de laboratoire avec le professeur Ferris, mais je pensais qu'il n'était pas correct de dire quelque chose de mal devant quelqu'un qui n'appartenait pas à mon laboratoire.

"Peut-être", a dit Abram avec un petit sourire, comprenant peut-être ma réticence à parler davantage de la question.

Au fil du temps, j'ai réalisé qu'il n'était pas facile de devenir scientifique. Il n'y avait pas de liberté de partager des idées. Les aînés n'encourageaient pas les idées des juniors, ou parfois, ils passaient même les idées des juniors comme les leurs propres.

Au fil du temps, je me suis renfermé sur moi-même. Depuis l'enfance, j'avais été une personne réservée, et cela s'est intensifié. Des mois ont passé sans que je ne prononce même un mot. Je pensais toujours à quand j'aurais mon propre laboratoire dans le futur. Là, je ferais tout ce que je voulais faire.

Une fois, il y a eu une réunion de laboratoire sur un nouveau projet de médicament.

"Nous sommes très proches d'une percée. Si nous y parvenons, ce sera la plus grande recherche de tous les temps", a expliqué un post-doctorant de notre laboratoire.

"Je pense que nous devons développer une nouvelle technique pour la dernière étape", a dit l'un de ses membres d'équipe.

"Professeur Ferris, j'ai une idée", ai-je soudainement bafouillé, incapable de contrôler mon excitation.

"Dis-moi", m'a dit le professeur Ferris.

"Cela peut être fait en combinant trois techniques qui sont déjà présentes dans notre laboratoire."

Tout le monde a été surpris par mon idée.

"Comment ?" a demandé le professeur Ferris avec curiosité. J'ai expliqué tout ce qui se passait dans ma tête.

Finalement, il a été d'accord avec ma solution à ce problème. Il avait l'air satisfait et impressionné à ce moment-là.

"Ce garçon a raison", a déclaré le professeur Ferris. "Ram, tu le feras." Il m'a confié toutes les responsabilités du projet. J'étais également ravi à ce moment-là car c'était la première fois que le professeur Ferris me reconnaissait réellement. C'était mon moment de prouver que j'étais un bon chercheur.

Le lendemain, je me suis réveillé avec un nouvel espoir et beaucoup d'inspiration pour mon dernier travail. J'étais conscient que mes collègues de laboratoire ne me soutiendraient pas dans ce travail.

De nombreux mois ont passé ; j'étais complètement plongé dans ma nouvelle expérience, ignorant toutes les rumeurs selon lesquelles j'avais utilisé des relations politiques pour monopoliser tout le crédit. J'étais totalement concentré sur l'achèvement de toute l'expérience à la date prévue car je savais que ce serait une contribution significative dans le domaine de la médecine si je réussissais.

Un jour, le professeur Ferris est venu quand j'étais complètement perdu dans mes papiers de recherche.

"Ram", a-t-il appelé dans un état d'esprit amusant.

"Oui, monsieur", ai-je répondu en me levant de ma chaise.

"Je t'observe depuis de nombreux jours ; tu mets tout ton cœur et ton âme dans ce travail. Où en est le travail ?" a-t-il demandé, toujours d'humeur très joviale.

"Professeur Ferris, je suis vraiment proche", ai-je répondu.

"Bien. Et qu'en est-il de ton propre travail de doctorat ?" a-t-il demandé.

"Je fais ça en parallèle", ai-je dit, me demandant où cela menait.

"Tu fais une chose ; tu inclues également ce travail dans ta thèse."

"Vraiment ?" ai-je demandé joyeusement.

"Oui, et concentre toute ton attention sur ce travail uniquement."

En entendant cela, j'ai soufflé un soupir de soulagement. Avec cette nouvelle directive, j'ai commencé à consacrer tout mon temps à ce projet particulier. Après deux longues années de travail acharné et de dévouement, tous les résultats attendus ont été obtenus et l'expérience est devenue un énorme succès.

J'ai soumis tous les documents et résultats au professeur Ferris. Cette nuit-là, j'ai très bien dormi, sans aucune inquiétude. J'étais sûr que mon voyage dans le monde de la science serait encore plus excitant, ayant déjà connu un certain succès.

Mais plus tard, j'ai commencé à remarquer quelque chose d'étrange. J'ai commencé à être exclu de toutes les discussions et réunions sur ce projet de médicament. Je me sentais très blessé et en ai discuté avec Abram, qui a dit :

"Peut-être que ton aîné a dit quelque chose au patron. Cela arrive."

"Mais le professeur Ferris savait déjà que j'avais fait tout le travail seul", ai-je dit, toujours contrarié.

"Tu devrais lui parler alors", a suggéré Abram.

Je ne savais vraiment pas quoi faire dans cette situation. J'ai décidé d'attendre d'abord la réponse du professeur Ferris.

Le professeur Ferris a commencé à me poser des questions sur mon projet de thèse, mais il n'a jamais discuté du projet de médicament. De nombreux jours ont passé et j'attendais toujours la réponse du professeur Ferris.

Un jour, le soir, quand Abram est rentré dans l'appartement, j'ai parlé avec lui.

"Je pense que mes résultats n'étaient pas adaptés pour ce projet. Je pense qu'ils ont abandonné ce projet", ai-je dit.

"Comment peux-tu dire ça ?" a-t-il demandé avec suspicion.

"De nos jours, le professeur Ferris continue de me regarder bizarrement. Je suis sûr qu'il est très en colère contre moi. Après tout, un projet très coûteux a échoué à cause de moi", ai-je expliqué.

Abram m'a regardé en colère. Je ne comprenais pas pourquoi il réagissait ainsi.

"Qu'est-ce qui s'est passé ?" lui ai-je demandé.

"Avez-vous été au laboratoire aujourd'hui ?" a-t-il demandé, ouvrant son sac.

"Oui, je viens juste de rentrer de là-bas. Qu'est-ce qui s'est passé ?" ai-je demandé, perplexe.

Abram a sorti un livre de publication scientifique et a ouvert un article.

"Est-ce le projet de médicament sur lequel vous travailliez ?" a-t-il demandé, me montrant l'article publié.

En voyant l'article, je suis devenu complètement engourdi !

Le travail avait été publié depuis mon laboratoire, y compris ma contribution, qui était essentielle pour prouver les résultats obtenus, mais mon nom n'était pas là. Au lieu de cela, les noms de deux postdocs de mon laboratoire et d'autres collaborateurs étaient là, avec le professeur Ferris mentionné comme auteur correspondant.

"Ram, tu ne vois pas ? Ils t'ont injustement exclu sans raison", a déclaré Abram, bouillonnant d'injustice.

Je suis resté silencieux.

Après ce jour-là, le professeur Ferris ne s'est presque plus soucié de mon travail de doctorat. Au départ, il m'avait demandé d'inclure le travail sur le médicament dans ma thèse, mais il n'en a plus jamais parlé par la suite.

Deux ans plus tard, ma bourse a été interrompue, mais mon travail de thèse de doctorat n'était pas terminé. Je n'ai pas demandé d'argent à mon père car il ne gagnait déjà pas beaucoup avec son travail gouvernemental. J'ai dû trouver un travail à temps partiel pour mieux me soutenir.

J'ai trouvé deux petits emplois - l'un consistait à nettoyer la bibliothèque universitaire le matin et l'autre était dans un glacier le soir pendant deux heures. J'utilisais toute la nuit pour faire mon travail de laboratoire et de paperasse pour obtenir mon diplôme de doctorat.

Peu à peu, le professeur Ferris a commencé à me montrer une sorte de désamour étrange. Il a commencé à se comporter de manière très inhumaine avec de nombreuses personnes, dont moi. Mais je n'ai pas laissé ces choses perturbatrices m'affecter délibérément car j'étais tombé amoureux de la science et j'étais prêt à tout affronter pour cet amour.

"Mon fils, quand votre doctorat sera terminé, vous devrez postuler pour un postdoc. Mais à ce jour, vous n'avez même pas un article en tant qu'auteur unique. Comment serez-vous sélectionné ?" Appa s'est inquiété un jour pour ma carrière. J'étais chez moi à ce moment-là et j'étais à la bibliothèque avec Appa.

"Le professeur Ferris a une forte image dans le monde de la recherche. S'il me recommande, personne ne me refusera", ai-je dit juste pour apaiser Appa, mais je savais à quel point le professeur Ferris était égoïste.

"C'est bien", a-t-il dit.

Je suis allé voir amma.

"Amma, je suis frustré par ce domaine. Appa ne comprend pas mes frustrations", ai-je crié avec angoisse. Elle a tout compris en un instant. Une personne empathique peut tout comprendre même sans avoir une véritable exposition au domaine de quelqu'un.

"Fils, je comprends tout, et ton père aussi. Après tout, il a également fait face à de telles personnes. Mais tu sais, tu as encore un avenir réussi dans ce domaine."

Elle avait une confiance aveugle en moi.

"Amma, même si je fais bien les choses, ils ne m'apprécient pas", ai-je dit, me sentant très déprimé.

"Ne t'inquiète pas, mon fils. À l'avenir, tu feras quelque chose d'exemplaire, et la récompense sera meilleure et au-delà de l'imagination de tous", a-t-elle déclaré avec confiance.

La confiance d'Amma était contagieuse ; j'ai commencé à me sentir très optimiste après avoir parlé avec elle.

Il m'a fallu huit ans pour obtenir mon doctorat. Appa était vraiment contrarié que je n'aie pas obtenu de poste de postdoc aux États-Unis ou ailleurs.

Abram disait que Prof. Ferris était jaloux de moi, mais cela ne m'intéressait pas. Je me demandais juste pourquoi il se comportait ainsi avec moi ?

J'ai rejoint une université à Pondichéry pour mon post-doc. Par chance, cette fois-ci, j'ai eu un guide de post-doc très favorable. Au bout d'un an, il m'a fortement recommandé auprès d'un institut nouvellement créé à Mysore, et j'y suis devenu professeur.

Quand j'ai eu mon propre laboratoire, mes rêves sont devenus réalité, et j'ai commencé à travailler avec beaucoup de dévouement. Mais entre-temps, Amma est tombée gravement malade. Son diabète s'est aggravé, et après plusieurs mois de douleur, elle est finalement partie pour son paradis. Ma force et mon médiateur avec Dieu n'étaient plus. Il n'y avait personne pour prier pour moi. Après presque 12 ans de lutte pour construire ma carrière, j'ai eu la chance de vivre avec Amma et d'apprendre encore beaucoup de choses d'elle. Mais elle est partie, me laissant seul pour parler à Dieu.

Amma disait toujours : "Ta recherche doit être ta première dévotion ; alors, ne gaspille pas ton temps".

J'ai donc entrepris un voyage pour prouver à ma mère que la science était ma priorité absolue. J'étais très inspiré pour faire quelque chose pour le bien-être humain et sociétal.

"Tu devrais te marier maintenant", m'a dit Appa quand je l'ai rencontré à Bangalore. Même à un âge avancé, il s'était maintenu actif en travaillant en tant que scientifique.

J'ai gardé le silence en entendant sa suggestion de se marier.

"Aimes-tu quelqu'un ?" m'a-t-il demandé. J'ai secoué la tête.

"Eh bien, j'ai choisi une fille pour toi", a-t-il annoncé. "Sreeshma. Te souviens-tu d'elle ?"

"Oui", ai-je dit. Je me souvenais que nous avions passé notre enfance ensemble. Elle était la fille d'un ami très proche de mon père.

"Elle travaille comme professeur à l'université de Mysore", a déclaré Appa.

Je savais qu'elle faisait un doctorat dans une université différente aux États-Unis et était allée faire son postdoc en Australie. Elle était meilleure que moi à bien des égards.

Après plusieurs mois, nous nous sommes mariés lors d'une cérémonie simple.

À Mysore, mon laboratoire travaillait sur la représentation graphique de caractéristiques de protéines hautement profilées, énumérant toutes les protéines du corps humain afin de prédire leur nature et leur fonction. C'était un travail laborieux et les étudiants étaient parfois très irrités; il était donc essentiel de les maintenir motivés. En plus de la recherche, j'aimais enseigner aux jeunes scientifiques.

Après quelques jours, je suis allé à Delhi avec certains des étudiants pour assister à une conférence internationale sur notre nouveau domaine de recherche.

Pendant le dîner, j'étais assis avec certains des scientifiques les plus remarquables de notre pays.

« En fait, nous avons besoin de beaucoup plus de collaborations de l'extérieur, de laboratoires prestigieux à l'étranger », a déclaré le professeur Mukherjee.

Le professeur Prasad, un autre scientifique renommé, a déclaré : « Nos étudiants ne sont pas aussi travailleurs ; nous en faisions beaucoup plus. Cette nouvelle génération ne veut pas travailler dur ni se fatiguer ! »

Ils discutaient tous de problèmes liés à la science.

« Docteur Ram, pourquoi êtes-vous si silencieux ? N'avez-vous rien à dire ? » me demanda l'un d'entre eux, voyant que je ne participais pas à leur discussion. En fait, je n'aimais pas participer et j'étais aussi le plus jeune d'entre eux. J'ai donc jugé prudent de rester silencieux.

« Oh, vous n'êtes pas frustré ? » fit remarquer une autre personne, me taquinant. Tout le monde a ri.

« Votre père est un grand scientifique ; comment pouvez-vous être si tendu ? » a commenté légèrement le professeur Sharma. Je suis resté silencieux.

« Votre directeur de thèse a remporté le prix Nobel cette année. Félicitations ! » a révélé son ami soi-disant Dr. Hussain. Je ne savais pas s'il avait commenté intentionnellement ou non. Mais c'était certainement un commentaire explicitement dirigé vers moi. Le monde ne le savait pas, mais j'ai également participé à la recherche sur les médicaments pour laquelle il a été récompensé par le prix Nobel.

« Quand est-ce que vous en obtenez un ? » a ajouté le professeur Sharma. Cette fois, je me suis senti offensé ; le sujet était douloureux pour moi.

Soudain, j'ai vu le Dr Vinayaka ; elle parlait à des scientifiques étrangers.

« Elle est encore plus belle que ma propre femme », a soufflé mon vieil ami Dr. Suresh Trivedi, qui était également mon camarade de classe de l'université.

« Le Dr Vinayaka a beaucoup fait dans son domaine », ai-je remarqué. Tout le monde m'a regardé bizarrement.

Après le dîner, j'étais dans le jardin avec Suresh. Nous nous sommes souvenus de notre vie universitaire. Mais soudain, le sujet a été changé vers le Dr Vinayaka. Suresh m'a dit :

« Savez-vous que le Dr Vinayaka a eu une liaison avec son patron, et grâce à son pouvoir, elle a obtenu un bon emploi. Son patron était de ce genre d'homme. Les femmes ont certainement des avantages que nous ne pouvons jamais avoir, qu'en dites-vous ? »

« C'est le cas partout. Pendant mon doctorat, j'ai vu de nombreux cas similaires à l'étranger, et j'en traite un en ce moment aussi », ai-je dit, voulant mettre fin à ces commérages.

« Maintenant ? Ici ? » s'est-il enquis avec curiosité.

« Laissez tomber », ai-je dit et j'ai changé de sujet.

Je ne voulais pas lui dire que ma propre étudiante de laboratoire essayait toujours de m'impressionner, et que j'étais très mal à l'aise en sa présence.

Les hommes sont toujours accusés d'exploiter les femmes dans tous les domaines, mais parfois, les hommes occupant des postes supérieurs sont également confrontés à ces situations. Ils doivent être très prudents lorsqu'ils traitent avec des femmes.

Après beaucoup de lutte et une immense dévotion pendant 15 ans, nous avons enfin publié nos données de graphiques de protéines dans une revue à fort impact, qui a été largement lue et appréciée par de nombreux laboratoires et industries. Mon institut était ravi de cette recherche car elle avait le plus grand impact et application dans le domaine de la santé et des maladies.

L'institut a commencé à recevoir une avalanche d'appels téléphoniques et d'e-mails après la publication de l'article. Certains voulaient nous féliciter, et d'autres voulaient collaborer avec notre laboratoire.

En Inde, je suis soudain devenu célèbre, et cela, sans le nom de mon père. Appa était également ravi.

« C'est une recherche qui mérite un prix Nobel, mon fils ; tu l'obtiendras certainement. » Le vieux rêve d'Appa est revenu à l'avant-plan. Il m'a serré dans ses bras avec une immense affection, mais je savais que les lauréats précédents et mon ancien directeur de doctorat, le professeur Patrick Ferris, ne me recommanderaient jamais pour le prix Nobel.

À partir de cette année-là, j'ai été nominé pendant huit années consécutives pour le prix Nobel. À chaque nomination, j'avais un petit espoir de remporter le prix, mais ces nominations se sont également arrêtées après un certain temps.

J'ai remporté de nombreux autres prix célèbres dans le domaine des sciences, et à cause de cela, beaucoup étaient très jaloux de moi. Beaucoup ont prétendu que j'avais obtenu de l'aide de l'étranger et que je n'avais pas reconnu mes aides. Certains ont prétendu qu'ils étaient les premiers à avoir pensé à cette idée.

Beaucoup d'histoires comme celles-ci ont été racontées. Certains de mes collègues sont devenus ouvertement hostiles envers moi. Finalement, j'ai arrêté d'aller à des conférences et des séminaires externes car d'une manière ou d'une autre, le domaine de la science et le fait que je n'aie pas obtenu le prix Nobel augmentaient la douleur dans mon cœur. J'étais blessé, terriblement blessé.

Ram:

Apni hasrate, teri khwasiyaat,

Dusro se poora karwata hai,
Karna hai kuch insaniyat ke liye,
To khud kyun nahi dharti pe aata hai.
Chunta hai mere jaise badkismato ko,
Badle me hamein kuch nahi diya jata hai.
Jisko duniya kehti hai kabiliyat,
Ye asal me ek ajaab ban jata hai.
Mein hi jaanta hoon, kya bardaasht kiya hai maine,
Tu to hamesha mere maslo mein, khamoshi ko apnata hai.

God:

Hasrate aur khawasiyaat,
Apno se poori karwata hoon,
Jisse jyada mohabbat ho
Unko hi ye kabiliyat deta hoon.
Badkismat to wo hai, jinhe naam, kaam se bekhabar rakhta hoon,
Jab tu sochta hai kuch naya, tujhe asaan raste bayan karta hoon.
Bardaasht se aur kaabil banega tu,
Apna naam aur ooncha rakhega tu.
Mat kar kisi ke kehne ka intezar, mat reh kisi ke inaam ka mohtaz,
Apni nazro me bahot kuch reh tu,
Bas isi ki aas rakhta hoon.

Ram :

Vos désirs, vos qualités,
Vous les faites remplir par les autres,
Si vous voulez faire quelque chose pour l'humanité,
Venez ici vous-même.
Vous choisissez les malchanceux comme nous,
Et nous n'obtenons rien en retour.
Ce que le monde appelle une capacité,
Se transforme en réalité en persécution.
Seul je sais ce que j'ai traversé,
Lorsque dans toutes mes situations,
Vous portez le masque du silence.

Dieu :

Les désirs et les qualités,
Sont accomplis par ceux que l'on aime,
Ceux que vous aimez le plus,
Reçoivent cette capacité.
Malheureux sont ceux,
Qui ignorent leur nom et leur travail.
Lorsque vous osez penser quelque chose de nouveau,
Je vous accorde une vision plus facile.

Votre tolérance vous construit,
Construit un être capable.
N'attendez pas que quelqu'un vous le dise,
Ne dépendez pas d'une récompense ou d'un prix,
Restez le plus capable à vos propres yeux,
C'est tout ce que je veux de vous.

Je ne voulais pas que mes enfants se lancent dans le domaine scientifique, mais ma plus jeune fille avait une forte inclination pour les sciences. Je ne voulais pas la décourager.

Mon père connaissait également tous les avantages et inconvénients de ce domaine, mais il m'a toujours encouragé avec optimisme. Alors comment pourrais-je ne pas encourager mon enfant ?

« Papa, maman est dans le domaine de la chimie, tu es dans la biologie, laisse-moi aller en physique », m'a-t-elle dit un jour très mignonnement. Elle venait de terminer l'école.

« Je vais obtenir le prix Nobel en physique », a-t-elle déclaré avec détermination, et j'ai souri.

Elle était trop jeune, une petite et délicate poupée. Je ne voulais pas la modeler pour réaliser mes propres rêves, mais à ce moment-là, j'ai essayé de lui dire la réalité du monde.

J'ai réfléchi un moment à ce que j'ai appris dans ce monde et j'ai dit :

« Souviens-toi d'une chose, ma fille. Ne fais pas de travail pour une récompense quelconque. Fais ton travail pour le développement de l'humanité, pour le bien-être de la société. Les récompenses suivront automatiquement. Si, dans tous les cas, tu ne reçois aucune récompense de la société, souviens-toi que la plus grande récompense vient de ta propre estime de soi et de Dieu. »

Elle a souri innocemment et m'a embrassé.

Je me souvenais d'Amma. Ses prières avaient été exaucées. J'avais réellement pu faire quelque chose de valable dans ma vie.

Son expérience de vie n'était pas du tout ennuyeuse. Au lieu de cela, cela m'a fait réaliser les facilités et la technologie avancées que nous utilisons énormément aujourd'hui. J'ai réalisé que les choses que nous tenons pour acquises sont le résultat du dur travail et de la lutte de quelqu'un, que la personne soit reconnue ou non. Même si vous êtes dans une grande position, vous devez justifier votre position à chaque fois. Malgré chaque obstacle, vous devez vous dédier pleinement à votre travail associé au bien-être de l'humanité.

C'est à ce moment-là que j'ai soudainement réalisé que cette personne que j'appelais « Monsieur » était en fait le grand Alfred Nobel !

Le comité du prix Nobel d'aujourd'hui était devenu si politique et corrompu qu'il s'était éloigné de ses devoirs. C'est pourquoi il avait été transféré de l'enfer au paradis.

J'ai regardé Nobel. Il était bouleversé, mais ensuite, il a regardé le Dr Ram avec une grande satisfaction. Il n'est peut-être pas devenu un lauréat du prix Nobel, mais il était définitivement un rare grand scientifique qui avait contribué à sauver d'innombrables vies.

Un patriote : la gloire de Dieu

"Frère Nobel, jusqu'à quand resteras-tu contrarié?" ai-je demandé à Sir, qui était maintenant Nobel, mais il n'a pas répondu.

Nous allions plus profondément en enfer, et étonnamment, le nombre de personnes ne cessait d'augmenter.

"Je voulais rester en enfer ; il y a tellement de chaleur et de bonté ici", a déclaré Nobel.

"Ne t'inquiète pas ; je m'occuperai de toi au paradis. Au fait, je suis avec Alfred Nobel. C'est en soi un grand plaisir pour moi", je l'ai taquiné.

"S'il te plaît, ne dis pas quelque chose comme ça…" Il a froncé les sourcils.

"Non, sérieusement", j'ai insisté.

Soudain, j'ai entendu quelque chose d'intéressant discuté derrière nous. Mes oreilles se sont dressées en entendant le mot « Inde ».

J'ai vu une personne assise dans un groupe, en train de parler ; il semblait être indien. Il avait une taille parfaite et un corps parfait. Sa voix était également assez impressionnante.

"Il y a tellement d'Indiens ici, n'est-ce pas ?" ai-je demandé à Nobel.

"Non, en fait, tu es automatiquement attiré par les Indiens", a-t-il clarifié, me faisant me retourner surpris !

"Comment ça ?" ai-je exclamé.

"C'est le pouvoir du Seigneur Diable. Il croit en la création de groupes basés sur n'importe quoi comme un pays, un continent, etc.", a-t-il expliqué.

"Mais ici, des gens de tous les pays, de toutes les races sont assis ensemble..." ai-je tenté.

"Ils sont les enfants les plus proches de Dieu, les plus aimés de lui. Ainsi, ils peuvent surmonter l'influence négative du Diable", a-t-il expliqué logiquement. "L'effet du Seigneur Diable est assez élevé sur toi. Tu es en fait son adepte", a-t-il déclaré ce fait très évidemment, mais cela m'a secoué.

"Pas pour longtemps. Je suis très inspiré par les gens ici", ai-je répondu.

Il m'a regardé avec suspicion.

"Oui, par ceux que nous avons rencontrés jusqu'à présent", ai-je insisté.

"Peut-être que cela vous inspire, mais vous travailleriez et vous comporteriez toujours comme le diable", a-t-il dit, peut-être prévoyant quelque chose au-delà de mon interprétation.

"Oui, cela arrive tout le temps. Je sais", a-t-il affirmé d'une voix ferme. Il avait raison ; j'avais également observé cela sur terre. Les gens apprécient les bonnes choses, mais ils les suivent rarement.

Je me suis concentré de nouveau sur le grand homme indien.

"Il aurait pu être un lutteur", ai-je dit à Nobel en pointant l'homme.

Sans perdre une seule seconde, Nobel et moi sommes allés lui parler.

"Bonjour !", a salué Nobel.

"Bonjour frères", a répondu l'homme avec enthousiasme, de même que les autres.

"Étiez-vous dans la lutte, monsieur ?", ai-je demandé.

"Oh non, mon garçon. J'étais dans l'armée indienne", a-t-il répondu joyeusement.

"Un soldat ? Génial !", ai-je exclamé, admirant également les militaires sur terre.

"Tous les soldats doivent être en enfer, monsieur", ai-je dit d'un ton plein d'espoir.

"Tous les patriotes sont en enfer ; je pense que vous aimiez également votre pays", a-t-il dit, et j'ai regardé Nobel avec confusion, tandis qu'il souriait.

"En réalité, pour être très franc, l'Inde en tant que pays n'est pas mon préféré", je lui ai dit honnêtement.

Avec lui, tout le groupe a souri. Ils appartenaient tous à différentes nations.

"Mais qu'en est-il des Indiens ? Étaient-ils bons ?", m'a-t-il demandé très poliment.

"Oui, beaucoup étaient bons, et beaucoup sont ici en enfer", ai-je répondu décemment.

"Donc, si les Indiens sont bons, alors l'Inde est bonne", a-t-il déclaré, me faisant réaliser qu'il devait être un bon orateur. "Un pays est fait par son peuple", a-t-il ensuite clarifié.

Finalement, j'ai accepté son point de vue.

"Comment était votre vie en tant que soldat ?", a demandé Nobel, assis à côté de lui.

"Très normale. Je n'ai pas sacrifié ma vie à la guerre, mais mon vrai patriotisme a été mis à l'épreuve après ma retraite de l'armée."

Nobel et moi ne nous attendions pas du tout à cette réponse. J'ai regardé les autres membres du groupe. Ils n'étaient pas surpris, car ils savaient tout à ce sujet.

"Parlez-nous de votre vie, s'il vous plaît", je lui ai demandé. Il a commencé à raconter son histoire de vie.

Après avoir pris ma retraite du poste de Naib Subedar dans l'armée indienne, j'étais en route vers ma ville natale de Bhiwani dans le Haryana. Alors que mon train, l'Express Ajmer-Amritsar, atteignait la gare de Bhiwani, mon esprit était rempli de pensées sur l'avenir de ma famille et moi-même.

Je me tenais à la porte du train alors qu'il ralentissait, et je pouvais voir que mon frère cadet Jitender et mon fils Ravi étaient tous deux venus me recevoir sur le quai. Leurs visages étaient illuminés de grands sourires que je pouvais voir facilement même de très loin.

"Frère Devender, cela fait si longtemps !", s'est exclamé Jitender, en me serrant dans ses bras alors que je descendais du train.

Ravi a touché mes pieds et a pris mon sac de force.

Notre nouvelle maison dans le district de Bhiwani avait une atmosphère festive en raison de mon arrivée. Une fête surprise avait été organisée pour tous. De nombreux parents et amis du village étaient présents. Tout le monde avait l'air ravi.

Mon frère cadet Umesh, qui était enseignant dans une école gouvernementale, était également venu. Il était très en colère dans le passé en raison de certains conflits entre nous, mais il se comportait normalement. Vraiment, le temps règle tout.

"Aujourd'hui, notre frère aîné est rentré à la maison ; il devrait y avoir une grande fête", a déclaré Jitender, indiquant que des boissons devaient être servies à tous les hommes présents. Il était inspecteur adjoint de police et très friand de boissons. Certains se plaignaient qu'il buvait même pendant le service.

Mais je ne lui ai rien dit ; après tout, après un certain âge, on ne peut pas gronder ses frères et sœurs plus jeunes. Il était devenu adulte. Il avait acquis de l'expérience et avait pris soin de ma famille comme de la sienne quand je servais dans l'armée.

"Comment se passe ton travail ?", ai-je demandé à Umesh quand nous n'étions plus que nous trois frères le soir.

"Oui, bien", a-t-il répondu, indiquant qu'il ne voulait pas trop parler. Jitender l'a également remarqué, mais il n'a pas commenté la situation.

Plus tard, alors que ma femme Geeta et moi étions assis sur le toit après le dîner, je lui ai dit : "Geeta, tu m'as beaucoup soutenu".

"Ne dis pas ça. Je suis ta femme, je dois être solidaire", a-t-elle répondu avec amour.

"Mais j'ai pu faire tant de choses uniquement grâce à toi. De Sepoy à Naib-Subedar, à chaque fois que j'ai été promu, tu m'as tellement manqué. Tu ne m'as jamais impliqué dans les problèmes domestiques. Tu t'es occupée de tout seule pour que je puisse me concentrer sur ma carrière", j'ai dit, en exprimant mes sentiments - une occasion rare en soi.

"Tout ce respect et cet honneur que je reçois dans la société, c'est grâce à toi, Geeta."

"Non, c'est grâce à ton dur travail. Tu as éduqué les enfants, économisé de l'argent pour notre avenir et construit une maison en ville. C'est toi qui as tout fait. J'étais juste avec toi, et c'était mon devoir", a-t-elle dit, ajoutant : "D'accord, laisse ces choses. Tu disais quelque chose au téléphone que tu voulais faire quelque chose dans notre village", a-t-elle dit, indiquant qu'elle voulait changer de sujet. C'était sa vieille habitude; elle ne pouvait pas supporter ses propres éloges.

"Oui, Geeta, je disais qu'il n'y a pas d'éducation adéquate dans les écoles gouvernementales de notre village. J'ai appris tant de choses nouvelles dans l'armée; je pensais, étant libre, que je devrais aller dans le village et donner des cours d'anglais aux enfants et aux aînés". J'ai révélé mon souhait qui était dans mon esprit depuis plusieurs années.

"Je ne veux pas que la nouvelle génération de notre village reste en arrière à cause d'une langue", ai-je dit.

Geeta a souri, mais elle a soudainement fait remarquer.

"Mais le village est à une heure de route!"

"Ne t'inquiète pas; j'ai dit à Jitender; il arrangera un scooter d'occasion. Je veux servir les gens pour le reste de ma vie", ai-je dit.

Geeta a donné un sourire satisfait.

"En passant, je t'enseignerai aussi cette langue", ai-je dit avec un sourire.

"L'anglais?" Elle a de nouveau été inquiète. Elle pensait que l'anglais était la langue la plus difficile à parler.

"Oui", ai-je dit.

"Non, je ne connais même pas l'hindi correctement", dit-elle avec inquiétude alors que je m'amusais à la taquiner.

"L'anglais est plus facile que l'hindi. Je vais t'apprendre." J'ai encore voulu la taquiner, mais soudain notre fille Pooja l'a appelée pour une tâche.

Bientôt, j'ai commencé ma nouvelle mission. J'ai commencé à enseigner cette langue internationale aux villageois dans la même école où Umesh était professeur principal. J'avais mes cours le soir, dans lesquels j'enseignais avec une sincérité totale. J'ai également donné des conseils aux jeunes. Les gens - même les femmes - venaient avec leurs problèmes, et j'essayais d'aider tout le monde.

Bientôt, mes journées ternes après la retraite sont devenues très énergiques.

Un jour, j'ai essayé de réveiller mon fils Ravi tôt le matin.

"Ravi, allez, lève-toi."

Chaque jour, je partais courir à 5 heures du matin, lorsque mes deux enfants dormaient. Mais aujourd'hui, j'ai essayé de les réveiller.

"Papa, s'il te plaît. J'ai dormi à 1 heure du matin", a-t-il dit avec irritation en tirant la couverture sur sa tête.

"Il étudiait pour les examens ; c'est la dernière année d'ingénierie. Ne le dérange pas pendant un an", a crié Geeta depuis la cuisine. Elle préparait du thé.

"La condition physique est également importante. Ces deux enfants sont devenus si paresseux", ai-je remarqué en entrant dans la cuisine ; elle a simplement souri.

Ma fille Pooja, qui était plus âgée que Ravi, enseignait dans un collège privé et interagissait rarement avec moi ou même avec sa mère.

"Pooja, comment se passe ta préparation pour le PSC ?" Je lui ai demandé un dimanche soir.

"Papa, j'ai été rejetée deux fois après l'entretien", s'est-elle plainte. "Il y a beaucoup d'autres approches et de donations auxquelles les gens recourent pour être sélectionnés", a-t-elle déclaré.

"Mais ce n'est pas bien", ai-je commenté.

Entendant cela, elle s'est irritée et a dit : "Rien n'est bon ou mauvais. Tout dépend. Si les gens ont du pouvoir et de l'argent, ils devraient l'utiliser."

J'ai été choqué d'entendre Pooja exprimer ces opinions et ce, d'une voix si forte. Elle parlait exactement comme son oncle cadet Umesh. Il avait obtenu un emploi gouvernemental basé sur des contacts uniquement. Jitender n'était pas non plus un fonctionnaire public totalement honnête. Il avait accumulé tellement de propriétés et sa maison était remplie de tant de commodités qui ne pouvaient pas être possibles avec son salaire réel.

Les paroles de Pooja sont restées dans mon esprit pendant plusieurs heures. Ai-je commis une erreur en laissant mes enfants avec mes frères cadets ? Ils avaient été élevés dans un environnement où les gens n'étaient pas beaucoup préoccupés par l'éthique et les principes. Mais comment pourrais-je inculquer mes enseignements en eux ? Comment comprendraient-ils ma vie auto-construite ? Comment pourrais-je leur dire que j'étais contre les pratiques corrompues de mes frères ?

"Frère Devender, le reconnaissez-vous ?" Om Prakash, mon vieux ami du village, est venu avec son fils le soir où j'enseignais aux enfants du village dans la cour de l'école.

"Oui, bien sûr. N'est-ce pas Sonu ? Comment vas-tu, mon garçon ?"

"Je vais bien, oncle", répondit-il en touchant mes pieds. Je lui ai donné des bénédictions.

"Que fais-tu ces jours-ci ?"

"Eh bien, je voulais en parler justement", a déclaré Om Prakash avant que son fils ne puisse répondre.

"Avec moi ? Bien sûr, dis-moi", ai-je dit. Om Prakash a demandé à son fils de s'éloigner un peu.

Après que son fils soit parti, Om Prakash s'est tourné vers moi et a dit : "Je veux qu'il devienne un soldat comme vous dans l'armée".

"Oh ! C'est génial", ai-je exclamé joyeusement.

"Il va à Bangalore la semaine prochaine pour le test physique", a informé Om Prakash, soudainement en pause pour regarder vers le bas.

"D'accord...", ai-je répondu, lui faisant signe de continuer.

"Je sais que vous avez des contacts là-bas", a-t-il tenté, enfin en train de bafouiller ce pour quoi il était venu me voir. J'ai tout compris après cela.

"Frère, il sera sélectionné. Je lui souhaite tout le meilleur", ai-je assuré avant de me retourner. Om Prakash était confus.

"Vous ne leur parlerez pas ?!" demanda-t-il.

"Il n'y a pas besoin de parler. S'il est physiquement apte, il sera sélectionné", ai-je conclu.

"Vous disiez qu'il est comme votre propre fils, et qu'il est de votre caste. Il a besoin de votre aide. C'est la question de toute sa carrière !" s'est écrié Om Prakash.

"Je le considère comme mon propre fils. C'est pourquoi je veux qu'il soit sélectionné honnêtement", ai-je dit très poliment, car Om Prakash était plus âgé que moi et je le respectais beaucoup.

Il m'a regardé agressivement et est parti. J'ai eu l'impression d'être dans une situation où la défaite était inévitable de tous les côtés.

"Vous auriez dû l'aider. Son frère aîné est le président de notre caste", a déclaré Geeta poliment tout en me donnant un verre de lait le soir. J'avais partagé l'incident avec elle pendant le dîner.

Je suis resté silencieux.

"Nous devons aussi marier nos enfants. Qu'y a-t-il de mal à avoir de bonnes relations avec eux ?" a-t-elle dit en prenant une gorgée de son verre.

"Tout le monde se mariera. Ne t'inquiète pas pour ça", ai-je répondu.

"Mais cela peut être retardé, ou nous pourrions devoir nous contenter de relations moyennes. Et alors ?" a-t-elle demandé, exprimant ses préoccupations.

C'était une occasion rare où Geeta était contrariée. Je n'aimais pas la voir comme ça.

"Geeta, les groupes basés sur les castes, les États, les religions ou les dieux ont été créés par nous, les humains. Ils n'ont pas beaucoup de valeur, mais ont plutôt de nombreuses conséquences négatives", ai-je dit. Elle a commencé à écouter très attentivement.

"Aujourd'hui, les gens m'appellent un patriote qui a donné sa vie entière pour le pays. Je vous le dis, je n'ai pas seulement assuré la sécurité du pays aux frontières, mais j'ai pensé du fond du cœur, pour mon pays. Créer des groupes divise le pays et je ne veux pas diviser l'Inde."

J'ai appris une chose ce jour-là : être un patriote à la frontière est facile par rapport à être un patriote dans les cercles sociaux et la famille. Mais maintenant, mes opinions patriotiques devenaient la base de nombreux problèmes. Mais je savais que je devais gérer ces dilemmes et situations stressantes

---

"Tu te soucies vraiment des enfants de notre village, Devender", a déclaré Brijpal Singh, notre villageois âgé très expérimenté, alors qu'il venait me rencontrer chez moi. Nous prenions le thé ensemble.

"Je me soucie de tout l'État. Notre système d'éducation est bien en retard par rapport à de nombreux autres États", ai-je dit, soulignant la seule chose qui me préoccupait constamment.

"Ne dis pas ça. Nous sommes très avancés dans de nombreuses choses", a-t-il répliqué.

"Mais je veux que nous puissions contribuer à la croissance de la nation dans tous les domaines", ai-je dit poliment.

"C'est vraiment bien. Mais pourquoi enseignes-tu la langue anglaise ?" a-t-il demandé.

Je me demandais comment il ne pouvait pas savoir pourquoi j'enseignais la langue anglaise.

"Les gens devraient connaître cette langue ; après tout, elle est internationalement acceptée", j'ai partagé exactement ce que je ressentais.

"Oh, tu vas rendre les gens britanniques. Ils manquent déjà de respect envers leur langue maternelle, l'hindi", a-t-il argumenté davantage.

"Apprendre une nouvelle langue ne signifie pas perdre ou oublier une langue existante. Et en ce qui concerne notre langue hindi, je dis toujours aux gens que notre langue maternelle est l'amour mémorable de nos racines de base. La langue anglaise est juste une nécessité pour faire face au monde extérieur, et la vérité universelle est que la nécessité ne peut pas remplacer l'amour."

"Je suis sûr que c'est la croyance des Japonais", a-t-il commenté en riant. J'ai ri avec lui aussi.

"Devender, je suis venu discuter de quelque chose d'important avec toi", a-t-il déclaré.

"Oui, frère, dis-moi", ai-je dit en posant ma tasse de thé que j'allais boire.

"Mon fils cadet Vivek a décroché un emploi dans une entreprise multinationale à Sonipat avec un très bon salaire."

"Bien, félicitations. Je sais qu'il est très talentueux", ai-je dit joyeusement.

"Je pense que si tu choisis mon fils pour ta fille...." a-t-il demandé humblement. J'étais étonné car je connaissais Vivek depuis qu'il était enfant. C'était un garçon très mature et responsable. J'ai trouvé un gars approprié pour ma fille sans faire aucun effort.

"Frère..." je n'arrivais pas à parler tellement j'étais excité. "Vivek est un garçon si gentil. Je suis très heureux." J'ai réussi à terminer ma phrase et j'ai appelé Geeta.

"Je pense que tu devrais demander à Pooja d'abord", a suggéré Brijpal Singh.

"Elle sera ravie. J'en suis sûr", je l'ai assuré.

Le soir, j'ai parlé à Pooja.

"Non, Papa. Je veux d'abord un poste de professeur adjoint. Ensuite seulement, je penserai au mariage", a-t-elle répondu directement.

"Tu es déjà professeur adjoint, n'est-ce pas?" j'ai demandé.

"Je veux un emploi gouvernemental. Un employé du gouvernement a plus de valeur", a-t-elle dit, devenant agressive.

"D'accord, essaye après le mariage. Ça prend du temps", ai-je répondu chaleureusement.

"Non ! Je veux essayer avant le mariage. Cette année, je serai sélectionnée. Attends juste six mois", a-t-elle persisté. Je suis resté silencieux car je pensais que c'était sa vie et qu'elle avait le droit de prendre sa décision.

"Papa, tu as tellement de contacts partout. Parle aux gens..." a-t-elle dit.

Je ne comprenais pas. Voyant les expressions perdues sur mon visage, Ravi a ajouté,

"Oui, papa, les gens obtiennent des emplois permanents juste en donnant quelques lacs !"

En entendant cela, je me suis mis en colère.

"Vous parlez tous les deux de bêtises !" ai-je crié sur eux.

Ils ont eu peur.

"Que voulez-vous ?" Geeta est également dure avec eux.

"Nous voulons juste que tu soutiennes notre carrière", a déclaré Pooja en hésitant.

"Soutenir votre carrière, comment ? En donnant des pots-de-vin ?" ai-je crié.

"Tout le monde le fait pour ses enfants", a-t-elle dit, en haussant à nouveau la voix.

"Nos oncles ont également obtenu leur emploi comme ça. Regardez-les, ils progressent jour après jour", a ajouté Ravi, prenant le parti de sa sœur.

"Est-ce ainsi ? Et moi alors ? Je n'ai jamais fait de travail illégal. Ne suis-je pas réussi ?" ai-je demandé.

En entendant ma question, ils ont tous deux tordu leurs visages pour montrer qu'ils ne trouvaient aucune valeur à mes réalisations.

Geeta était très déçue de voir la façon dont les enfants se comportaient avec leur père.

"Ton papa n'a pas autant d'économies", leur a-t-elle dit doucement.

"Non, Geeta, laisse-moi leur parler", ai-je crié. "J'ai assez d'argent économisé, ma pension en cours et d'autres biens. Je suis financièrement très stable, mais je ne donnerai pas un seul centime au nom de la corruption et de la corruption, et je ne parlerai à personne de votre emploi. Est-ce que c'est clair ?" ai-je rugi.

Pooja et Ravi étaient choqués ; le visage de Geeta est devenu paniqué.

Je suis allé dans ma chambre et je me suis assis sur le lit en colère. Après un certain temps, Geeta est également entrée, l'air contrariée.

Je me suis calmé et je l'ai regardée.

"Pooja a essayé beaucoup ; elle a dit que les gens jouent toujours la politique pendant l'entretien. Ravi est également confronté aux mêmes problèmes. Ses amis sont devenus fonctionnaires uniquement grâce à des contacts. C'est pourquoi ils sont devenus si frustrés", a-t-elle expliqué, essayant de défendre le comportement des enfants envers moi.

"Geeta, mais c'est mal. Toute ma vie, j'ai servi mon pays. Le patriotisme ne consiste pas seulement à défendre notre pays contre les ennemis pendant les guerres. Cela signifie également ne pas être impliqué dans quoi que ce soit qui nuit à notre pays. Donner et prendre des pots-de-vin, faire des approches pour des emplois, tout cela fait partie de la corruption, et la corruption nuit à mon pays", ai-je dit, pleurant de l'intérieur, car mes enfants ne pouvaient même pas comprendre cette chose essentielle de base.

"Réfléchis simplement, Geeta. Si des personnes indignes occupent de bonnes positions, comment notre pays se développera-t-il ? Mes enfants sont vraiment travailleurs. Ils manquent simplement de patience et du bon chemin. Ils obtiendront tout ce qu'ils veulent, mais s'ils l'obtiennent par des moyens corrompus, le cycle continuera pour les générations futures aussi".

J'ai regardé Geeta ; elle était toujours morose et mécontente.

Le lendemain, Jitender est venu me rendre visite à la demande de mes enfants qui se plaignaient. J'étais en train de jardiner tout en l'écoutant.

«Frère, pour qui as-tu économisé autant d'argent?» demanda-t-il.

Je continuais d'arroser les plantes, essayant de montrer que je n'étais pas intéressé par ses opinions, mais en réalité, ses paroles m'affectaient profondément.

«Vos enfants ont besoin de votre aide. S'ils sont installés, vos vieux jours seront comme au paradis.»

Je ne répondis pas.

Soudain, Geeta arriva.

«Ils essaient de tout faire pour vous et belle-sœur seulement...» dit Jitender, regardant Geeta.

«Belle-sœur, s'il vous plaît dites-lui de soutenir les enfants. Sinon, je ferai quelque chose pour eux», dit-il.

Je le regardai avec stupéfaction.

«Oui, frère, je peux faire quelque chose pour eux, mais cela nuirait à votre image de père, ce que je ne veux pas», affirma Jitender.

Pendant un moment, je restai silencieux. Puis, je le regardai et dis: «J'aime que tu aimes beaucoup mes enfants et moi, mais tu sais quoi, Jitender? Cette fois, je veux donner à mes enfants les bonnes leçons plutôt que simplement de l'amour.»

Il me regarda stupéfait pendant une seconde.

J'expliquai: «Donner de l'amour sans un bon encadrement et une bonne éducation rend les enfants égoïstes. Ils ne pensent qu'à eux-mêmes. Je ne veux pas que mes enfants soient égoïstes.» Je dis cela directement.

«Frère, aujourd'hui, le monde entier devient égoïste. Tu étais toujours occupé avec ta vie de défense. Tu ne sais pas, aujourd'hui tout le monde valorise la position; pas la manière dont elle est atteinte», argumenta-t-il.

«Je la valorise», répondis-je en me concentrant à nouveau sur mon travail de jardinage.

«Belle-sœur, s'il vous plaît, dites-lui, sinon je devrai soutenir les enfants à ma manière», insista-t-il.

«Essayez de comprendre; ils resteront en colère contre vous pour toute leur vie», dit Geeta, me faisant la regarder avec dédain et choc!

Plusieurs jours se sont écoulés. J'ai continué à enseigner la langue anglaise dans le village. Mes enfants ont arrêté de me parler; Geeta était tendue. Jitender et Umesh me considéraient également comme un père avare pour mes propres enfants.

Un jour, j'enseignais les temps à un jeune garçon. J'ai commencé à réfléchir à céder aux demandes de mes enfants et j'ai décidé de leur parler cette nuit-là. Je leur dirais que je les aiderais à faire carrière. Pour la première fois, et espérons-le, la dernière fois, j'ai décidé de faire quelque chose qui nuit à mon pays. J'espère que Dieu ne me demandera pas comment, en cherchant à devenir un patriote, je suis devenu si faible dans une situation associée à la preuve de mon amour paternel envers mes enfants. Peut-être que Dieu voulait que je fasse face à ce travail immoral comme un test, mais est-ce que je le voulais vraiment ?

J'ai démarré mon scooter pour rentrer chez moi. Ma tête était pleine de pensées. En chemin, j'ai vu le drapeau de mon pays sur une plateforme dans un chowk. Je voyais ce drapeau tous les jours, mais aujourd'hui, je l'ai fixé du regard et soudainement, je me suis senti très faible devant lui.

Devender:

Zindagi bhar jeeta raha tujhe guroor se,
Ae watan teri hifazat me aankhen mod li thi saanso se,
Khada hoon is waqt dorahe par aise,
Ki duniyadi mohabbat ladne lagi hai ashiq-e-watan se.
Ye khuda, kasoor tera hi hai,
Kyun karwaya ishq apne mulk se?
Auro ki tarh khudgarz banata,
To guzarna na padta in takleefo se.
Jaan dena asan tha,
kyun nahi shaheed karwaya sarhado ki jung me,
Aaj baap ke farz ne,
Sabit kar diya hai gaddaar mujhe.
Jo khada hota tha jism fakhr se apne jhande ke age,
Jhuka kar khada rahega ab sar hamesha ke liye.

God:

Guroor to us mitti ko hota hoga,
Jiski chah me tu apne ko kya, khuda ko bhi bhula baitha,
Teri deewangi dekh kar,

Mein bhi tera watan banne ki khwaish rakhne laga.
Dorahe pe nahi, tu aaj imtihaan ke ghere me khada hai,
Jisme tera mulk hi tujhe lakar parakhne ki koshish me laga hai,
Ashiq-e-watan ko nayi kasautiyon par utara hai,
Tujhe roz nayi pareshaniyon me dhakela hai,
Kasoor sirf mera itna hai ki tujhe khudgarz nahi banaya,
Sarhado ki jung me tujhe shaheed nahi karwayan.

Par yakeen kar, tujhe gaddar nahi banne dunga,
Tera sar sharam se nahi jhukne dunga.
Duniyadi farz kaise rahenge, ye tu mujh pe chod de,
Par apne jhande se bhi ucha rahega tu meri nazar me.
Mat samajh apne ko akela tu,
Aaj khud khuda sipahi ban kar khada hai teri hifazat,
Teri aan ke liye.

Devender:
Toute ma vie, je t'ai aimé avec fierté,
Pour la sécurité de ma terre, j'ai donné mon souffle,
Je me tiens sur un chemin divisé si large,
L'amour mondain lutte en profondeur contre mon amour pour ma terre.

Mon Dieu, c'est de ta faute,

Mon amour pour ma terre est ta défaillance.

Tu aurais pu me rendre égoïste comme les autres,

Je serais sauvé de toute cette misère que je subis.

Il était plus facile de sacrifier ma vie,

Pour la protection de mon amour, ma terre,

Mais aujourd'hui, mon devoir en tant que père,

Me pousse à trahir mon amour, ma terre.

Les épaules droites, la tête haute, je saluais mon drapeau,

Maintenant, il est à jamais courbé de honte, à jamais affaissé.

Dieu:

Orgueilleuse est cette terre,

Pour laquelle tu as oublié toi-même et ton Dieu.

Ta profondeur d'amour pur et sans limite,

Me donne envie d'être ta terre, ton amour.

Ce n'est pas une intersection, mais un examen,

Ta dévotion est mise à l'épreuve par ta terre,

En purifiant tes choix inégalés,

Chaque jour apporte son lot de difficultés à surmonter.

Mes seules fautes en cela,

Je ne t'ai pas rendu égoïste,
Et ne t'ai pas laissé mourir à la guerre.

Mais je ne te laisserai jamais devenir le traître,
Jamais laisser ta tête s'incliner de honte.
Je m'occuperai de ces affaires mondaines en ton nom,
Pour moi, tu es toujours plus grand que ton drapeau.
Ne te considère jamais seul ou solitaire,
Ton Dieu est ton guerrier qui se tient en garde devant toi,
Pour ta protection,
Dans ta dévotion,
Maintenant ton honneur.

Pendant environ 50 ans de ma vie, j'ai été un patriote sincère envers mon pays. Mais les épreuves des 10 à 20 dernières années, que j'ai affrontées, ont nécessité beaucoup plus de courage.

Je suis arrivé à la maison; les enfants et Geeta m'attendaient dans le salon, car je leur avais parlé au téléphone en leur disant que j'avais besoin de discuter de questions vitales concernant leur emploi.

Ils étaient tous très attentifs à mon arrivée.

«Geeta, pouvez-vous me donner une tasse de thé?» Geeta est allée à la cuisine, mais ses oreilles étaient à l'écoute de ce que je disais aux enfants.

J'ai regardé Pooja; elle avait une expression neutre sur son visage. J'étais très humble à ce moment-là.

«Pooja, tu enseignes à des étudiants à l'université. Peu importe qu'il s'agisse d'un service gouvernemental ou privé. Enseigner, c'est enseigner», lui dis-je.

«Ravi, tes connaissances en ingénierie peuvent être utilisées dans n'importe quel domaine. Tu n'as pas besoin d'aller seulement dans le secteur public pour devenir un grand ingénieur ou réussir», ai-je dit à Ravi. Ils me fixaient tous les deux du regard.

Ils ont tous deux reçu une réponse totalement différente de ce à quoi ils s'attendaient.

«Je peux prier pour vous; je peux vous donner des bénédictions mais rien d'autre. S'il vous plaît, pardonnez à votre père», ai-je dit très poliment et je suis allé dans ma chambre. À partir de ce jour-là, je n'ai presque plus parlé à aucun d'entre eux et je me suis peu soucié de ce que les autres disaient.

Après quatre ans, Pooja s'est mariée et Ravi est parti à Delhi pour poursuivre son travail. J'ai également été très occupé(e) avec mon travail social. En raison de ma compétence linguistique, je me suis attaché(e) à certaines organisations sociales qui travaillaient pour l'amélioration du système éducatif.

Un jour, Pooja a informé sa mère qu'elle avait été sélectionnée pour un poste gouvernemental sans l'aide de sources externes, mais uniquement grâce à ses propres capacités. Ce jour-là, elle s'est assise avec moi après quatre ans.

« Papa, Ravi a reçu un salaire de 25 lacs de roupies dans une entreprise indienne et il est très heureux », m'a dit Pooja. « Il a dit qu'il l'avait obtenu grâce à ses performances, et il a également dit que dans son domaine, les emplois privés sont meilleurs. »

J'ai souri doucement.

Cette nuit-là, Geeta m'appliquait de l'huile sur la tête.

« Les enfants m'ont dit que vous aviez raison », a-t-elle dit, attendant ma réponse. « Ils ont également dit que les choses que nous obtenons après des luttes nous rendent plus fiers d'elles. »

Je suis resté silencieux, appréciant le massage apaisant.

« Êtes-vous toujours en colère contre eux ? Ne leur avez-vous toujours pas pardonné ? » a-t-elle demandé avec inquiétude.

Je l'ai regardée.

« Ce n'est pas une question de pardon, ce n'est pas non plus une question de leur relation actuelle avec moi. J'ai juste un regret à propos des choses que le temps et la patience leur ont apprises ; que je n'ai pas pu leur enseigner plus tôt. »

« J'étais toujours occupé avec mon travail, et je pensais que mon sang serait comme moi, mais j'avais tort. Ils avaient des pensées différentes car l'environnement les affectait. Mais j'ai aussi appris une bonne chose - les jeunes de notre pays, quelle que soit leur origine corrompue, peuvent encore être façonnés par un bon environnement et des directives. Ils peuvent être modifiés avec les bonnes enseignements. Ainsi, de grands développements sont possibles même dans cette décennie. » ai-je dit.

Entendant cela, Geeta a souri et a dit : « Vous pouvez toujours trouver de l'espoir et du bien partout. »

« C'est parce que j'ai la conviction que si je pense à ma nation, alors Dieu m'aidera certainement », ai-je répondu avec grâce.

« Dieu ? » Elle était surprise car elle savait que j'étais une personne qui ne s'inquiétait jamais de Dieu.

« Oui. Il m'a toujours soutenu. Je n'ai jamais compris qu'Il voulait que je naisse, que je vive et que je meure en tant que patriote. Il m'a donné le meilleur point de vue car les émotions envers votre pays vous rendent glorieux. »

Geeta était stupéfaite d'entendre cela de ma part.

Un jour, j'enseignais l'anglais aux enfants du village.

« Alors, écrivez l'orthographe de 'cricket' dans votre cahier et faites une phrase dessus », leur dis-je. Il y avait 12 enfants de tous les âges. J'ai remarqué que tout le monde écrivait et faisait des phrases parfaites sur le mot « cricket ».

En discutant de leurs phrases, un adolescent a dit : « Monsieur, vous savez, le Pakistan a remporté le match de cricket contre l'Angleterre hier. »

« Ils ont dû jouer bien », ai-je dit. Tout le monde m'a regardé avec surprise !

« Que se passe-t-il ? » ai-je demandé.

« Monsieur, vous les appréciez ? Comment ? Pourquoi ? Le Pakistan est notre ennemi ! » a dit un garçon.

« Oui, monsieur, vous avez combattu avec eux à la frontière », a dit un autre.

« Oui, mais j'ai participé à la guerre parce que j'aime mon pays ; je suis préoccupé par sa sécurité. Je n'ai pas combattu parce que je déteste le Pakistan », ai-je expliqué.

Les enfants se sont assis attentivement alors que je continuais, « Oui, je suis d'accord que nous n'avons pas de bonnes relations avec le Pakistan. Mais nous ne devrions pas haïr un pays. Vous savez qui est un vrai patriote ? Celui qui aime beaucoup son propre pays. Aimer l'Inde ne signifie pas que vous devez détester le Pakistan. La haine envers n'importe quelle nation ne reflétera pas votre patriotisme envers votre propre pays. Faites du bien pour votre pays. C'est le vrai patriotisme », ai-je dit, et ils ont tous souri, montrant leur accord avec mes opinions.

« Essayez de comprendre cela, mes jeunes étudiants », ai-je dit enfin en reprenant la classe.

Quand il a parlé de toute sa vie et qu'il s'est arrêté, j'ai souhaité qu'il ne cesse jamais de parler et que des gens comme lui ne cessent jamais de naître dans aucun pays. Je n'ai jamais pensé ainsi à propos de mon pays. Je n'ai jamais pensé aussi profondément à la façon dont même une seule mauvaise action ou une action égoïste de ma part avait un impact nocif sur notre nation et son développement. C'est la différence entre un patriote et un homme normal ; un patriote attribue toujours même les choses et les actions les plus mineures à la nation.

Je comprends qu'il y a toujours une raison profonde pour tout. Si nous sommes nés en Inde, il y a une raison derrière cela. Nous pouvons contribuer à son développement - même via notre propre domaine d'intérêt. Faire son travail avec honnêteté peut conduire au développement global de sa nation.

Un troisième genre : belle création de Dieu

Avec les souvenirs de la glorieuse rencontre avec Devender tourbillonnant dans nos esprits, nous sommes entrés plus profondément en Enfer à la recherche de Dieu. J'ai regardé Sir Nobel; il marchait en regardant droit devant lui. Je n'ai pas pu lire ses expressions.

« Nobel, étais-tu patriote ? » ai-je demandé à Nobel pour me rassurer qu'il n'était pas non plus patriote comme moi.

« Tout le monde aime son pays, mais c'est la mentalité de chaque individu qui détermine comment il le prouve. Comme l'a mentionné Devender, certaines personnes prouvent leur amour pour leur pays en dénigrant d'autres nations. » Nobel a donné une réponse intéressante, et j'ai compris pourquoi il était absorbé dans ses pensées.

Je regardais toutes les personnes autour de nous ; leur nombre et leurs énergies positives augmentaient à mesure que nous approchions du centre de l'enfer.

J'ai repéré une femme. Elle parlait fort et avec sévérité à une autre femme au sujet de quelque chose.

« Nobel, quelque chose ne va pas là-bas ? » ai-je demandé.

« Pour la première fois, je vois quelque chose qui ne va pas en enfer. Allons demander », a-t-il répondu.

En approchant de ces femmes, j'ai observé que la femme qui criait n'était pas une personne normale. Sa structure corporelle, son visage et sa voix n'étaient pas ceux d'une vraie femme.

Elle était membre de la communauté du troisième genre, et elle était ici en enfer.

« Qu'est-ce qui s'est passé ? Y a-t-il un problème ? » a demandé Nobel.

« Rien, nous prévoyons de faire plus de travail concernant la propreté. Il y a quelque temps, des soldats du Diable sont venus et ont rendu cet endroit sale. »

« Pourquoi ? » a demandé Nobel.

« Juste pour nous embêter, c'est tout », a répondu le membre du troisième genre.

« Oh. Viennent-ils tous les jours ? » Nobel connaissait la réponse, mais il a quand même demandé pour les consoler.

« Oui. Mais nous n'avons pas peur », a-t-elle répondu avec confiance.

« Bonjour, je suis Amar de l'Inde. » Je me suis présenté pour initier cette conversation. Sur terre, je n'ai jamais conversé avec ces personnes, mais j'étais curieux de savoir quels actes elle avait commis sur terre pour avoir une place en enfer.

"Je suis Neelam. Comment allez-vous?" Elle a également répondu gentiment.

"Je vais bien. J'ai besoin de vous parler", ai-je dit sans perdre de temps. "Avez-vous rencontré Dieu?" ai-je demandé avec une excitation incontrôlable.

"Je le vois partout, même en vous", a-t-elle simplement répondu. J'ai été frappé par la profonde signification de ses paroles en apparence simples.

"Comment était votre vie sur Terre?" lui a demandé Nobel.

"Comme celle de n'importe quel être humain; remplie d'essais, mais je les ai tous gagnés", a-t-elle répondu avec beaucoup d'assurance en prenant un balai pour nettoyer le sol.

"Comment? S'il vous plaît, dites-nous tout", lui ai-je dit.

"Mais j'ai besoin d'aider les autres", a-t-elle dit en regardant les autres femmes, qui étaient entièrement absorbées dans le nettoyage.

"Ne vous inquiétez pas. Sir Nobel fera ce travail", ai-je dit en la regardant, puis Nobel.

"Sir, s'il vous plaît", je lui ai demandé d'une manière taquine. Nobel, vêtu d'un pantalon et d'une veste, n'a rien dit. Il a poliment pris le balai et est allé aider à nettoyer. J'ai apprécié son comportement courtois à chaque fois.

« Non, Sahib », Asha Jiji s'est mise en colère contre l'un des hommes en veste dont le mariage de son fils avait lieu.

« Nous avons dansé et chanté tellement, nous méritons au moins 11 000 roupies en cadeau », a-t-elle argumenté. « Sahib, c'est un si grand mariage. Vous devriez nous rendre heureux », a-t-elle argumenté plus loin.

« Non, je pense que 2 100 roupies sont le bon montant », cet homme ne voulait pas donner plus, mais en fait, Jiji avait raison. Le mariage était une si grande affaire avec beaucoup d'invités riches. Ils pouvaient se permettre beaucoup plus.

Après une longue série d'arguments, tout commençait à se régler. Jiji et les autres avaient finalement accepté 5 100 roupies.

Alors que l'homme donnait l'argent avec un visage renfrogné, nous avons commencé à prendre nos affaires avec nous - les dholaks et les ghungroos.

J'ai jeté un coup d'œil aux gens autour de nous ; ils nous regardaient tous bizarrement. J'ai remarqué que quand nous dansions, ils riaient et se moquaient de nous. Je ne me suis jamais senti bien en dansant, mais Jiji a toujours dit que nous n'avions rien d'autre à faire que ça.

Soudain, nous avons tous entendu une voix douce nous appeler.

« Attendez ». C'était la voix d'un homme. Je l'ai regardé. C'était un grand homme au visage innocent portant une sherwani noire avec un dupatta rouge autour de son cou. Jiji a eu peur, car elle avait déjà connu une fausse accusation de vol de bijoux et d'argent.

Mais le garçon qui nous a arrêtés a souri sincèrement.

« Oncle, vous les laissez partir comme ça ? Offrez-leur quelque chose ». Il a dit à cet homme dont le mariage de son fils avait lieu.

Quand son oncle a souri, il a dit au serveur :

« Serveur, préparez des snacks pour eux ».

Nous étions tous surpris, je ne savais pas pour Jiji, mais c'était ma première expérience où quelqu'un nous montrait autant de prévenance.

« S'il vous plaît, venez vous asseoir, soyez à l'aise », a-t-il dit, et deux autres hommes sont venus en souriant.

Nous étions surpris que ce gars-là nous montre autant de courtoisie alors que les autres continuaient à sourire en coin.

Nous étions sept au total. Nous nous sommes tous assis à une seule table. Trois serveurs nous servaient de la nourriture, et nous la mangions tous sans nous parler. Comme nous avions dansé pendant deux heures d'affilée, nous étions épuisés et affamés.

J'ai vu ce garçon encore une fois; il marchait avec un autre garçon. La fête était terminée, et ils guidaient les ouvriers pour ranger les choses correctement.

Il a soudain regardé vers nous. J'étais assis juste à l'avant ; il m'a souri à nouveau. Je me suis senti timide et j'ai commencé à regarder ailleurs. Mais c'était le début d'un sentiment doux et palpitant que je n'avais jamais ressenti auparavant.

Nous sommes rentrés chez nous avec les gains de la journée, mais je suis revenu avec un moment mémorable aussi.

« Nous avons épuisé les lentilles... » Le lendemain, Jashwant a informé Jiji depuis la cuisine. C'était notre domestique, s'occupant de toute la maison avec dix personnes, et il était le seul vrai homme parmi nous, travaillant avec nous depuis de nombreuses années.

Jiji regardait une série à la télévision avec nous tous. Elle a d'abord ignoré Jashwant, puis elle est restée silencieuse un moment. Nous savions tous qu'elle était la plus âgée et la plus stricte parmi nous.

« Jiji, donnez-moi l'argent, je peux aller acheter des lentilles », a ajouté Jashwant.

« Pour l'instant, je n'ai rien à vous donner. Cuisine seulement des légumes et des chapatis pour aujourd'hui », a-t-elle dit en colère, et Jashwant est retourné à la cuisine.

Nous vivions dans la communauté Hijra de Bhopal - une colonie séparée.

Chaque fois que nous allions dans une fonction pour danser, nous appelions les autres aussi. Jiji avait une amie proche nommée Savita Jiji ; en général, nous n'appelions que ses gens et son groupe.

« Je veux manger des lentilles et du riz », ai-je dit à Jiji d'une voix innocente. J'étais le seul adolescent parmi eux.

« Pas maintenant. Ce soir », m'a-t-elle ignoré et a tourné son attention vers la série télévisée.

« De toute façon, nous gagnons très peu d'argent ces jours-ci. Les gens organisent de si grandes fonctions mais ne nous récompensent jamais avec beaucoup d'argent », a commencé une conversation Kiran. Elle appliquait de l'huile sur ses cheveux.

« Avons-nous déjà gagné beaucoup d'argent ? » Meena est sortie de la salle de bain avec un bol de masque facial de Multani.

Je regardais le bol.

« Auparavant, les gens étaient plus humains, mais aujourd'hui, à mesure que les gens s'instruisent, ils perdent leur nature humaine », a déclaré Asha Jiji en baissant le volume de la télévision.

« Vraiment ? » ai-je demandé.

« Oui, Neelam. Quand j'étais adolescente et que j'ai commencé à danser lors de mariages et d'autres fonctions, ils croyaient vraiment que nos souhaits étaient importants pour les jeunes mariés et les nouveau-nés. Ils avaient la conviction que tout ce que nous souhaitons pour quelqu'un se réalisera certainement. »

« Et maintenant ? » ai-je demandé.

« Maintenant, les gens s'instruisent. Ils pensent que toutes ces croyances sont délirantes. Par conséquent, notre valeur diminue chaque jour qui passe », a-t-elle dit avec un profond soupir.

« Mais on ne nous appelle que pour divertir et pour se distraire... » ai-je dit en me sentant manquer de respect.

« Danser est une façon de montrer notre bonheur de notre côté lors des occasions familiales... » a-t-elle répondu, mais je ne pensais pas ainsi.

« Mais nos souhaits sont-ils vraiment importants ? Se réalisent-ils vraiment ? » a demandé Kiran à Jiji.

« Les souhaits de tout le monde sont importants, mais dans notre cas, peut-être parce que nous n'avons pas beaucoup de souhaits pour nous-mêmes, quelques souhaits pour les autres peuvent fonctionner », a-t-elle répondu de manière logique et sincère comme toujours. Elle était l'aînée parmi nous en tout point.

« Que se passera-t-il à l'avenir, Jiji ? » ai-je demandé.

Elle a souri.

« Nous mourrons de faim », a-t-elle dit en riant. Elle essayait de cacher la réalité crue de nos vies dans son rire !

« Tu sais ? » a commencé à parler Meena. « Celle-là... qui vivait au coin de notre rue... » a-t-elle dit avant de s'arrêter brusquement.

« Que lui est-il arrivé ? » a demandé Jiji.

« Rien, elle est partie à Mumbai l'année dernière », a dit Meena.

« Mumbai ? Wow ! » Je me suis excité.

« Et s'est mise à la prostitution », a-t-elle dit en complétant sa phrase.

« J'ai entendu qu'elle gagne bien sa vie », a dit Kiran.

Je n'avais rien à dire car je ne savais même pas ce qu'était la prostitution à cette époque-là.

« Ce n'est pas correct, elle manque de respect à notre communauté... en la peignant sous un mauvais jour », a déclaré Jiji avec un froncement de sourcils.

« Oh ! Notre communauté reçoit-elle du respect ? Où ça ? Je ne le vois pas ! » a déclaré Kiran avec sarcasme.

Jiji n'avait pas de réponse. Soudain, l'atmosphère est devenue tendue.

J'ai pensé que je devais dire quelque chose pour changer de sujet.

« Vous souvenez-vous du mariage d'hier soir ? Ils nous ont offert de la nourriture avec respect », ai-je dit, voulant prouver que parfois nous avons aussi du respect.

« Le plus important, c'est l'estime de soi », a déclaré Jiji. « Je sais, nous sommes nés comme ça... différents des autres... mais Dieu a quand même arrangé quelque chose pour notre survie. Danser et chanter valent mieux que de commettre ces péchés », a-t-elle déclaré ensuite.

« Et si une personne n'avait pas d'autre choix que d'entrer dans la prostitution ? » a argumenté Kiran.

« L'éducation », ai-je lancé. J'avais entendu cela de nombreux travailleurs sociaux qui venaient dans notre quartier.

Le mot a fait taire tout le monde, non pas parce qu'ils ont été surpris, mais parce qu'ils l'ont trouvé comme une fantaisie et peut-être même un commentaire inutile pour échapper aux nombreux problèmes que nous avons tous rencontrés. Peut-être que tous savaient la réalité bien mieux que moi.

Tout le monde me regardait avec une expression sévère. Jiji a augmenté le volume de la télévision. Mais dans mon esprit, la graine de l'éducation avait été solidement semée depuis longtemps.

« Merci », dit Mme Shraddha en prenant un verre d'eau de Kiran. Elle était assise sur une chaise dans la rue avec nous tous autour d'elle. Elle était travailleuse sociale, travaillant spécialement pour les personnes de troisième sexe, les sans-abri et les prostituées, et venait souvent visiter notre quartier.

« J'essaie de vous aider à obtenir tous vos droits. Mais pour réussir dans cette lutte, vous devez également abandonner la danse et le chant », dit-elle à voix haute pour que tous puissent l'entendre.

Mme Shraddha portait des saris en soie de couleurs neutres. Elle était grande et belle, et avait une silhouette soignée malgré ses 50 ans. Il était évident qu'elle appartenait à une famille aisée et voulait faire quelque chose pour la société.

« Comment survivrons-nous si nous arrêtons la danse ? » demanda Savita Jiji.

« Recherchez un autre travail », suggéra Mme Shraddha.

Tous se turent à cette suggestion.

« Je comprends que vous n'êtes pas éduqués, mais il y a de nombreux petits emplois que vous pouvez choisir », suggéra-t-elle encore.

« Les gens nous donneront-ils du travail ? Et même s'ils nous donnent du travail, nous recevrons moins d'argent », fit remarquer Asha Jiji, aussi pratique et correcte que toujours.

« Non, ce n'est pas le cas », dit Mme Shraddha très confiante.

Parfois, il arrive que des choses fausses soient dites avec une telle confiance qu'elles semblent authentiques, et des personnes vulnérables comme moi peuvent facilement tomber dans ces discours prétentieux et mielleux.

Mais quand personne ne dit rien, elle poursuivit.

« Je veux vous offrir des emplois chez moi. » D'une manière ou d'une autre, elle semblait plus sincère.

« J'ai beaucoup de domestiques; ils reçoivent un bon salaire. Si l'un d'entre vous veut travailler chez moi, vous êtes les bienvenus. Je fournirai également une éducation de base pour vous. » Tout le monde était toujours silencieux, mais j'écoutais avec enthousiasme. Je voulais être éduquée et je voulais faire un autre travail.

Étant une personne timide, danser devant les gens semblait être une punition pour moi. Asha Jiji disait également que j'étais différente des autres.

Lorsque Mme Shraddha ne recevait aucune réponse, elle a commencé à ajouter plus à son discours.

« Je vous offrirai également un logement et de la nourriture chez moi. » Pourtant, personne ne répondait car ils trouvaient difficile de travailler avec des personnes normales.

Mais j'étais très excitée et heureuse ; j'étais beaucoup plus confiante et prête à quitter cette profession. Je me tenais derrière Mme Shraddha, donc elle ne pouvait pas me voir.

« Jiji », j'ai appelé Asha Jiji. Lorsqu'elle m'a regardé, elle a tout compris. Elle a commencé à me regarder avec des yeux en colère, comme si elle ne me permettrait jamais de partir.

Soudain, Mme Shraddha s'est retournée et a lu ma volonté sur mon visage. Elle s'est levée de sa chaise et m'a demandé :

« Veux-tu travailler ? » Elle m'a demandé très poliment. Mais Asha Jiji semblait très en colère. Je n'ai rien pu dire.

« Ne t'inquiète pas, parle librement », m'a encouragé Mme Shraddha.

« Madame, je ne veux pas danser... » J'ai dit très nerveusement.

« Bien. » A-t-elle dit en posant sa main sur mon épaule. Tout le monde autour était choqué.

Elle m'a donné sa carte et m'a demandé de venir chez elle demain avec mes affaires.

Asha Jiji est rentrée chez elle en colère.

« Jiji, pourquoi ne veux-tu pas que je parte ? »

Mais Jiji n'a pas répondu. Elle s'est simplement assise sur le canapé, et sa colère était mêlée de désespoir.

« Y a-t-il quelque chose qui ne va pas là-bas ? » J'ai continué à poser des questions. « S'il te plaît, dis-moi... »

J'ai regardé les autres aussi. Kiran, Meena, Savita Jiji avaient tous des expressions très étranges sur leur visage. Deux enfants jouaient ensemble. Je les ai regardés.

« Jiji, si je suis un peu éduquée et que j'obtiens un travail, je pourrai aider ces enfants à obtenir une éducation aussi. Je ne veux pas danser et chanter. »

Asha Jiji m'a regardé, et j'ai continué, « Il vaut mieux être une femme de ménage que de danser devant des gens qui n'apprécient jamais notre danse mais qui se moquent de nous et de notre impuissance. Ils nous font toujours sentir que nous sommes différents. » Mes yeux ont commencé à pleurer alors que je parlais de mon angoisse.

« Grâce à des gens comme Shraddha ma'am qui nous comprennent. Dieu a envoyé ces gens pour nous. » ai-je dit, et cette fois-ci, Asha Jiji a enfin répondu.

« Va, je n'ai aucun problème, mais souviens-toi que ce que tu penses n'est pas si facile... et... » Elle disait quelque chose mais a fait une pause. « Tu vas tous nous manquer. » Elle était en larmes.

J'ai senti qu'elle voulait dire quelque chose d'autre mais avait soudainement changé d'avis.

Elle s'est levée et est allée dans la chambre. Ce jour-là, j'ai compris une chose. Asha Jiji ne m'avait pas élevée en pensant qu'un jour, je danserais aussi pour gagner de l'argent pour elle ou pour devenir son soutien. Elle n'avait jamais pensé à combien de profit je pourrais lui apporter. Elle m'avait élevée avec un amour inconditionnel, que seul un être humain peut attendre d'une mère ou de Dieu.

Elle me manquera beaucoup.

« Excusez-moi ! Où pensez-vous aller ? » J'ai été grondée par le garde de la maison de Mme Shraddha lorsque je suis arrivée le lendemain à 10 heures.

« Madame m'a appelée ici », ai-je dit, devenant nerveuse.

« Attendez ici », a-t-il crié de nouveau.

J'ai eu envie de pleurer. J'étais toujours avec un groupe ; c'était la première fois que je venais quelque part seule. J'ai continué à penser que je n'aurais pas dû venir ici. J'espérais que Shraddha ma'am viendrait et gronderait le garde.

Après 15 minutes, quand j'ai été trop fatiguée de rester debout, j'ai posé mon sac par terre. Puis, après un certain temps, une femme est venue de l'intérieur de la grande maison, avec un sourire poli sur son visage.

« Viens », a-t-elle dit en me faisant signe d'entrer.

J'étais fascinée de voir la grande maison de Shraddha ma'am. Nous avons traversé un beau jardin et sommes entrées dans un vaste salon - de celui que j'avais vu uniquement dans les films.

J'ai vu de loin que Shraddha ma'am était debout au milieu du salon avec un homme portant un blazer. Elle lui dictait des instructions. Il semblait être son employé.

« Hé, comment vas-tu ? » m'a-t-elle demandé quand nous nous sommes approchés d'elle.

« Je vais bien, madame », ai-je dit avec un sourire, me remettant un peu du mauvais sentiment. En Shraddha ma'am, j'ai vu un ange qui pouvait changer ma vie.

« Sumitra, voici notre nouvelle femme de ménage », a-t-elle dit à la dame qui m'a accompagnée à la porte.

« Donnez-lui n'importe quel travail qui convient », a ordonné Shraddha ma'am.

« D'accord », a dit Sumitra. Shraddha ma'am est venue vers moi et a dit tendrement : « Bienvenue dans une nouvelle vie. » J'ai eu l'impression d'être avec Asha Jiji. « Au fait, comment vous appelez-vous ? » a-t-elle demandé.

« Neelam. »

« Oh ! C'est le nom de ma mère », s'est-elle tout à coup excitée.

J'ai souri, et Sumitra aussi.

« Mais elle n'est plus là », a dit Shraddha ma'am avec tristesse. « Laissez tomber. Soyez à l'aise ici, s'il vous plaît. »

Après un certain temps, elle est partie, et j'ai commencé à me sentir un peu plus détendue après avoir reçu le premier bon traitement dans ce nouveau monde.

J'ai suivi Sumitra. Elle m'a laissé aller avec elle vers l'arrière de la grande maison.

« C'est le quartier des femmes de ménage », a-t-elle dit alors que nous approchions de certaines chambres, attachées les unes aux autres avec une salle de bain partagée.

« Et plus loin, il y a le quartier des hommes », a-t-elle dit avec une légère tension sur le visage.

Je n'ai pas compris sa réaction.

« Pourrez-vous rester avec nous ? » m'a-t-elle demandé directement.

Maintenant, je comprends tout.

« Oui », ai-je dit. J'étais plus comme une femme. Elle avait des doutes à cet égard uniquement.

« Il y a une chambre simple ; vous pouvez vous y installer. Sinon, nous avons des chambres doubles », a-t-elle dit.

« Aruna, s'il vous plaît, libérez votre chambre. Elle y restera », a-t-elle tout à coup ordonné à une dame qui marchait près de nous.

La dame, Aruna, m'a regardée d'un air sale comme si j'avais volé sa propriété.

Après quatre heures assise par terre devant la chambre, Aruna l'a finalement libérée en grognant, soufflant et gonflant de rage. Tout au long du processus de rassemblement de ses affaires, Aruna a continué à lancer et à fourrer des choses avec force pour exprimer sa colère. Je me sentais si maladroite et seule là-bas.

Je manquais terriblement à Asha Jiji et aux autres. J'avais le numéro de Jiji, mais pas de téléphone portable pour l'appeler.

Après ce qui semblait être une éternité, j'étais seule dans la pièce. Je me suis affalée sur le tapis usé, me sentant continuellement comme si je devais juste partir d'ici dès demain.

Le soir, Sumitra, la gardienne principale de la maison, m'a appelée. Elle m'a donné un sac et a dit : « C'est l'uniforme des domestiques, un costume gris avec un dupatta noir. Vous devez porter uniquement cela à partir de demain, pas vos tenues habituelles et colorées », m'a-t-elle instruite strictement. J'ai pensé qu'elle n'aimait probablement pas mon costume lourdement décoré.

Je suis allée avec elle sur la pelouse extérieure de la maison.

« Viens, pourras-tu nettoyer ce sol ? » m'a demandé Sumitra.

« Oui. » ai-je répondu.

Elle a appelé un autre domestique. Un homme est venu en courant du jardin.

« Narayan, donne-lui de l'eau, un seau et un balai », lui a-t-elle ordonné. En quelques secondes, il a arrangé toutes les choses. Sumitra est retournée à l'intérieur et j'ai commencé à nettoyer.

C'était une grande pelouse ; j'ai réussi à nettoyer seulement une partie et je me suis sentie extrêmement fatiguée. Je me suis souvenue qu'en vivant avec Jiji, je n'avais jamais autant travaillé. Asha Jiji ne me donnait jamais de travail domestique à faire.

Je me suis assise pour me reposer un peu mais je me sentais encore épuisée.

Soudain, j'ai entendu une voix apaisante, qui a apporté un sentiment de calme à mon cœur.

« Blagues à part, mec, tu me réserves juste mon billet », a-t-il dit.

J'ai soudain senti ma fatigue physique fondre magiquement. La relaxation mentale est si efficace même pour la douleur physique.

La voix venait du balcon. C'était la voix d'un jeune garçon. J'ai penché la tête pour voir qui c'était.

Oh mon Dieu ! C'était le même garçon qui était à ce mariage, celui qui nous avait montré tant de respect. Il était au téléphone, se promenant sur le balcon. Je l'ai regardé comme hypnotisée. C'était une relaxation unique pour les yeux et le cerveau.

Soudain, il m'a aussi vue. J'ai détourné les yeux de lui.

« Je te parlerai plus tard… », a-t-il dit au téléphone en me regardant.

« Salut ! » a-t-il crié fort depuis son balcon. « Qu'est-ce qui t'amène ici ? » a-t-il demandé, et j'ai baissé les yeux.

Sentant que je n'allais pas répondre, il a dit : « D'accord, je descends, attends. »

J'ai commencé à terminer mon travail, prétendant que je n'attendais pas pour lui, mais en réalité, mon cœur était rempli de joie.

J'ai entendu le son de ses pas derrière moi ; mes oreilles se sont senties heureuses. Il est venu devant moi, et je me suis levée décemment.

« Salut, qu'est-ce que tu fais ici ? » avait-il l'air si joyeux. Il avait beaucoup d'énergie en parlant.

« En fait... » ai-je bafouillé.

« D'accord, je comprends. Tu es en train de nettoyer le sol », a-t-il dit charmant et a ri. J'ai aussi esquissé un léger sourire.

« Tu m'as reconnu ? » a-t-il demandé avec excitation. J'étais encore silencieuse, réfléchissant à ce que je devais dire et comment ? Je l'avais reconnu du fond de mon cœur. Je pouvais le reconnaître n'importe où !

Je n'étais pas si réservée ou non-interactive, mais je me sentais trop consciente de tout en sa compagnie.

Ne recevant aucune réponse de moi, il a ajouté :

« Oui, nous nous sommes rencontrés au mariage du frère aîné de mon ami. »

J'ai juste souri.

« Tu dansais si bien. » Il était trop bavard. Il continuait juste de parler sans arrêt, et j'aimais vraiment ça.

« Je vois que tu as rejoint ma maison. C'est bien », a-t-il ajouté.

« Shraddha madame m'a aidée. Je ne veux plus danser. » ai-je enfin dit quelque chose, car il m'avait mise très à l'aise.

« Oui, maman m'a parlé de ton arrivée. Tu sais, vous allez prouver être les citoyens les plus responsables de l'Inde dans le temps à venir », a-t-il dit très confiant.

Peut-être que je ne l'ai pas bien entendu.

« Ne soyez pas surpris. En fait, je fais ma licence en sociologie et ce sujet est mon travail de projet », a-t-il dit, et j'ai de nouveau regardé avec un visage perplexe.

« D'accord, laisse tomber », a-t-il ajouté, « Es-tu heureuse ici ? »

J'ai simplement hoché la tête. J'avais l'impression que je pourrais pleurer de bonheur.

Après un certain temps, il est parti mais m'a laissé quelque chose qui m'a fait sourire toute la nuit.

Chaque jour, je me réveillais avec l'espoir qu'il me dirait encore quelque chose. Pendant toute la journée, je priais Dieu pour qu'il vienne me parler pendant des heures, sur n'importe quel prétexte. Chaque fois qu'il me voyait, il souriait largement ; ses vibrations étaient trop optimistes.

À cette époque, j'ai trouvé que c'était l'expérience la plus unique de ma vie. Au point que j'ai presque oublié l'amour d'Asha Jiji et ma vie passée.

« Maali baba, vous n'avez pas apporté de laddoos ? Je vous avais dit », disait-il au jardinier. Il parlait à tous les domestiques de la maison. Le jardinier était vieux mais efficace.

« Comment pourrais-je oublier ? » a répondu le jardinier. J'observais cette scène tout en nettoyant le sol. Il discutait avec le jardinier tout en étant assis sur le sol sous un arbre et, comme d'habitude, avait l'air très heureux.

« Hmm, très savoureux. » Il mangeait ses laddoos. Le jardinier le regardait également avec bonheur. Il avait un don de Dieu pour rendre toutes les personnes à l'aise et heureuses.

Un jour, je balayais à l'intérieur de la maison.

Il est entré avec des chaussures sales.

« Oh, je suis désolé ! » s'est-il exclamé en réalisant qu'il avait sali le sol par erreur.

« Non, ce n'est pas grave... » ai-je répondu, le consolant.

« J'ai oublié ton nom. » a-t-il souri, utilisant le vieux stratagème pour demander mon nom.

« Neelam. » ai-je répondu avec timidité.

« Neelam, une pierre précieuse », a-t-il réfléchi. Comme d'habitude, je n'ai pas compris ce qu'il essayait de dire.

« Au fait, je suis désolé, Neelam », a-t-il dit. J'ai souri.

« Est-ce que tu connais mon nom ? » a-t-il demandé.

« Oui. » ai-je répondu.

« Eh bien, dis-le moi ? » a-t-il plus ou moins ordonné.

« Kartik. » Je connaissais son nom car Sumitra l'appelait toujours Kartik Sahib.

« Non, ce n'est pas mon nom », a-t-il dit en étant taquin.

Je l'ai regardé, perplexe.

« Mon nom est Kartikeya... »

J'ai hoché la tête et j'ai recommencé à travailler. Mais il a refusé de se taire.

« Quand seras-tu libre ? » m'a-t-il demandé.

« En fait, aujourd'hui je ne suis pas allée à l'université. J'ai quelque chose à faire et j'ai besoin de ton aide pour ça », a-t-il ajouté.

« Sumitra, j'ai besoin de son aide aujourd'hui. Le balayage et tout ça peut être fait par d'autres personnes », a-t-il ordonné à Sumitra lorsqu'elle est entrée.

« Oui, sahib. Avez-vous besoin de son aide tout de suite ? » a demandé Sumitra à Kartikeya.

« Pas tout de suite, mais à 11 heures. » Il m'a regardé pour me dire :

« Tu viens à la bibliothèque. D'accord ? »

J'étais juste trop perdue en lui pour répondre.

"Je lui rappellerai de venir", répondit Sumitra.

"Merci, Neelam", me dit-il à nouveau en souriant largement à Sumitra, avant de monter les escaliers.

À 11 heures précises, Sumitra m'a rappelé d'aller à la bibliothèque. Elle ne savait pas que j'attendais aussi avec impatience que l'heure sonne 11 heures.

"Viens, Neelam, pourquoi restes-tu là?", m'a fait signe Kartikeya, me voyant debout à la porte de la bibliothèque. Il était assis à une grande table avec un ordinateur portable et plusieurs livres.

Je suis entrée et me suis tenue à une certaine distance de lui.

"Viens, installe-toi", m'a-t-il dit avant de se remettre à taper quelque chose sur son ordinateur portable.

Je me suis assise par terre à l'endroit où j'étais debout.

"Mon dieu, pourquoi es-tu assise là?", m'a-t-il demandé d'une voix forte, surpris de me voir assise par terre.

"Non, j'aime m'asseoir par terre", ai-je répondu.

"Eh bien, d'accord, mais dans ce cas, je dois aussi m'asseoir par terre", a-t-il dit en venant s'asseoir à côté de moi.

Je n'avais jamais connu ce type de comportement franc et amical de la part d'un être normal.

"Ceci est mon rapport de projet", a-t-il dit en me montrant son projet sur l'ordinateur portable. J'ai regardé, mais je n'ai presque rien compris. C'était écrit en anglais, que je ne connaissais presque pas.

"En passant, c'est un faux, car j'aurais dû visiter des communautés, mais je ne l'ai pas fait", a-t-il dit d'une manière amicale, ajoutant un sourire malicieux, "Tu dois m'aider dans mon travail fictif."

"Oh, mais je suis illettrée...", ai-je répondu.

"Oh, je n'avais jamais réalisé cela", dit-il avec sympathie et posa son ordinateur portable.

"Mais tu devrais au moins savoir les langues hindi et anglais de base pour écrire et lire dans la vie. Ne penses-tu pas?" demanda-t-il, voulant probablement savoir si je voulais étudier ou non.

Mais le fait était que Shraddha m'avait promis de m'éduquer.

"Je veux étudier..." dis-je poliment.

"Ne t'inquiète pas. Je vais t'apprendre", dit-il avec un sourire. "Tu connais Narayan? Je lui ai appris à écrire son nom et les noms de sa famille en anglais."

J'ai souri à son aide innocente à son domestique.

"Oui, vas-y, demande-lui", dit-il.

"Il ne me parle pas. Personne ne me parle sauf toi", dis-je me sentant seule.

"Tu es nouvelle ici, c'est pourquoi...", répondit-il, ajoutant : "Ne t'inquiète pas. Tu commences à parler avec eux gentiment et à les aider. Ils te parleront certainement. Crois-moi, tu as de la chance d'être venue ici. Ici se trouvent les meilleures personnes du monde", dit-il avec un sourire confiant.

Après un moment, Kartikeya dit : "D'accord, je lis ; tu écoutes et là où tu penses que ce n'est pas pratique, dis-le moi franchement. D'accord ?" dit-il, en ouvrant l'ordinateur portable.

Il a commencé à lire, mais il devenait difficile pour moi de me concentrer sur ses mots tout en voyant son visage joyeux.

Je ne savais pas ce qui avait commencé, ce que serait son avenir, mais je voulais juste profiter du moment présent.

"Fais-le", gronda Sumitra à Aruna. Elle était sur le tabouret, incapable de descendre la lourde boîte à vaisselle rangée dans l'armoire.

"Je ne peux pas!" dit-elle, de plus en plus irritée.

"Je dois appeler un homme pour faire ça", dit Sumitra, comprenant que seul un homme pouvait accomplir cette tâche.

"Attends, je vais le faire", dis-je en m'avançant. Aruna descendit du tabouret. Je montai dessus et pus rapidement descendre la grande boîte à vaisselle.

Elles furent toutes les deux très impressionnées.

"Waouh, tu as assez de force !" dit Aruna, me parlant gentiment pour la première fois.

"Bien joué, Neelam." Sumitra me félicita également.

Avec le temps, tout le monde a développé une bonne relation avec moi. Ils ont commencé à me traiter normalement comme ils se traitaient entre eux. Je suis devenue partie de leur petit groupe de domestiques de la maison.

J'avais l'impression d'avoir complètement et définitivement laissé derrière moi ma vie passée. Avec le travail, j'ai eu des amis et un professeur sous la forme de Kartikeya, non seulement pour étudier, mais aussi pour être mon meilleur ami ou peut-être même plus. Il me racontait tout. Tout ce qui se passait dans la journée, à propos de ses amis, tout...!

Il m'enseignait le soir, parfois dans le jardin, parfois sur le toit et parfois assis sur le sol du salon.

Un jour, il est rentré de l'extérieur, l'air très contrarié.

"Sahib", je l'ai appelé.

"Neelam, aujourd'hui je suis très agité. Nous étudierons demain", me dit-il d'une manière très contrariée. C'était la première fois de ma vie qu'il avait l'air si en colère et contrarié.

"Tu n'as rien mangé depuis ce matin. S'il te plaît, mange quelque chose", lui dis-je avec préoccupation.

Il est soudain devenu agressif.

"S'il te plaît, ne me parle pas", a-t-il crié.

Sumitra est venue en courant.

J'ai baissé mon visage pour cacher mes larmes.

Se rendant compte de son erreur, il s'est soudainement calmé et s'est excusé,

"Je suis vraiment désolé, Neelam."

"S'il te plaît, mange quelque chose", lui ai-je dit avec préoccupation.

Il m'a juste regardé avec étonnement.

Après quelques secondes, il s'est tourné vers Sumitra et lui a dit :

"Sumitra, je vais prendre un jus."

Puis il s'est tourné vers moi avec un sourire et a demandé : "Contente ?"

"D'accord, écris 'Mango'... écris-le correctement", m'enseignait Kartikeya.

J'ai écrit Mengo.

"Non, ce n'est pas l'orthographe correcte. Regarde, voici comment on écrit 'Mango'". Il m'a corrigé, prenant mon cahier et écrivant l'orthographe correcte.

"Mango signifie quoi ?" a-t-il demandé ensuite.

"Aam", ai-je répondu avec enthousiasme.

"Bien", a-t-il souri, ajoutant : "Tu es une élève rapide. Tu le sais ça ?"

"Maintenant...écris 'Gem'", a-t-il dicté un autre mot après réflexion.

"Ça veut dire quoi ?" ai-je demandé en écrivant "Jem".

Il a de nouveau pris mon cahier et m'a corrigé, expliquant :

"Cela signifie une pierre précieuse, et ceci est 'Gem', pas 'Jem', compris ? Gem signifie ce que signifie ton nom Neelam."

Quelques instants plus tard, il m'a demandé avec curiosité : "Comment as-tu eu ce nom ?"

"Jiji m'a dit que j'étais habillée en bleu quand je suis venue la voir pour la première fois. J'avais seulement 4 jours à l'époque. Alors, elle m'a nommée Neelam."

"Tu manques à Jiji ici ?" a-t-il demandé, devenant sérieux.

"Oui, tout le temps. En fait, elle était un mentor pour les autres, mais elle a été comme une mère pour moi."

Il a souri tristement. Je ne comprenais pas pourquoi il était soudainement triste. J'ai compris la raison de sa tristesse plus tard.

"Kartik Sahib... ?" j'ai voulu lui poser une question.

Il m'a regardé.

"Je veux aller à l'école pour apprendre", ai-je dit poliment.

"Tu es trop grande pour aller à l'école", a-t-il répondu.

J'ai été blessée en entendant cela.

Kartik m'a apaisée en disant : "Tu apprends ici seulement. L'école n'est pas toujours le fantasme que l'on pense que c'est...." Il a essayé d'expliquer.

"Tout va bien, Kartik Sahib ?" ai-je finalement reconnu la tristesse dans ses yeux.

"Je ne sais juste pas. Dois-je être heureux avec ce que j'ai ou triste ?" a-t-il réfléchi en soupirant.

Je l'ai juste regardé en attendant qu'il explique davantage.

"Mais tu peux faire une chose, même si tu ne peux pas aller à l'école", a-t-il dit en changeant abruptement de sujet.

"Chaque fois que tu vas dans ta communauté pour les rencontrer, insiste pour que les jeunes enfants aillent certainement à l'école et profitent pleinement des droits du gouvernement faits pour vous tous. C'est suffisant que tu travailles ici. Mais les autres jeunes devraient être éduqués", a-t-il poursuivi avec un sourire.

"Mais je ne suis pas éduquée comme toi", ai-je dit à Kartik.

"Eh bien, tu ne sais pas que tu es meilleure que moi dans tous les aspects", a-t-il répondu.

"Moi ?" j'ai été surprise par sa déclaration.

"Oui, tu es plus travailleuse, sincère et dévouée que moi. Je t'observe quand tu travailles", a-t-il dit pour me motiver.

J'ai soudainement franchi les limites et j'ai eu l'impression de partager les sentiments les plus intimes de mon cœur.

"Et qu'en est-il de nos mariages ?" ai-je demandé à Kartik.

Sur cette question, il est resté silencieux et m'a regardé sans répondre.

"Veux-tu te marier ?" m'a-t-il demandé après avoir attendu ma réponse.

"Quand j'étais avec Jiji, beaucoup d'entre nous voulaient se marier", ai-je répondu de manière défensive et indirecte.

"Vraiment ? Alors, je devrais ajouter cela à mon rapport de projet. C'est aussi une question sensible et importante concernant le troisième genre", a-t-il dit, en le notant rapidement sur un papier.

Mon intention en abordant ce sujet était autre chose, et il avait dérivé vers son rapport de projet !

"Et toi ? Veux-tu te marier ?" m'a-t-il finalement demandé ce que je voulais qu'il me demande. Mais j'ai gardé le silence intentionnellement.

"Aimes-tu quelqu'un ?" a-t-il demandé plus loin.

"Oui, j'aime quelqu'un", ai-je dit directement.

"Oh vraiment ?" Il s'est enthousiasmé. "Qui ? Dis-moi, s'il te plaît." Il est soudainement devenu très excité.

J'ai souri timidement.

"Allez, nous sommes amis. Dis-moi", a-t-il insisté.

J'ai prononcé le nom de mon Dieu et j'ai dit : "J'aime...." Tout à coup, son téléphone s'est mis à sonner, et ma confession a été interrompue.

"Oh, mon Dieu !" s'est-il exclamé, et je suis partie de là. Il m'a appelé pour que je m'arrête : "Hey Neelam, attends...." mais je suis retournée dans ma chambre.

J'ai fermé la porte et j'ai ressenti une étrange sensation de bonheur dans mon estomac. J'étais heureuse d'avoir proposé quelque chose - enfin, un peu proposé - et qu'il semblait l'avoir compris et accepté aussi. Mais ensuite, j'ai rapidement commencé à ressentir une tension étrange dans mon cerveau. Un nuage de morosité m'a entouré.

J'ai prié Dieu dans mon cœur.

"Il m'a respecté ; il a dit que je suis meilleure que lui dans tous les aspects. Mais respectera-t-il mes sentiments spéciaux pour lui ?"

J'avais l'impression que même Dieu ne savait pas quoi dire à ce sujet. Mais, après avoir réfléchi pendant un certain temps, j'ai décidé :

"Je lui dirai ; je ne me soucie pas s'il l'accepte ou non." J'ai regardé vers le ciel et j'ai demandé à Dieu : "Ai-je autant de droit de lui dire combien je l'aime ? Ai-je le droit d'exprimer mes sentiments pour lui ? Tout le monde a ce droit, alors pourquoi pas moi ?"

J'ai finalement décidé d'être honnête avec Kartik pour échapper à cette tension.

Je n'ai pas pu dormir cette nuit-là, et j'ai hâte que le matin arrive.

Enfin, tard dans la nuit, je me suis assis sur le lit et j'ai décidé de tout lui dire alors. Je savais qu'il serait éveillé jusqu'à 1 ou 2 heures du matin à la bibliothèque.

J'ai mis mon dupatta et j'ai commencé à marcher vers la maison. Je suis entré par l'arrière, qui s'ouvrait sur une petite galerie. J'ai dû traverser la galerie pour aller au hall et ensuite monter à l'étage pour aller à la bibliothèque. Soudain, mes pas se sont arrêtés devant la fenêtre de la chambre de Shraddha ma'am, qui s'ouvrait sur cette galerie.

Un extrait de conversation est tombé sur mes oreilles. Je ne pouvais pas voir qui était à l'intérieur, mais je pouvais entendre les voix clairement.

"Tu ne te concentres pas sur ta carrière !" Shraddha ma'am grondait quelqu'un avec une voix forte. Elle avait l'air furieuse.

"Je ne peux pas faire plus que ça !" Cette fois, c'était la voix d'un homme. C'était Kartikeya.

"Je veux que tu ailles à Oxford pour ta post-graduation. Pourquoi ne te concentres-tu pas là-dessus ?" Shraddha ma'am a crié à nouveau.

"Oui, maman. Je me prépare pour ça. En ce moment, je me concentre sur mon projet sur les troisièmes genres." Il a répondu avec une immense irritation.

"Je t'ai observé; tu t'impliques trop dans ce travail social." dit-elle.

"Maman, je veux sincèrement améliorer notre société. Aidez cette cause." il a argumenté.

"Oh mon Dieu ! Tu ne comprends pas ? Je t'ai souvent expliqué que ce travail social nous aide seulement à obtenir de bons votes pour les futures élections. C'est tout. Ne t'implique pas autant dans toutes ces bêtises." Shraddha ma'am a paniqué.

"Pourquoi es-tu si intéressé par la politique ? Nous pouvons également faire du bien aux gens à notre niveau personnel." Il a demandé.

"Ha ! Faire du bien, mon pied ! Je me soucie à peine de ces gens-là. S'ils ne veulent pas changer eux-mêmes, que pouvons-nous faire ?" elle a riposté.

"Et écoute-moi ! J'ai beaucoup fait pour toi, pour que tu réussisses facilement aux futures élections et pour profiter de mes services sociaux de ces dernières années. J'ai dépensé beaucoup d'argent pour ces gens stupides. Mais tu ne te prends pas au sérieux pour quoi que ce soit. Ce n'est pas possible !" elle a déclaré strictement.

"Non, maman. Tu as tort. Je deviens très sérieux, juste pas politiquement," il a argumenté.

"Quoi qu'il en soit, ne te laisse pas trop attaché à ces problèmes sociaux avec ton cœur. Ce ne sont que des moyens pour obtenir du succès", a-t-elle déclaré très clairement. "Tu ne sais pas comment je supporte ces petites gens tous les jours."

"D'accord, maman. S'il te plaît, calme-toi", a dit Kartikeya poliment.

"Mais dis-moi une chose, tous ces prétendus petits gens sont aussi des êtres humains, et ils ont aussi leurs besoins. Si nous faisons quelque chose pour eux et que nous en bénéficions également, pourquoi ne pas le faire vraiment ? Qu'y a-t-il de mal à cela ?" a-t-il demandé humblement pour calmer sa mère.

"Et qu'est-ce que nous obtiendrons de cette sincérité ?" a-t-elle demandé.

"Maman, c'est de l'humanité", a-t-il argumenté.

"Qu'est-ce que l'humanité ? Quand Dieu lui-même ne leur a pas fait de bien, que pouvons-nous faire ? Ils n'obtiendront jamais leurs droits, mon fils. Ils n'obtiendront jamais l'égalité. Ils sont faits pour nous afin que nous puissions obtenir des avantages à travers eux. Même si Dieu lui-même descend, ils n'obtiendront rien comme nous avons. Souviens-toi de ça."

J'étais choqué de voir ce côté dur et froid de Shraddha, ma'am ! Voir son vrai visage et sa cruauté a fait monter les larmes à mes yeux.

"Est-ce que tu comprends ?" Elle demandait encore strictement à Kartikeya. Je n'ai pas pu entendre sa réponse ; clairement, il semblait être d'accord avec elle.

Je ne pouvais plus tenir debout sur mes jambes. Je me suis assis avec un bruit sourd à la même place où j'étais debout. Toutes les expériences que j'ai vécues ici... La préoccupation de Shraddha ma'am... Les tutoriels de Kartikeya n'étaient rien d'autre que des pièges pour des gens comme moi. Il n'y avait ni humanité ni amour dans toutes ces actions.

Que devais-je faire ? Comment pourraient-ils nous accepter comme partenaires de vie ou amoureux quand ils ne nous ont même pas considérés comme des êtres humains ? C'est tout simplement impossible !

J'ai compris ce qu'Asha Jiji essayait de me dire. Elle avait prévu tout cela bien avant ; je ne le vivais que maintenant.

Neelam:

Aaj itna akela paya hai khud ko,
Ki shayad rooh ne bhi chod diya hai, iss badkismat jism ko,
Baaz dafa jo yaad karta tha ye dil khuda ko,
Aaj kosne laga hai uske banaye kabil insano ko.
Jurm tha mere liye, kisi ki mohabbat ka khwaab rakhna,
Kisi ko apna banane ki koshish karna,
Paiso se aankta koi aukat, to shayad bura nahi lagta,
Par jab ruswa kiya teri hi di hui pehchan se,
To tu hi sabse bada dushman laga.
Kyun likh di hai takdeer me aisi zillate,
Sari umar dhote rahe, to bhi daag barkarar rahenge.

Teri mujh jaisi karigiri ko insan,
Ek bad-duaan ka hi naam denge.

God:
Akela kaise samajh liya tune khud ko,
Rooh bhale hi tujhe chod de,
Par main nahi tanha kar sakta tujh-ko.
Kabiliyat jism se nahi,
Insaniyat se aankta hun,
Badkismat to woh hai,
Jinhe kam ilm deta hoon.
Mohabbat jurm nahi, ek ehsaas hai,
Jisse mera har insaan guzarta hai,
Use paane ki koshisho me laga rehta hai.
Duniyadi maya mein ulajh jata hai,
Mujhse door hokar bagaawat par utar aata hai.
Tum to kam se kam mere pass rahoge,
Dil ke kisi kone me mera naam lete rahoge.
Pehchan aurat mard se nahi,
Acche kirdaar se hoti hai,
Meri har banayi cheez ki keemat, mere pass hoti hai.
Ruswayi se kya darna,

Logo ne to mujhe tak na bakshaa.
Beizzati nahi, ek mojhta samajh ise,
Duniya me na uljhe isiliye aisa banaya hai tujhe.
Aas paas dekh, tere logo ko jarurat hai teri,
Mojhte ko daag samjhne ki bhool hai teri.
Bad-duaan nahi, duaaon se badh kar hai tu,
Meri kaaynaat ki khoobsurat karigiri hai tu.
Koi tujhe kuch bhi samjhe par mera aks hai tu,
Is haq se khuda ke bahot kareeb hai tu.
Tujhe beizzat karenge, to meri bhi ruswayi hai,
Mere bajood ka kisi ko nahi pata,
kya pata teri pehchan hi meri sacchai hai.

Neelam:

Aujourd'hui, je me retrouve si seul,
Que même mon âme semble avoir abandonné,
Mon corps malheureux à expier.
Ce cœur qui t'a appelé, Dieu, jour et nuit,
Aujourd'hui maudit les humains parfaits,
Tes créations les plus connues.
C'est un crime pour moi d'être aimé par quelqu'un,
C'est un crime d'essayer de faire de quelqu'un le mien,

Si mon respect dépend de ma richesse en ligne,

Je ne me sentirai pas si inférieur dans la vie,

Mais quand mon identité a été déshonorée, ton art,

Alors tu semblais être l'ennemi principal.

Pourquoi cette insulte fait-elle sombrer mon destin,

Comme une tache de punition pour toute ma vie.

Ton art dans ma création,

Restera une prémonition,

Une malchance détestable aux yeux de toute la population.

Dieu :

Comment pourrais-tu jamais être seul ?

Ton âme peut être partie,

Mais je suis toujours là avec toi,

Collé par la colle.

Le corps ne définit pas la capacité,

Elle est définie par l'humanité,

Les vrais malheureux sont ceux,

Dont la connaissance n'éclaire jamais leur âme.

L'amour est un sentiment, pas un crime,

À expérimenter par chaque être humain de moi,

Et tout le monde essaie de l'atteindre aussi.

Les affaires terrestres, la richesse attirent tous,

Perdant de vue moi, alors me combattant.

Tu resteras au moins toujours avec moi,

Un coin de ton cœur résonnera toujours de mon nom.

Ton genre n'est pas ton identité,

Ta dignité est ton identité,

La valeur de toutes mes créations est toujours avec moi.

Même moi n'étant pas pardonné par ce monde,

Pourquoi as-tu peur de la disgrâce ?

Considère cela comme un honneur, pas une disgrâce,

Pour te garder au-dessus des jeux mondains, je t'ai donné cette grâce.

Regarde autour de toi, tes gens ont besoin de toi,

C'est une erreur de considérer ta grâce comme une tache sur toi.

Pas de malchance, tu es la plus grande chance,

Tu es mon plus beau chef-d'œuvre dans cet univers.

Tu es mon essence, peu importe ce que le monde dit,

Par droit tu es le plus cher et le plus proche de Dieu.

Ton insulte est ma disgrâce,

Peut-être que mon existence ne vient que de ton identité.

"Neelam Jiji, Neelam Jiji...", les enfants appelaient mon nom avec enthousiasme. Je suis arrivé très tôt le matin chez Asha Jiji.

Mais à part ces enfants, personne n'était heureux de me voir.

Asha Jiji est sortie de la chambre. Elle m'a regardé avec inquiétude et tension.

D'une manière ou d'une autre, j'ai caché la tristesse sur mon visage, mais elle avait lu mes yeux.

"Qu'est-ce qui s'est passé ?" Elle est venue vers moi et a demandé sérieusement. Je l'ai regardée avec des larmes dans les yeux et j'ai dit :

"Jiji, je danserai à nouveau !"

Elle a commencé à pleurer et m'a serré fort dans ses bras.

Cette nuit-là, elle est venue me voir avec un verre de lait pendant que j'étais dans la cour.

"Neelam, prends un peu de lait", dit-elle.

"Pourquoi l'as-tu apporté, Jiji ? Tu aurais dû m'appeler", ai-je dit humblement. Elle m'a donné le verre avec un sourire. Le lait était chaud, alors j'ai attendu qu'il refroidisse.

Nous étions assises ensemble, mais je ne pouvais toujours pas regarder Jiji dans les yeux. Finalement, elle m'a demandé :

"Tout va bien, ma chère ?"

"Oui, tout va bien", ai-je dit avec un sourire, essayant de cacher ma douleur. Mais j'ai oublié qu'Asha Jiji était bien plus expérimentée que moi. Elle m'a regardé directement et a dit :

"Je le savais. Les gens ne t'accepteront pas." Voyant mes yeux s'embuer, elle a ajouté : "Ne pleure pas, ma chère. Je t'ai dit que j'ai vu ça arriver de nombreuses fois." Elle a essuyé mes larmes et m'a demandé :

"Te souviens-tu de Nando Bibi ? Elle est morte devant moi il y a 10 ans, quand tu étais enfant."

"Oui, elle était très vieille", ai-je dit.

"Oui, elle avait 75 ans quand elle est morte. Tu sais ce qu'elle disait ?" a demandé Jiji. "Elle nous disait de ne jamais rien attendre des gens, surtout des gens normaux. Quand tu as mentionné l'« éducation » devant moi, je me suis tu car je sais que rien ne peut soulager notre douleur. Nous n'avons pas d'autre choix que de chanter et danser pour survivre. Cette société ne nous acceptera jamais comme des êtres humains", a-t-elle dit.

"Je suis désolé, Jiji. Je ne vous ai jamais comprise."

"Ne sois pas désolé. Oublie tout ça", a-t-elle dit en me calmant.

Elle m'a embrassé le front et m'a serré dans ses bras.

J'avais grandement manqué cet amour pur d'Asha Jiji quand je vivais avec les soi-disant gens normaux. Mais ici avec Asha Jiji, Kartikeya me manquait toujours terriblement. Il restera à jamais dans mon cœur.

"Neelam, un garçon est venu te voir", m'a informé Jaswant. J'étais dans la chambre. Je suis sortie et j'ai vu que c'était Kartikeya.

Il m'a vu et s'est levé du canapé.

"Salut..." a-t-il dit avec un sourire.

Je suis juste allée vers lui sans expression.

"Je savais que tu serais là", a-t-il dit avec son charme habituel. "Mais tu aurais dû dire à quelqu'un si tu voulais venir voir tes vieux amis. Je suis sûr qu'ils t'auraient renvoyée", a-t-il dit.

Je n'ai rien dit. J'étais abattue qu'il ne comprenne pas le problème ou qu'il fasse semblant de ne pas le comprendre.

"Est-ce que Shraddha ma'am t'a demandé de venir ici ?" ai-je demandé.

"Oui, maman était sûre que tu serais ici."

"Je veux rester ici", ai-je dit directement.

"Mais tu ne voulais pas chanter ou danser ?", a-t-il demandé, et je suis restée silencieuse.

Il a continué à sonder : "Et qu'en est-il de ton désir d'être éduquée ?"

"Je ne veux pas de tout ça. Le désir d'être éduquée me rend juste une pierre d'achoppement sur le chemin de la réalisation des profits par d'autres personnes rusées", ai-je dit poliment mais directement, et j'ai aimé voir son malaise face à ce que j'ai dit.

Il a compris que j'avais découvert la réalité de lui et de sa mère.

"Je ne suis moi-même qu'une pierre d'achoppement, Neelam. Tu as de la chance d'avoir pu t'échapper, mais moi je ne peux pas. Le monde matérialiste ne me laissera jamais tranquille", a-t-il répondu, semblant sombre.

J'ai compris son impuissance mais je n'ai rien dit. Après un moment, Kartikeya a dit :

"C'est bon. Mais tu peux quand même continuer ton éducation par toi-même, ici aussi. Je vais te donner des livres."

J'ai hoché la tête et j'ai dit : "Je veux aussi que ces enfants aillent à l'école", en pointant du doigt les enfants qui jouaient ensemble.

"Je connais une école, ils pourraient admettre ces enfants. Je vais te donner les détails ; tu vas là-bas et tu en parles", a-t-il suggéré volontiers.

Kartikeya a écrit les détails de l'école sur un papier et a ensuite dit :

"Je pense que je devrais partir. Prends soin de toi."

J'ai eu l'impression que quelqu'un aspirait l'âme de mon corps.

Alors qu'il avançait vers la porte, je l'ai appelé.

"Kartikeya !"

Il s'est retourné. Je voulais encore lui exprimer mes sentiments.

Il était là, l'air confus. Je savais que si j'avais été l'une des personnes normales, il aurait pu facilement deviner mes sentiments.

"Prends soin de toi aussi", ai-je dit, n'ayant pas la capacité de dire autre chose.

Il est parti, et j'ai eu l'impression qu'une partie de moi était partie avec lui pour toujours.

"Jiji, pouvons-nous envoyer ces enfants plus jeunes à l'école?" ai-je demandé à Jiji avec une légère peur pendant que nous mangions le soir.

"De quoi parlez-vous?" dit-elle, choquée par ma demande.

"Jiji, mais pourquoi pas?" j'étais têtu.

"Tu connais ma réponse. Comment puis-je te faire comprendre?" Elle s'est irritée et a poussé son assiette violemment.

"Les gens se moquent déjà de nous. Combien de temps vont-ils se moquer des enfants à l'école?" ai-je dit.

"Toujours." Elle a dit très directement.

"Et que feront-ils après l'école?" a argumenté Kiran.

"L'école est juste pour qu'ils aient une éducation de base, au moins pour lire et écrire. Après cela, ils peuvent décider quoi faire." ai-je dit défensivement.

"Nous pouvons aussi les enseigner ici." a suggéré Meena.

"À l'école, ils apprendront de nombreuses choses nouvelles que nous ne pouvons pas leur enseigner ici." ai-je dit.

"Par exemple?" Kiran a encore argumenté.

"Pour s'adapter aux prétendus êtres humains normaux de la société. Mon esprit me dit qu'un jour, Dieu leur fera réaliser que nous sommes tous pareils. Nous sommes tous les enfants de Dieu!" ai-je dit avec confiance.

"Cela se produit dans Satya-yuga, pas dans ce Kalyuga." a rétorqué Asha Jiji.

En entendant cela, j'ai pris la main de Jiji et lui ai demandé: "Jiji, dis-moi honnêtement. Les aimes-tu?"

"Comment pourrais-je ne pas les aimer?" a dit Asha Jiji émotionnellement.

"Donc, s'il te plaît, laisse-les aller à l'école. Au moins, nous devrions essayer de faire un pas en avant. Après cela, Dieu fera ce qu'Il veut."

"Nous devons répondre aux autres membres de notre communauté; je ne peux pas prendre cette décision seule." elle a finalement révélé son impuissance.

"Jiji, je parle simplement d'être éduqués. J'ai accepté mon destin. J'ai accepté que je n'ai pas d'autre choix que de danser dans les foules. Mais je veux que, à l'avenir, ces enfants aient d'autres options de subsistance. Et si nous avons une chance de les éduquer, nous devrions l'utiliser. C'est notre droit, en tant que partie de ce monde."

Cette fois, Jiji m'a regardé avec beaucoup d'affection.

"Oui, Jiji, laisse-les aller à l'école." Jaswant m'a soutenu. "Je les déposerai et les récupérerai de l'école et je m'occuperai d'eux. Ne t'inquiète pas."

"Oui, Asha, laisse-les aller. Au moins, nous devrions essayer une fois." Savita Jiji m'a également soutenu.

Finalement, Asha Jiji a accepté et m'a demandé :

"Quand es-tu devenu si mature, mon cher ? Tu as commencé à parler très mûrement et avec confiance."

"Quand j'ai fréquenté les personnes normales." ai-je dit très poliment. "J'ai appris que nous sommes également créés par la volonté de Dieu, et qu'Il aime toutes Ses créations sans aucune discrimination. Il n'est pas comme les autres êtres humains."

Tout le monde m'a regardé avec surprise et admiration.

C'était ma première étape pour faire quelque chose pour ma communauté. En avançant dans ma vie, j'ai réalisé que cela prendrait des décennies pour obtenir ne serait-ce qu'un peu d'égalité dans la société.

Ce n'était pas facile pour nous d'aller à l'encontre des normes établies par les aînés de notre communauté. Chaque fois que quelqu'un voulait faire quelque chose de différent, notre propre communauté résistait, et ce n'était pas de leur faute. Les êtres humains comme nous pensent d'abord à se nourrir plutôt qu'à s'éduquer et à être respectés.

Je souhaite que mes parents se soient battus pour moi dans leur société, car c'est aux êtres normaux de la société de prendre la première étape. Tout le monde sait qu'il y a peu de résistance pour les êtres normaux dans ce monde, par rapport au rejet et à la résistance que nous rencontrons dans nos vies.

Mais je suis satisfait d'avoir pu commencer cette petite mission avec courage et le sentiment que, oui, je fais également partie des belles créations de Dieu.

Neelam avait fini de raconter son expérience.

Sur Terre, je n'avais jamais imaginé à quel point les personnes du troisième genre sont similaires à nous. Je n'avais jamais réalisé qu'ils ont aussi des sentiments d'amour et de soin, le désir de se marier, l'espoir de recevoir une éducation et des émotions et personnalités diverses. Tout comme chez les êtres humains, Neelam n'aimait pas danser, mais d'autres l'appréciaient. Certains d'entre eux pourraient se livrer à la prostitution, mais certains vivent encore avec dignité.

Neelam a prouvé qu'elle était en réalité une parfaite être humain créé par Dieu. Elle a sacrifié son amour avec courage ; elle a accepté la réalité avec bravoure. Si quelqu'un m'avait demandé de faire cela, je n'aurais pas été capable d'être aussi courageux qu'elle. J'étais un lâche comparé à elle.

Une mère : un Dieu sur Terre

Ma détermination à rencontrer Sakshi s'affaiblissait de plus en plus; je me sentais de plus en plus déprimé. Avancer plus loin dans l'enfer semblait épuiser mon énergie. À un moment donné, je me suis assis soudainement sur le sol, me sentant extrêmement fatigué.

"Amar ! Que s'est-il passé ?" demanda Nobel.

"Quand est-ce que je vais rencontrer Dieu ?" ai-je dit d'une voix déprimée.

Il resta silencieux.

"Nobel, qu'est-ce qui m'arrive ? Au paradis, je ne peux pas respirer en paix, et ici en enfer, j'ai l'impression que je vais mourir à cause de mes regrets." dis-je, me sentant angoissé.

"Quels regrets ?" demanda-t-il.

"Si j'avais suivi le Diable, j'aurais été heureux après la mort, car il est le contrôleur de tout. Pourtant, pourquoi suis-je confronté à tous ces problèmes ?" dis-je.

"Quels problèmes rencontres-tu ?" demanda-t-il à nouveau.

"Je suis si faible devant ces gens. Je suis... coupable." J'ai accepté.

"Étais-je si mauvais ?" ai-je demandé plus loin.

"Non, tu n'étais pas mauvais. Sinon, tu n'aurais pas eu la chance de venir en enfer et de rencontrer les gens de Dieu," dit-il en m'aidant doucement à me lever.

"Ne sois pas triste, Amar. Ton temps passé en enfer se termine bientôt. Il vaut mieux que tu retournes au paradis," me dit-il.

"Et qu'en est-il de rencontrer Dieu ?" lui ai-je demandé, abattu.

Il m'a juste regardé avec sympathie sans rien dire.

Il m'a poussé à sortir de l'enfer, mais soudain j'ai senti une résistance dans mes jambes.

"Nobel, je ne peux pas bouger," dis-je avec irritation.

Il a commencé à réfléchir sérieusement.

"Nobel, que se passe-t-il ?" lui ai-je demandé frénétiquement. "Mes jambes se sentent détendues dans la direction de l'enfer seulement ! Que se passe-t-il ?"

"Quelqu'un au pouvoir ne veut pas que tu retournes encore, mais le Diable nous appelle", dit-il, tendu.

Je l'ai regardé, ne comprenant rien.

"Suis tes pas. Suis là où ils te mènent !" m'a-t-il finalement ordonné.

Je l'ai obéi.

En chemin, j'ai commencé à me sentir paisible et en sécurité en approchant de la destination où mes pieds me permettaient d'aller.

J'ai observé beaucoup de gens autour, comme d'habitude.

"Nobel, ressens-tu une ambiance chaleureuse et positive ici ?" lui ai-je demandé.

"C'est très normal pour moi", a-t-il répondu.

Soudain, j'ai vu une femme venir vers nous avec un sourire comme si elle nous connaissait et avait attendu que nous venions.

Au fur et à mesure qu'elle s'approchait, je me sentais si détendu et en sécurité - comme je me sentais dans mon enfance, avec ma mère.

"Salut, je suis Laxmi." Elle s'est présentée calmement en arrivant vers nous.

"Bonjour, je suis Amar."

Nobel lui a également souhaité poliment.

"Le Seigneur Diable nous appelait, mais une autre puissance veut que nous te rencontrions." dit Nobel à Laxmi.

"Oui, je sais." dit-elle avec un sourire et m'a regardé avec affection.

"Il a besoin de savoir quelque chose de très important. Une chose significative qui reste encore," dit-elle de manière secrète.

Nobel m'a regardé avec un grand sourire et a dit,

"Ne te sens pas coupable. Une puissance autre que le Diable est très heureuse de toi."

Allongée sur le lit, je pleurais bruyamment avec une douleur extrême, comme si tous mes os étaient brisés simultanément par une grande force. J'ai levé la tête pour voir ce qui se passait autour de moi ; j'ai vu ma belle-mère aider la sage-femme âgée de notre village. Ma belle-mère avait mentionné plusieurs fois cette sage-femme, disant qu'elle était également présente lors de la naissance de mon mari. J'ai également vu d'autres femmes autour ; deux d'entre elles tenaient mes mains et parlaient sans arrêt pour me donner du courage dans cette condition douloureuse.

Je pensais continuellement à mon mari et à ma fille aînée Parul. Elle pourrait être très heureuse. Son père lui avait toujours dit que son frère arrivait bientôt. J'étais tendue à l'idée de savoir ce qui se passerait si c'était une fille ? Mais un saint avait dit qu'il y aurait un fils ; un fils qui ferait de grandes choses et élèverait le nom de la famille.

Alors que l'enfant dans mon ventre allait sortir, ma douleur augmentait de façon exponentielle. Je sentais chaque mouvement de sa part alors qu'il luttait pour sortir. La douleur avait considérablement augmenté ; ma belle-mère s'est assise près de ma tête pour me donner du courage.

"C'est sur le point d'être fini, ne t'inquiète pas... ne t'inquiète pas", a-t-elle dit en voyant mes larmes qui refusaient de s'arrêter à cause de la douleur.

Après une dernière poussée de douleur incommensurable, j'ai senti sa tête sortir, mais ses épaules étaient encore coincées à l'intérieur.

"Mon Dieu...", ai-je crié. J'ai appelé Dieu dans une douleur insupportable, et le bébé est né. Soudain, tout est devenu léger. La douleur a été remplacée par un immense soulagement.

"C'est un garçon !" a déclaré la vieille sage-femme à haute voix.

"Félicitations, Laxmi." a dit ma belle-mère avec amour et m'a embrassé le front.

"Mais... sa tête est très large," a dit la sage-femme d'une voix tendue.

Nous sommes revenus à Bénarès, notre ville natale, après quatre jours. Notre nouveau-né devait être présenté au médecin pour établir sa carte de vaccination et effectuer un examen médical approprié. De nombreuses femmes de notre famille du village avaient commenté la structure corporelle de l'enfant. Mon mari Sunil était également tendu à ce sujet.

L'infirmière et le médecin ont emmené l'enfant dans la salle d'examen, et nous avons été priés d'attendre à l'extérieur.

"Devi Maa... j'espère qu'il n'y a pas de problème avec notre enfant !" Sunil a prié en continu à la déesse Durga.

Après un certain temps, le médecin et l'infirmière sont revenus avec notre nourrisson dans les bras de l'infirmière.

"Mr. Sunil."

Sunil a été attentif.

"Je prescris un test appelé caryotypage. Vous le faites, après quoi nous pourrons arriver à une conclusion." a déclaré le médecin.

"À quoi sert ce test ?" a demandé Sunil au médecin.

"Juste pour vérifier s'il y a un problème au niveau génétique." a dit le médecin.

Sunil n'a pas compris, mais il était plus inquiet.

"Mr. Sunil, il est probable que cet enfant soit normal, mais nous ne pouvons pas tirer de conclusion sur la seule base de l'apparence physique. Faites ce test. Après cela seulement, nous pourrons parler plus en détail." a suggéré le médecin très poliment.

Sur le chemin du retour, en conduisant sa Maruti-800 bleue, Sunil n'a cessé de bavarder.

"Qu'ai-je fait de mal, Laxmi ? Pourquoi cela m'arrive-t-il ? Après 9 ans, nous avons eu un garçon, et cela arrive maintenant !"

"Ne t'inquiète pas. J'ai une foi totale en Mère Durga. Elle ne nous décevra pas." ai-je dit avec confiance.

Mais en réalité, j'étais encore plus inquiète pour notre enfant. Mais je ne pouvais pas être aussi faible que lui. Il vivait avec ses parents, qui l'aideraient certainement à se rétablir, mais j'allais être seule. Je devais surmonter silencieusement ma faiblesse et ma peur avec un visage toujours souriant. Je devais prendre soin de la santé de mes deux enfants et de la mienne aussi. Si j'avais peur ou si j'étais inquiète, je ne pourrais pas produire un bon lait maternel pour mon nouveau-né.

J'essayais de ne pas pleurer. "S'il te plaît, mon Dieu ! Ne rends pas ma vie un enfer." ai-je dit dans mon cœur.

Après quelques jours, le rapport de caryotypage est arrivé. La clinique a appelé, et Sunil est allé chez le médecin seul.

Quand il est revenu, il était silencieux. J'ai entendu ma belle-mère demander d'une voix forte :

« Qu'est-ce qui s'est passé, Sunil ? Dis quelque chose. »

J'étais dans ma chambre. Ma femme de ménage, Sunita, appliquait de l'huile sur le corps du bébé. Je ne pouvais plus attendre car le suspense me tuait. J'ai dit à la femme de ménage :

« Sunita, s'il te plaît, prends soin de lui. J'arrive. »

J'ai jeté un dupatta à la hâte et je suis sortie en courant. Sunil était assis sur le canapé, pleurant amèrement. Mes beaux-parents essayaient de le consoler.

J'avais tellement peur pour mon enfant ; quelle grande problème avait-il pour que Sunil pleure ainsi ?

« Qu'est-ce qui s'est passé ? Qu'a dit le médecin ? » ai-je demandé en panique.

Ma belle-mère m'a serrée fort dans ses bras et a commencé à pleurer.

« Maman, s'il te plaît, dis quelque chose ! » ai-je supplié.

« Laxmi, cet enfant est malade », a-t-elle dit en sanglotant.

« Quelle maladie ? » ai-je paniqué encore plus.

« Il n'est pas normal. Il est anormal ! »

Ses paroles ont été comme un coup dur pour mon cœur !

« Comment pouvons-nous dire cela ? Il n'est pas encore grand. Il ira bien ! » ai-je hurlé.

« Il a une maladie appelée syndrome de Down. Le médecin a dit qu'il ne serait pas physiquement et mentalement normal. Il restera handicapé pour le reste de sa vie », a dit Sunil entre les sanglots.

Je me suis figée à sa déclaration. J'étais abasourdie et je ne savais pas quoi demander ou dire de plus.

Je suis juste retournée dans la chambre et je me suis assise à côté de notre enfant. Je voulais me réveiller de ce cauchemar. Je n'étais pas capable de penser à la douleur de Sunil par rapport à cette situation. Ma propre douleur était tellement extrême que je ne savais tout simplement pas comment gérer tout cela.

Soudain, les doigts de mon bébé se sont enroulés autour des miens. Je n'avais pas réalisé que j'étais assise si près de lui. Il dormait sur le lit, regardant innocent comme un ange. J'ai eu l'impression qu'il voulait que je reste avec lui pour toujours pour qu'il puisse tenir fermement mon doigt avec ses petites mains.

« Bhabhi, que s'est-il passé ? » me demandait Sunita.

Je l'ai regardée sans expression. J'ai simplement pris mon bébé sur mes genoux et j'ai commencé à le nourrir.

La maison est entrée en deuil d'une certaine façon. Parul est revenue de ses cours particuliers et est directement venue dans ma chambre.

Elle a commencé à toucher les joues de son petit frère.

« Maman, quel nom allons-nous lui donner ? » m'a-t-elle demandé alors que nous restions assis comme des statues.

J'étais vraiment inquiète ; mes beaux-parents et Sunil étaient engagés dans une profonde discussion dans la chambre de mon beau-père depuis de nombreuses heures. Ils avaient verrouillé la porte de l'intérieur ; ils ne m'avaient même pas prévenue.

« Son nom sera Rudransh, comme nous l'avions décidé auparavant », ai-je dit avec un sourire pour la réconforter.

« Oui, je me souviens, Rudransh... Qu'est-ce que cela signifie ? » a-t-elle demandé innocemment.

« Partie de Seigneur Shiva », ai-je déclaré.

« Waouh... Donc, petit frère, ton nom sera Rudransh et je suis Parul », dit-elle en prenant sa main dans la sienne.

Après un moment, j'ai vu le frère aîné de mon beau-frère, qui vivait séparément avec sa femme Bhawna, arriver. Il s'est joint à Sunil et aux autres dans la chambre et a de nouveau verrouillé la porte de l'intérieur. Ma belle-sœur est venue dans ma chambre.

Elle s'est assise avec moi, montrant une fausse sympathie comme si quelqu'un était mort.

Elle a regardé mon nouveau-né avec une expression étrange puis a entamé sa conversation inutile.

« Oh mon Dieu, qu'est-ce que Dieu t'a fait ?! » a-t-elle dit cruellement.

Mes larmes ne sont pas venues de sa déclaration, mais des commentaires indirects qui ont été faits si grossièrement sur mon nouveau-né, qui n'était responsable de rien.

« Je vais vous préparer du thé », ai-je fait une excuse pour l'ignorer et je suis allée dans le salon, demandant à Sunita de préparer du thé.

J'ai commencé à parler à la déesse Durga dans mon cœur.

« Que prévoient-ils de faire à mon enfant ? Déesse, s'il te plaît, sauve mon enfant. S'il te plaît. »

Mais Sunil était aussi un parent ; il ne ferait rien de mal.

« Laxmi, viens ici », m'a appelé Bhawna dans la salle de réunion, où ils avaient tous déjà décidé du sort de mon enfant.

J'y suis entrée avec beaucoup de nervosité. Mon dernier espoir était Sunil ; j'espérais ardemment qu'il aurait décidé quelque chose de bon pour notre enfant.

« Fille Laxmi, nous avons décidé de laisser cet enfant dans un centre de santé mentale et de les payer pour bien s'en occuper », m'a dit mon beau-père. Tout le monde a hoché solennellement la tête à son annonce.

J'étais en état de choc extrême ! Je ne pouvais pas comprendre comment ils pouvaient penser à laisser un nourrisson parmi des étrangers.

« Demain matin tôt, vous et Sunil irez au centre et le laisserez là-bas. Cette décision sera bonne pour vous deux et pour cet enfant aussi. »

Tout le monde s'est levé de leur siège. Je suis restée assise là, anéantie ! J'ai regardé Sunil, mais il semblait assez calme.

« Viens, Bhawna, préparons le dîner pour tout le monde », a demandé ma belle-mère à Bhawna d'aller à la cuisine.

Je suis allée dans ma chambre, choquée par leur décision et encore plus consternée par l'accord de Sunil. Sunita s'occupait de l'enfant ; Parul était partie jouer.

« Bhabhi, j'ai changé ses vêtements », m'a informé Sunita lorsque je suis entrée dans ma chambre.

« Sunita, va à la cuisine et aide Bhawna », ai-je dit à Sunita. Je voulais être seule pendant un moment.

« Laxmi, ça va ? » Ma belle-mère est venue dans ma chambre après un moment.

Je l'ai regardée et j'ai commencé à pleurer violemment.

« Maman, mon enfant... » ai-je pleuré, sachant qu'elle comprendrait certainement ma condition.

« Je sais, ma fille, c'est difficile, mais tu dois le laisser. Sinon, toute notre famille souffrira. » Elle a dit très empathiquement. « Écoute, c'est la volonté de Dieu. Tu dois l'accepter. » Elle a dit et m'a serrée dans ses bras pour me consoler.

Mais mon âme intérieure n'était tout simplement pas prête à accepter cela !

Sunil est venu le soir ; je faisais dormir le bébé. Il ne s'est même pas soucié de lui.

« Laxmi, s'il te plaît, dors bientôt. Nous devons partir tôt le matin. Le centre de santé mentale est loin », a-t-il dit froidement. J'ai perdu tout espoir de sa part, donc je n'ai pas répondu à quoi que ce soit.

Il a dormi sans même jeter un coup d'œil à l'enfant. Ce jour-là, je me demandais vraiment s'il était le même Sunil que j'avais épousé.

Il était 1h du matin, mais je ne pouvais pas dormir. Je regardais juste mon enfant, qui était considéré comme mentalement handicapé par sa propre famille sur la base d'un rapport.

Il dormait innocemment, ne sachant rien. J'étais très agitée. En me rappelant le moment où je l'avais accouché, il y avait moins de douleur que lors de la naissance de ma fille Parul. Mais la douleur que je ressentais à ce moment-là était incomparable à tout ce que j'avais ressenti dans ma vie entière.

Comment pourrais-je laisser mon nouveau-né dans un endroit étrange ? Il était un si petit bébé ; il avait besoin de sa mère ! Pourquoi mes beaux-parents ne pensaient-ils pas du tout à cela ?

Il était 3 heures du matin et j'étais toujours dans un profond dilemme.

Soudain, ma cousine plus jeune Reena est venue à mon esprit. Elle travaillait avec une association pour les handicapés. J'ai pensé l'appeler tout de suite, mais ce n'était pas vraiment le bon moment pour appeler. Il était également possible qu'elle ait déjà reçu la nouvelle... mais non, alors elle m'aurait certainement appelé. Mon esprit était en train de faire des acrobaties entre les possibilités.

Après tant de réflexions, j'ai eu une horrible migraine et j'ai décidé de l'appeler. Je suis allé dans le salon et l'ai appelée depuis le téléphone fixe.

Elle n'a pas répondu. J'ai continué à appeler avec insistance. Il était 4 heures du matin lorsque j'ai appelé pour la sixième fois. Cette fois, elle a répondu.

"Allo!" dit-elle d'une voix irritée.

"Reena...." dis-je d'une voix lourde.

"Laxmi Didi." Elle l'a reconnu après un moment. "Que s'est-il passé?" demanda-t-elle avec préoccupation.

"Reena... mon enfant n'est pas normal." J'ai sangloté.

"Juste une minute, qu'est-ce qui lui est arrivé?"

"Il a une maladie, Down... quelque chose." J'ai déclaré.

"Oh, mon Dieu." Elle a dit très tendue. Après quelques secondes, elle a repris la conversation.

"Didi, tout d'abord, calmez-vous. Ce n'est pas une maladie. Ces enfants sont spéciaux." dit-elle d'une voix normale. "Didi, ne le prenez pas si durement sur votre cœur. Considérez-le comme une bénédiction. Sinon, comment allez-vous l'élever pour les décennies à venir?"

"Je veux vivre avec lui, mais les membres de ma famille ont décidé de l'envoyer dans un institut psychiatrique quelque part," dis-je en pleurant.

"Mais, n'est-il pas né il y a quelques jours seulement ?!" demanda-t-elle avec tension.

"Oui. Reena, s'il te plaît, fais quelque chose. Je ne peux pas laisser mon enfant n'importe où", ai-je demandé.

"Vous devriez vivre avec lui; ces enfants ont besoin d'une mère plus que quiconque. Les efforts d'une mère peuvent seulement les guider dans la vie, sinon..." Elle a fait une pause, et il y avait le silence entre nous.

"Oui, Didi, tu dois être avec lui." Elle a de nouveau insisté.

"Dois-je parler à mon papa et ma maman ?" ai-je demandé, rassemblant mon courage.

"Je ne sais vraiment pas, Didi. Mais souviens-toi, tu dois gérer cette situation toute seule et, surtout, seule." Elle a indirectement dit que personne ne me soutiendrait dans ma décision de vivre avec mon enfant.

"Reena, comment puis-je faire ?" J'ai eu peur du mot "seule" car je n'avais jamais été seule.

"Tu dois, Didi. Je te connais ; tu n'as probablement jamais parlé ouvertement de ce sujet à tes beaux-parents. Au moins, tu devrais essayer de leur transmettre tes sentiments." Elle a suggéré, mais j'ai été jeté dans un grand dilemme.

Je n'avais jamais partagé mes choix ou mes opinions avec personne. Ni mes propres parents, ni mes beaux-parents, ni même mon mari ne m'ont donné ce courage ou ce droit. J'ai toujours été comme une marionnette de ma famille depuis le début. Ma vie nécessitait que je change et que je devienne assez courageuse pour parler librement à tout le monde de ce que je voulais pour mon enfant. Ça allait être un combat très difficile pour moi.

"Tu as perdu la tête !!" Mon mari a crié devant tout le monde. Avec Rudransh sur mes genoux, j'étais littéralement seule devant tous mes beaux-parents.

"Fille, tu ne sais pas ce que tu dis. C'est un travail très difficile. Tu ne pourras pas le faire", a essayé de me faire voir ma belle-mère de son point de vue.

"Et surtout, Laxmi, cet enfant n'est pas normal et ne peut pas faire partie de cette famille. C'est la malédiction de quelqu'un."

Mon beau-père a osé appeler mon bébé une malédiction ! Ma belle-mère s'est également jointe à lui pour remarquer,

"Oui, fille, tu te souviens ? Quand tu étais enceinte, ta tante éloignée était jalouse de toi. Elle a certainement fait de la magie noire ! C'est pourquoi ce bébé maudit est né dans notre maison. Il est préférable de l'envoyer ailleurs."

"Les gens riront de notre famille !", m'a grondée mon beau-frère.

"Oui, certainement, les autres enfants souffriront aussi", a exprimé son opinion Bhawna.

"Nous ne pouvons pas avoir cet enfant ici, c'est tout !" a crié Sunil.

Quand tout le monde est resté silencieux, j'ai dit après un certain temps :

"Mais cet enfant est à nous. Comment pouvons-nous le laisser seul à un si jeune âge ?"

"Cet âge est parfait. Nous pensons à toi. Tu t'attacheras à lui après un certain temps et ne pourras pas le quitter. C'est le bon moment." Mon beau-frère a essayé d'expliquer, prenant une position plus douce.

"Ceci est notre décision finale." Mon beau-père est devenu en colère. "Sunil, toi et ta mère, allez et laissez cet enfant à l'institution mentale. Nous leur avons déjà parlé. Allez tout de suite !"

Mais j'ai perdu le contrôle.

"Non, mon enfant ne va nulle part", ai-je crié, devenant défiant.

Tout le monde a été choqué par mon comportement.

"Laxmi, ne franchis pas les limites !" a crié Sunil.

"Que t'arrive-t-il?" a dit belle-maman.

Je n'ai répondu à personne et suis retourné dans ma chambre à grandes enjambées.

J'avais peur de cette nouvelle moi. Je ne comprenais pas comment je pouvais me comporter ainsi avec mes aînés. On m'a toujours appris à les respecter, quoi qu'il en coûte. Je respirais rapidement comme si j'avais commis un péché et que je m'enfuyais.

"Laxmi, je te dis, si tu veux vivre ici dans cette maison, tu dois le laisser partir." Sunil est entré avec tant de colère. J'ai eu peur et je n'ai pas pu prononcer un seul mot.

"Dis-moi. Que veux-tu?" a-t-il crié à nouveau. D'une manière ou d'une autre, j'ai rassemblé mon courage et j'ai parlé.

"Je ne peux pas abandonner mon enfant. Regarde-le, tu ne ressens aucun amour pour lui?" ai-je demandé en pleurant. Sunil est resté silencieux un moment.

"Je ne peux pas gâcher notre vie, Laxmi. Et qu'en est-il de Parul ? Après quelques années, elle sera également bouleversée à cause de lui. J'ai peur que toute cette situation n'affecte la vie de Parul", a-t-il dit, essayant encore de me faire voir les choses de son point de vue.

"Je peux m'occuper des deux ; elle le comprendra aussi", ai-je dit les yeux mouillés.

"Laxmi, qu'en penses-tu? N'ai-je pas essayé de parler au médecin pour lui ? Je suis son père. Mais le médecin a dit que c'était le pire cas ; il ne se rétablira jamais."

"Le médecin n'est pas Dieu !" ai-je dit les larmes aux yeux.

"Tu es aveugle dans ta maternité !" a déclaré Sunil durement.

"Tu n'aurais pas dû venir ici." a déclaré mon père d'une voix ferme.

"Maman. Comment puis-je le laisser ?" ai-je dit à ma mère, espérant obtenir un certain soutien dans cette situation.

"Je ne sais pas. Que se passera-t-il si Sunil se met en colère et décide de te quitter ? Où iras-tu alors ?" Ma mère a essayé de me convaincre.

"Fille Laxmi..." Mon père m'a appelé avec amour. "Fille, tu es sa femme. Tu es la belle-fille de cette maison. Nous ne t'avons jamais appris à désobéir à tes beaux-parents et à ton mari, n'est-ce pas ?"

"Papa, tu oublies que je suis aussi une mère." J'ai dit en regardant ses yeux avec amour.

"Tu deviens faible. Je sympathise complètement avec cet enfant. C'est aussi mon sang, mais quitter toute la famille pour un enfant - c'est de la stupidité." a-t-il dit fermement.

J'ai baissé les yeux car je savais que toute discussion supplémentaire était futile.

"Tu peux vivre ici pendant un certain temps, mais ensuite je parlerai à Sunil. Tu laisseras cet enfant et retourneras chez lui." a ordonné mon père.

J'ai regardé mon frère cadet, Kunal. Il était marié mais était encore trop jeune dans la famille pour dire quoi que ce soit.

La femme de Kunal, Sarla, était enseignante. Elle était une fille très ouverte et indépendante. Elle m'a regardé avec sympathie.

"Mange un peu, Didi." Alors qu'elle entrait dans la pièce avec une assiette de nourriture, je lui ai demandé :

"Sarla, comment puis-je convaincre les autres ?"

"Laxmi Didi, nous vivons dans une société orthodoxe. Tu peux essayer de te battre mais ne jamais gagner." Elle a déclaré clairement.

"Un homme peut être beaucoup plus pratique dans la vie que sa femme ; il peut facilement la quitter et se remarier. Mais alors, que se passe-t-il pour la femme ?" Elle a fait une pause pendant un moment. "Tu devras laisser cet enfant. Sinon, comment le nourriras-tu seule ? Tu n'es même pas diplômée. Si tu dois l'élever seule, comment pourras-tu y arriver ?" a-t-elle dit, exposant la triste vérité devant moi.

Je regardais mon Rudransh et réalisais que je ne pouvais plus être têtu à propos de mon choix. J'allais être vaincue.

Je voulais aller au temple de la déesse Durga. Je voulais prendre ses bénédictions pour la vie de mon enfant, mais je n'avais pas le droit d'aller au temple pendant un certain temps en raison de certaines croyances conservatrices. Cependant, j'ai persisté avec l'aide de Sarla.

Sarla et moi sommes sorties sous prétexte de faire des achats.

Il y avait une personne religieuse dans le temple qui prêchait au sujet du seigneur Shiva et de la déesse Parvati. J'ai entendu une partie de son prêche alors que je me tenais devant l'idole de la déesse Durga.

"La déesse Parvati est devenue très en colère ! Après tout, elle avait perdu son fils, Ganesha, qui avait été décapité par son propre père. Comment pouvait-elle le supporter ? Elle a rendu tous les Dev (dieux) effrayés par sa colère ; elle avait beaucoup de colère envers son propre mari. Toute l'humanité avait peur que cette mère outragée ne détruise toute la terre. Le seigneur Shiva savait également qu'il ne pouvait pas la contrôler ; elle voulait juste que son enfant lui soit rendu. Le seigneur Shiva savait qu'une mère pouvait tout faire pour son enfant."

Je suis resté sans voix. J'avais déjà entendu cette histoire, mais aujourd'hui, je l'ai comprise complètement. J'ai regardé la statue de la déesse Durga avec des yeux scrutateurs, j'ai senti qu'elle me disait d'être forte et de croire en moi-même.

Laxmi:

Kya chahta hai tu,
Banakar ek najuk gudiya,
Aag se khelne ko keh raha hai tu.
Thoda to ehsaas karta meri halat ka,
Karwani thi bagaawat, to pehle se taiyaar karta tu.
Kaise karoongi main itna kuch akele,
Aakar ek baar saath khada hoja tu,
Mera tukda mujhse na bichde,
Iska dilaasa deja tu.
Ek baar bata de,
Kya chahta hai tu.

God:

Chahta hoon tujhe beinteha,
Tabhi to aag se khelne ka honsla deta hoon,
Ehsaas hai mujhe teri takat ka,
Tabhi to bagawat karne ko kehta hoon.
Akeli kahaa hai tu,
Saari kainaat tere saath khadi hai,
Ye jahan kya hai, Maa ke kadmo me to jannat padi hai.
Tera jismi tukda, tere sath hi rahega,
Fainsla hai ye mera, iske samne bhala kaun tikega.

Laxmi:

Que voulez-vous ?
Qu'attendez-vous de moi ?
Vous avez créé une poupée si faible,
Maintenant, faites-la traverser cet enfer brûlant.
Jetez un coup d'œil à ma condition,
Si cette lutte difficile était mon rôle,
Vous auriez dû me préparer à cela aussi.
Comment vais-je accomplir tout cela seule ?
Venez vous tenir à mes côtés une fois,
Je vais prospérer,
Cet espoir est tout ce dont j'ai besoin.
Dites-moi,
Que voulez-vous
De moi ?

Dieu :

Je t'ai toujours aimé au-delà de toutes mesures,
Tu as la force de jouer même avec le feu,
Je connais ta capacité,
Crois que tu peux lutter contre toutes les inégalités.

Tu n'es jamais seule,
L'univers entier conspire pour toi.
Le paradis est à tes pieds, qu'est-ce que ce monde en face de toi ?
Ton cœur, ton enfant sera toujours avec toi,
C'est une vérité destinée,
Ma volonté pour toi,
Inchangeable par toute vue mondaine.

J'avais toujours vénéré la déesse Durga depuis mon enfance, mais je n'avais jamais compris ce qu'elle voulait m'apprendre. Le sourire léger sur son visage me dit que je devais aussi me battre avec tout le monde pour mon enfant. Je devais lui prouver que j'étais son dévot dans le vrai sens du terme.

Je ne savais pas comment, mais une vague de colère et une immense force m'envahirent, coulant dans mon sang. Je pouvais sentir toutes mes artères et mes nerfs vivants. J'étais remplie de confiance et de croyance que oui, je pouvais tout faire pour mon enfant ; je pouvais combattre n'importe qui.

« Didi, rentrons », la voix de Sarla brisa mes pensées puissantes.

« Oui, rentrons », dis-je en tant que femme confiante.

« Bonjour Didi, je t'appelle depuis cet après-midi », dit Sarla au téléphone.

« Oh, désolée Sarla. En fait, j'ai été continuellement occupée depuis ce matin. Aujourd'hui, il y avait une grande foule de clients. Je n'ai même pas eu le temps de nourrir Rudransh... » expliquais-je en préparant de la nourriture dans la cuisine le soir.

« Je sais, tu es toujours occupée. Au fait, Didi, papa et maman sont partis à Lucknow pour une semaine. Pourquoi ne viens-tu pas ici à ce moment-là ? » dit-elle, très excitée.

« Maman et papa t'ont-ils dit de m'inviter ? » demandais-je d'un ton suspicieux.

Elle est restée silencieuse pendant un moment, puis a dit :

« Peu importe. »

« Cela importe, Sarla. C'est très important », dis-je avec un peu de découragement.

Soudain, Rudransh se mit à pleurer.

« Bon, je dois faire quelque chose. Au revoir... » Je raccrochai le téléphone et essayai d'être heureuse.

Sarla essayait toujours de m'appeler mais jamais mes propres parents et mon frère. Souvent, à cause de moi, Sarla et Kunal se disputaient.

« Laxmi Didi ne vient jamais ici... », dit Sarla à mon frère Kunal.

« Sarla, s'il te plaît, reste en dehors de cette affaire. Si papa l'apprend, il sera très en colère. » répondit Kunal, comme d'habitude.

« En colère ? Il a laissé sa seule fille affronter tout cela seule ! Est-ce correct ? » Sarla s'énerva.

« Il lui a dit plusieurs fois de retourner chez son mari, n'est-ce pas ? »

« Et quand elle n'est pas retournée, il ne l'a pas autorisée à rester ici, chez ses propres parents. Elle travaille dans une bijouterie et s'occupe de son enfant spécial depuis longtemps. Toute seule. Tu ne te souviens peut-être pas, mais cela fait trois ans que tout cela s'est produit ! »

« Je suis son frère ; je peux ressentir sa douleur. J'ai aussi parlé à Sunil Ji. Il est aussi en difficulté. Il doit toujours répondre aux questions interminables de sa fille Parul. Laxmi Didi a littéralement abandonné sa fille », dit Kunal avec mépris.

« C'est seulement parce que son fils a plus besoin d'elle ! » répliqua Sarla, et à ces mots, Kunal se tut.

« Vous ne pouvez pas comprendre une mère... » déclara Sarla avec émotion.

Le lendemain, Sarla vint chez moi le soir. Bien qu'elle n'ait jamais discuté de sujets désolants avec moi, en voyant son visage triste, je la forçai à parler, et elle me raconta toute la conversation avec Kunal.

« Vous deux, ne vous battez pas à cause de moi », lui dis-je.

« Sunil Ji vous attend toujours », me dit-elle très poliment.

« Pourquoi m'attend-il seulement moi ? Pourquoi pas tous les deux, Rudransh et moi ? » demandai-je.

« Didi, il n'attendra pas longtemps. Parul pourrait bientôt avoir une belle-mère », expliqua Sarla.

« Je ne peux pas abandonner Rudransh, Sarla », dis-je en regardant Rudransh avec amour. Il était assis sur sa chaise et sa table Mickey Mouse, essayant de jouer avec un petit canard en plastique.

« Et tu peux abandonner Parul ? » me demanda Sarla.

Des larmes surgirent à mes yeux à la mention de ma chère fille, mais j'étais impuissante.

Deux années de plus passèrent. Sunil et moi avons divorcé à l'amiable. Lorsque nous nous sommes rencontrés pour la dernière fois, il ne m'a même pas regardée. Je ne savais pas si c'était à cause de la colère ou autre chose. Je n'avais pas non plus le courage de demander Parul. Avant, je voulais sa garde, mais j'aurais dû me battre en justice, et je n'avais pas beaucoup de finances et de temps pour cela. Je me battais déjà pour mon fils avec le monde entier.

Je n'ai même pas été autorisée à rencontrer Parul.

Tout le monde m'a prouvé être une mère insensible pour avoir abandonné Parul. Je ne me pardonnerai jamais d'avoir laissé Parul seule.

« Waouh, il dessine de si belles peintures. Regarde ça, Laxmi Didi ! » s'exclama Reena. Elle était venue chez moi un soir.

« Il est si heureux ; regarde son visage. Il sera un artiste exceptionnel », répondis-je en souriant en voyant Rudransh reconnaître l'appréciation de Reena et lui rendre un charmant sourire.

« Oui, mais je suis inquiète pour son éducation », lui dis-je en coupant des carottes.

« Il fera quelque chose de très grand. Tu as mis tellement d'efforts, Didi ! » Elle dit avec optimisme. « Mais pourquoi ne l'as-tu pas encore envoyé à l'école ? » demanda-t-elle.

« Les écoles normales ne lui accordent pas d'admission, et je ne veux pas l'envoyer dans une école pour handicapés. »

« Mais alors, comment va-t-il grandir sur le plan éducatif ? »

« Reena, il a une très bonne capacité de compréhension. J'ai peur qu'en étant dans un environnement pour handicapés, il puisse attraper de mauvaises habitudes des autres. Il est assez bon que je lui enseigne moi-même », dis-je, mais la vérité était que j'étais préoccupée par son éducation. Il avait cinq ans, et un simple enseignement à domicile pourrait ne pas suffire pour lui. Je ne veux pas qu'il finisse analphabète.

Sensant ma tension concernant Rudransh, Reena changea de sujet et me demanda : « Au fait, quand sont prévus tes examens finaux de MA ? »

« Ils sont pour bientôt. J'ai commencé à me préparer en trouvant un peu de temps pour étudier », répondis-je.

« J'ai une suggestion pour toi », dit Reena. « Tu as fait ton BA, et ton MA est sur le point de se terminer ; tu devrais obtenir un meilleur emploi. »

« Oui, j'ai parlé à Sarla. Elle m'a dit qu'il y avait un bon poste dans le département administratif d'une école. »

« Mais, je ne pense pas que tu obtiendras un bon salaire dans un emploi scolaire... »

« Ce n'est pas grave, Reena. Je serai libre après 14 heures dans mon travail scolaire. J'ai besoin d'investir plus de temps pour prendre soin de Rudransh », clarifiais-je.

Elle commença à me regarder avec un sourire. Je la regardais avec interrogation.

« Didi, tu es vraiment une personne changée maintenant », dit-elle joyeusement.

Je souris simplement et commençai à peler des pommes de terre. Seule je savais que je pleurais encore toutes les nuits - parfois à cause du stress mental et parfois à cause d'une pure épuisement physique !

Après un moment, Reena dit lentement : « Didi, Sunil a été béni avec un fils. »

En entendant cela, mes mains se sont arrêtées en plein milieu. Je suis retournée dans ma coquille solitaire.

« Parul est allée à l'école en internat ; elle y séjourne en résidence », révéla Reena.

Je me suis con

« J'ai obtenu un poste dans le département administratif d'une école privée. J'étais très occupée du matin jusqu'à l'après-midi. À ce moment-là, Rudransh restait seul à la maison. Après être rentrée chez moi à 14h30, je passais toute la journée avec lui.

J'ai eu un bon environnement de travail à l'école. Tout le monde était très content de moi. Le fils de notre directeur, M. Uday Kapoor, qui est récemment revenu des États-Unis, venait pour améliorer l'académique de l'école. Il avait sa propre entreprise séparée et passait du temps à l'école pour améliorer la qualité de l'éducation. Chaque femme de l'école était attirée par lui à cause de sa personnalité exceptionnelle malgré le fait qu'il était divorcé.

Un jour, un enfant de seulement 3-4 ans est accidentellement arrivé dans la zone de réception.

Je pouvais le voir depuis mon bureau. Je suis allée vers lui et lui ai demandé affectueusement : « Hé, que fais-tu ici, petit enfant ? »

« Je cherche mon papa », répondit-il gentiment.

« Mon chéri, papa est à la maison. Viens avec moi, allons en classe. » Je pensais qu'il était un nouveau venu et donc pas habitué à l'école et aussi sans uniforme.

Je lui ai pris la main et l'ai fait venir avec moi.

« Je ne peux pas étudier ici », dit-il en chemin vers la section des enfants, loin de la zone de réception.

« Pourquoi ? »

« Je veux apprendre le français. Il n'y a pas de français ici », dit-il d'une voix innocente.

« Vraiment ? Wow, c'est super ; mais l'hindi et l'anglais sont aussi de bonnes matières à apprendre… », lui dis-je.

« Savez-vous parler français ? » demanda-t-il avec impatience.

« Non, mon fils », lui répondis-je.

« Shreyansh, viens ici », entendis-je la voix de M. Uday Kapoor derrière moi.

« Papa ! », alla-t-il vers M. Kapoor, et je réalisai que je l'avais mal compris.

« J'espère qu'il ne t'a pas irritée », me demanda M. Kapoor en venant vers moi.

« Pas du tout. Il est très gentil. Il veut apprendre le français », lui dis-je.

« Mais l'hindi et l'anglais sont aussi bien. » dit soudainement Shreyansh à son père.

« Oh, merci mon Dieu ! Tu as finalement compris ! » s'exclama M. Kapoor.

« Cette dame me l'a dit… », dit Shreyansh à son père, en me montrant du doigt.

« J'ai entendu dire que vous faites vraiment du bon travail… », m'apprécia M. Kapoor, et je ressentis une joie inconnue.

« C'est ma responsabilité, Monsieur… », dis-je.

« Je ne vois jamais les gens travailler avec des directives appropriées et avec une telle honnêteté », m'apprécia-t-il à nouveau. J'étais en fait connue pour être une accro du travail à l'école. Je me sentais ravie de l'intérieur.

« Monsieur, je dois retourner travailler... », dis-je, en contrôlant mon excitation.

« Oui, bien sûr, nous avons déjà trop gaspillé votre temps... », dit-il avec un sourire.

Je me sentais bien en sa compagnie, mais il était sage de ne pas prolonger la conversation.

Après plusieurs mois de travail acharné et de retours positifs, j'ai eu une augmentation de salaire et j'ai été promue chef de l'administration. Le directeur et le personnel de l'école étaient satisfaits de ma dévotion et de ma façon de travailler.

Un jour, j'étais très occupée avec beaucoup de travail dans mon bureau.

« Laxmi ! » appela M. Uday Kapoor en entrant avec un grand sourire. Il était à la porte.

« Oui, Monsieur ? » demandai-je, surprise.

« Comment vas-tu ? » demanda-t-il en entrant dans le bureau.

« Je vais bien, Monsieur », répondis-je en souriant.

« Maintenant, tu dois être tellement soulagée, n'est-ce pas ? » demanda-t-il, et je me suis sentie perplexe. « Je veux dire parce que tu as obtenu un poste plus élevé. Félicitations. »

« Oh ! Merci, Monsieur », répondis-je. « Mais ce n'est plus un soulagement. Je pense que ma charge de travail a considérablement augmenté », plaisantai-je.

« Vraiment ? »

« Oui, avec un poste plus élevé, il y a beaucoup plus de responsabilités », lui dis-je poliment.

« Tu veux dire que tu n'es pas contente de ta promotion ? » demanda-t-il sarcastiquement.

« Non. » Je me mis sur la défensive.

« Non, tu as dit. » Il me taquina, et je souris.

Il rit.

Je me sentais joyeuse après très longtemps.

« Laxmi, je veux te dire quelque chose », dit-il, devenant soudainement sérieux. « Aimerais-tu aller dîner avec moi ? »

J'étais choquée. Ce n'était pas une pratique courante ici.

Il a lu mon expression.

« Qu'est-ce qui se passe ? » demanda-t-il.

« Mais... Pourquoi le dîner ? » demandai-je, prétendant ne pas comprendre ce qu'il voulait dire.

« Bon, déjeuner ? Après l'école ? » demanda-t-il à nouveau.

« Nous pouvons parler ici aussi », dis-je directement.

« Eh bien, que dirais-tu d'un café en soirée ? En fait, je veux te parler en dehors de l'école, pas ici », clarifia-t-il.

« Mais pourquoi ? Tu peux parler ici... » argumentai-je.

« C'est un endroit professionnel, et je veux parler de quelque chose de très personnel », dit-il enfin quelque chose pour lequel je n'étais pas préparée - ou peut-être que je ne voulais pas être prête.

M. Kapoor m'a proposé de mariage ; il pensait que je serais une épouse favorable et une merveilleuse mère pour son fils. Il a dit qu'il connaissait mes préoccupations et qu'il soutiendrait Rudransh de toutes les manières possibles. Je l'aimais aussi en tant que personne. Mais, est-ce qu'il se comporterait vraiment comme il le promettait ?

Je ne doutais pas de lui, mais j'étais consciente de la nature humaine versatile. Mon ex-mari, Sunil, avait promis devant le feu sacré qu'il me soutiendrait pendant sept vies. Mais quand le moment est venu, il n'a pas soutenu son propre enfant ni moi-même. Mon Rudransh n'a pas été accepté par son propre père et sa famille. Comment pourrais-je donc m'attendre à ce que M. Kapoor le comprenne et le soutienne?

M. Kapoor voulait d'abord que je sois sa femme à cause de son fils.

"Est-ce vraiment nécessaire de se marier? Je veux dire, je peux encadrer votre enfant de toute façon", ai-je dit.

"Mais une mère est toujours plus proche de son enfant. Et vous serez une merveilleuse mère!" a-t-il dit.

"Non, M. Kapoor. Je ne pourrai jamais prétendre l'être. J'ai abandonné ma propre fille pour toujours", ai-je dit avec déception.

"Je sais tout mais...", a-t-il essayé de me convaincre.

"M. Kapoor, s'il vous plaît! Je ne peux pas vous épouser. Veuillez comprendre mon dilemme..." ai-je demandé poliment et je suis partie en courant, laissant M. Kapoor seul.

En rentrant chez moi, je n'arrêtais pas de penser à M. Kapoor. J'ai ressenti sa douleur; j'ai également été attirée par lui. Mais quand je suis rentrée chez moi et que j'ai vu Rudransh regarder la télévision, j'ai respiré avec soulagement. Je savais que j'avais fait la bonne chose.

Rudransh a eu 19 ans. Je vieillissais aussi rapidement. Les préoccupations pour son avenir ont recommencé à me donner des nuits sans sommeil.

Au cours des dernières années, j'avais vu les peintures de Rudransh. Parfois, je pensais que c'était un excellent passe-temps pour lui, et parfois je pensais que c'était un gaspillage inutile de mon argent. Il y avait aussi des moments où je sentais que peut-être je ne comprenais pas le message derrière ses peintures.

"Je pense que vous devriez parler à des artistes de ses peintures, ou vous pouvez organiser une exposition", m'a suggéré Reena un jour en voyant une peinture de Rudransh.

Nous prenions le thé ensemble et Rudransh était occupé à faire une peinture.

"Tout cela nécessitera beaucoup d'argent et des relations avec des artistes célèbres. J'ai essayé beaucoup plus tôt, mais tout était une perte de temps", ai-je répondu d'un ton mélancolique.

"Les gens disent que c'est difficile à Banaras. À Delhi, il y a plus d'opportunités pour tout cela", a-t-elle dit en sirotant son thé.

"J'ai discuté de ces choses avec beaucoup de gens de mon cercle, mais je n'ai pas obtenu de résultats productifs. Il vaut donc mieux laisser tomber...", ai-je dit, signalant la fin de la discussion.

Mais un jour, avec les dernières braises d'espoir brûlant dans mon cœur, je suis allée au département d'art de l'université de Banaras. J'ai montré des photographies des peintures de Rudransh à l'un des professeurs seniors.

"Waouh, c'est si profond", a-t-il apprécié. "Vous avez dit qu'il est atteint de trisomie 21? Mais il est si profond; toutes ses peintures ont des messages différents", a-t-il dit d'un ton extatique.

"Oui, Rudransh souffre du syndrome de Down. Mais y a-t-il une opportunité pour lui ici?" ai-je demandé au professeur.

"Mme Laxmi, en fait, il n'a jamais eu d'éducation auparavant, donc il ne peut pas être admis ici", a-t-il répondu avec regret.

Je me suis mise en colère.

"Mais je peux faire quelque chose pour lui", a-t-il dit, et de nouveau, l'espoir a flotté dans mon esprit. "Je connais de bons artistes étrangers ; ils peuvent suggérer quelque chose de bénéfique. Ou je peux parler en votre nom avec eux".

J'ai acquiescé avec bonheur.

"Bien. D'ici là, faites une autre chose. Créez un site web pour Rudransh."

Je ne connaissais pas grand-chose à l'informatique jusqu'alors, mais j'ai appris plus tard tout pour mon enfant.

Ce jour-là, je suis rentrée chez moi, et en nourrissant Rudransh de riz et de dal, je lui ai dit.

"Tu sais, mon fils, tu vas être génial !" Il a ri et a essayé de dire quelque chose avec sa voix cassée. Je ne savais pas si mes efforts allaient porter leurs fruits ou non, mais son sourire était suffisante récompense pour moi.

Je ne pouvais pas croire que le jour était arrivé ! Certains des artistes étrangers avaient adoré le travail de Rudransh et avaient organisé une grande exposition à Delhi. De nombreux artistes célèbres, des étudiants de universités réputées et de nombreux autres amateurs d'art étaient venus pour apprécier son travail. De nombreuses personnes ont pris des photos avec Rudransh et l'ont fait signer des autographes.

Ensuite, une série d'expositions a été organisée dans différentes villes, dont Banaras. Rudransh est devenu un artiste renommé.

L'un de ses tableaux de cinq ans, dans lequel une montagne géante était plongée dans un vaste océan, a été acheté par un riche étranger en lakh. Le message a été interprété de différentes manières par de nombreux artistes.

"Cette peinture montre la force. La montagne, étant forte et rigide, n'est pas influencée même par la puissance d'un grand océan. Incroyable !" a déclaré un artiste. Alors qu'il disait cela, Rudransh a pointé vers moi, et j'étais émerveillée ! Mentalement, je me suis réprimandée d'avoir été critique envers les capacités de mon fils intelligent. Je ne savais pas qu'il me comprenait autant depuis longtemps.

Rudransh a commencé à être invité à de nombreuses conférences d'art nationales et internationales. J'étais soulagée qu'il ait trouvé sa voie.

J'avais entendu dire que Parul s'était mariée et avait été nommée fonctionnaire du gouvernement à Banaras elle-même.

Mes deux enfants étaient établis dans la vie. Mais mon temps ici est fini. Un jour, Papa est venu vers moi en pleurant,

"Fille Laxmi, je suis responsable de ta condition. Pardonne-moi !"

J'avais été diagnostiquée avec un cancer du bronchus de stade III et n'avais aucune chance de vivre plus longtemps.

"Non, papa, c'est une maladie. Personne n'est responsable de ma condition. Le fait est que mon temps est venu." Alors que je disais cela, papa et maman ont commencé à pleurer.

"Les soucis et la solitude de la vie t'ont tué, ma fille", a pleuré maman.

"Maman, tout le monde a des soucis dans la vie. J'ai vu des gens qui sont dans une situation pire que la mienne. Alors, s'il vous plaît, ne dites pas cela", leur ai-je dit.

"Papa." Je l'ai appelé car je voulais lui dire quelque chose d'important.

"Oui, ma fille, je sais que tu es inquiète pour Rudransh. Nous prendrons soin de lui," a dit Papa d'une voix lourde.

"Papa, je veux rencontrer Parul," ai-je dit, et Papa a froncé les sourcils avec pitié. "Dis-lui que je veux la rencontrer une dernière fois."

Il a été surpris et m'a regardé en silence. Je savais qu'il réfléchissait à comment, après tant d'années, je demandais à voir Parul plutôt que Rudransh.

"Viendra-t-elle ?" ai-je demandé à Maman avec un visage en pleurs.

Elle n'avait pas de réponse.

Parul est venue à l'hôpital où j'ai été hospitalisée. Les médecins avaient dit que mon temps était très proche. Elle est venue me voir avec son mari, Dev, et son enfant de 4 ans.

Elle était comme moi en apparence. Elle portait également le saree de la même manière que moi.

J'étais allongée sur le lit d'hôpital. Je voulais me lever, mais la faiblesse de mon corps ne le permettait pas.

"Maman ! C'est ton petit-fils, Ronit", a-t-elle dit, et Ronit a touché mes pieds avec ses petites mains.

"Parul, merci d'être venue, ma chérie", lui ai-je dit d'une voix basse alors qu'elle s'asseyait sur le tabouret à côté.

"Que dis-tu, Maman ? J'ai toujours voulu venir te voir. Mais les circonstances n'étaient pas favorables."

"Comment vas-tu ?" je lui ai demandé.

"Je vais bien, Maman. Tout va bien."

"M'as-tu pardonné ?" ai-je demandé avec quelques larmes dans les yeux.

Elle a pleuré et a posé sa tête sur mon ventre.

"Maman, j'ai toujours considéré que tu étais une mauvaise mère qui m'a laissée seule, mais tu sais, quand je suis devenue mère, je t'ai comprise." a-t-elle dit en pleurant. "Je n'ai qu'une seule demande à te faire. S'il te plaît, pardonne papa."

Je suis restée silencieuse.

"Maman…." Elle a continué, "Je veux dire quelque chose pour Rudransh aussi. Dev et moi avons décidé de prendre soin de lui." Elle a regardé Dev. Dev m'a donné sa réponse affirmative et a réitéré qu'ils voulaient soutenir Rudransh toute sa vie.

J'étais heureuse et soulagée de leur décision.

"Papa veut te voir, maman." a dit Parul ensuite.

"Je ne veux pas le voir, Parul." ai-je dit après un moment de silence.

"Maman, s'il te plaît, pardonne-lui."

"Je l'ai fait. Je lui ai pardonné le premier jour de mon divorce." ai-je dit d'une voix basse. "Mais maintenant, je ne veux pas être rappelée de tous ces jours de solitude et de chagrin. Laisse-moi mourir en paix."

Parul a de nouveau posé sa tête sur mon ventre, rattrapant le manque de cette occasion depuis l'enfance.

Maintenant, avec tous ces beaux souvenirs, j'étais libre de mourir heureuse.

Je suis Laxmi, et j'ai fini mon expérience sur Terre. Et je me suis perdu dans les souvenirs de ma propre mère. Chaque jour, elle me réveillait tôt le matin, me donnait ma boîte à lunch et m'aidait avec mes devoirs. J'étais en classe 2 quand je suis rentré de l'école et j'ai su qu'elle avait quitté notre maison et moi. Je me souvenais qu'il y avait toujours des disputes entre mes parents. J'ai pleuré pendant quelques jours, puis j'ai oublié. Elle a divorcé de papa et a épousé quelqu'un d'autre. Mais mon frère et moi ne nous sommes presque pas souciés d'elle ces dernières années.

Étais-je assez chanceuse pour oublier ma mère et vivre une vie heureuse ? Ou étais-je maudite de ne pas avoir ressenti la valeur de cette relation ? Qui sait, peut-être que papa l'a empêchée de nous rencontrer ? Mais qu'est-ce qui m'a empêché de la rencontrer après avoir grandi ? Comment ai-je pu ignorer cette seule relation d'amour inconditionnel sur terre ?

Je souhaite avoir pu rencontrer ma mère avant sa mort, d'une manière ou d'une autre.

Le diable est-il le véritable contrôleur ?

"Amar, ça va ?" Nobel me demanda en voyant que j'étais devenu insensible.

Je hochai la tête.

Je regardai Laxmi comme si je regardais ma propre mère.

"Nous devons y aller..." dit Nobel à Laxmi.

"Que Dieu te bénisse," lui donna sa bénédiction. Je la regardais avec dédain envers moi-même. Je ne voulais tout simplement pas rentrer. Elle me donnait un sentiment de sécurité que je ne voulais pas perdre.

"Je ne suis pas béni", dis-je soudainement. J'étais désespéré.

"Tu as toujours été béni, mon fils. C'est la véritable bénédiction de ta mère qui t'a maintenu sur le chemin de la droiture. Dieu n'a jamais refusé les prières de ta mère", dit-elle.

J'ai été surpris par sa déclaration. Je me suis soudainement souvenu que ma mère était spirituelle et religieuse. Elle allait au temple pour adorer Dieu et allumait des lampes à huile devant les idoles. Peut-être que j'ai toujours été une partie de ses prières.

"Mon fils, chaque femme importante dans ta vie veut que tu suives le bon chemin seulement."

Sakshi et ma mère se sont réunies dans mon esprit. L'une était perdue dans ce monde, et l'autre, je l'avais perdue sur terre. Mais oui, j'ai réalisé qu'elles étaient toutes deux des dévotes de Dieu et voulaient que je sois une personne idéale. Peut-être que c'était la raison pour laquelle j'avais eu la chance de rencontrer ces gens ici.

"Amar, nous devrions y aller", me dit Nobel, et nous nous sommes finalement séparés de Laxmi avec le cœur lourd.

Alors que je laissais derrière moi les bonnes personnes de l'enfer, un changement s'opérait en moi, qui jusqu'à présent n'avait persisté que dans mon âme.

Nous avons quitté l'enfer sans plus de résistance et sommes entrés dans le royaume du Diable. Je ne savais pas si j'avais perdu la chance de rencontrer Sakshi ou non, mais j'avais eu le courage de rencontrer directement le Diable et de m'enquérir de Dieu. Je voulais désespérément le rencontrer.

"Je veux rencontrer le Diable", dis-je à Nobel en marchant vers le bureau principal du Diable.

"Pourquoi ?" a-t-il demandé.

Lorsque je n'ai pas répondu, il semblait prévoir mes intentions. Il a compris ma forte volonté.

"Ne le fais pas. Tu ne connais pas sa puissance. Il te torturera comme jamais, te donnera des punitions que tu ne pourras jamais imaginer même dans tes pires cauchemars", dit-il avec inquiétude.

"Dieu me sauvera", dis-je avec confiance. "Il a sauvé les gens de l'enfer."

Nobel resta silencieux et me regarda perplexe.

"Ils sont satisfaits parce qu'ils savent que Dieu les aime", dis-je. "Il m'a toujours aimé aussi ; pourquoi ne lui ai-je pas fait confiance avant ?"

"Je sais qu'Il est avec moi. Il m'a toujours favorisé ici et sur terre aussi. C'était de ma faute ; je ne l'avais pas réalisé. Mais je l'ai compris. Il est avec moi. Je n'ai plus peur de personne...", dis-je avec bonheur mêlé de larmes.

Nobel fut vraiment surpris par mes paroles. Il me regarda sans voix en voyant mon amour sincère pour Dieu.

"Nobel, dis-moi. Comment puis-je rencontrer le Diable ?" dis-je, en le secouant par les épaules.

"Mais que vas-tu dire au Diable ?" demanda-t-il d'une voix douce.

"Je demanderai pour Dieu. J'ai vraiment besoin de savoir tout sur Lui. C'est mon droit en tant que Sa création seulement. Il est mon créateur et mon soutien", dis-je avec confiance.

"Tu veux savoir sur Dieu à travers le Diable ?" demanda-t-il stupéfait.

Je souris et hochai la tête.

"Les choses mauvaises vous font apprécier la pure - Dieu. Regardez-moi. Je n'ai jamais prêté attention à Dieu sur terre, j'étais partie pour le paradis du Diable, mais je suis mourant de rencontrer Dieu", dis-je hypnotisé.

Dieu a besoin de nous

Amar:

Chuna hain tune mujhe apni anginat kainaat se,
Pagal ho gaya hoon main, teri mohabbat ke guroor se,
Kitna khushkismat hoon main,
Kaash pehle ehsaas karwa deta tu apni takat se.
Nahi bardasht ab doori,
Aaja ek baar, mat alag rakh mujhe ab apne se,
Ye khuda aaja ek baar, mat alag rakh mujhe ab apne se.

God:

Anginat kayanaat poori chun sakta hun,
Ek se ek mere bande hai, sabpe bharosa kar sakta hun.
Mohabbat tujhse kya, Shaitan tak se ki hai meine,
Khushkismat to wo shaitan bhi hai, jisko takat di hai meine.
Tujh ko wo diya, jisse sab mohtaz rahenge,
Ehsaas-e-pass hai tere pass, jiski sab khwaish karenge.
Door nahi, mere paas hi hai tu,
Alag nahi, mere sath hai tu,
Deedar mushkil nahi, dekh khud ko, teri surat me hun mein,
Pehchan khud ko tere wajood me hun mein.

Amar :

Tu m'as choisi parmi tes myriades de mondes,

Je suis devenu fou de la vanité de ta tendresse,

Quelle chance j'ai,

Je souhaite que tu puisses d'abord me faire comprendre cela de toutes tes forces,

Je ne peux plus me permettre cette détachement,

Viens juste une fois, ne te tiens pas à l'écart de moi,

Oh tout-puissant ! Viens juste une fois, ne te tiens pas à l'écart de moi.

Dieu :

Je peux choisir parmi toutes les myriades de mondes,

J'ai tant de dévots sur lesquels je peux compter.

Je n'ai pas seulement aimé toi, mais aussi le Diable,

Même ce Diable a de la chance, à qui j'ai conféré des pouvoirs.

Je t'ai accordé quelque chose qui fascine tout le monde,

Il y a une chaleur à être proche de toi, que tout le monde aspire à avoir.

Tu n'es pas loin, tu es tout près de moi,

Tu n'es pas éloigné, tu es avec moi.

Ce n'est pas difficile de me percevoir, de te reconnaître toi-même, je suis en toi,

Rappelle-toi toi-même, je suis dans ton existence.

Je me suis retrouvé devant le bureau principal du Diable avec une forte volonté, sans avoir peur de ce qui pourrait arriver pour le meilleur ou pour le pire. Mes yeux étaient remplis de confiance et mon cœur était rempli d'amour pour Dieu.

J'étais devant la salle des gestionnaires que j'avais rencontrés auparavant. Ils attendaient avec impatience de discuter de mes expériences et d'obtenir des commentaires. En même temps, c'était le moment de dire au revoir à Nobel, ce qui pourrait être pour toujours.

C'était malheureux de ne pas pouvoir le revoir.

"Eh, ne sois pas triste. Concentre-toi sur ce que tu veux faire", dit Nobel, mettant une main sur mon épaule.

"Est-ce que je pourrai rencontrer Dieu ?" lui demandai-je, anxieux.

"Tu peux. Tu le rencontreras bientôt. Tu as une forte foi. Je ne l'avais pas, mais tu es béni", me répondit-il.

Je l'ai embrassé.

"Bonne chance, Amar...", me souhaita-t-il pour la dernière fois et s'éloigna.

Alors qu'il s'en allait, je ressentais tellement de respect pour lui. Il était vraiment le meilleur compagnon en enfer. Il me manquera déjà.

"Viens, Amar, bienvenue de retour", dit l'un des trois gestionnaires d'une voix forte et excitante lorsque je suis entré.

Je suis entré tranquillement, sans montrer une trace d'excitation ou d'autre émotion.

"Irritiez-vous ou torturiez-vous les gens de l'enfer ?", me sondèrent-ils sarcastiquement, sachant déjà ce qui se passait dans mon esprit.

J'ai choisi de rester silencieux.

"Asseyez-vous, Amar", dit l'un d'entre eux.

"J'ai besoin de rencontrer le Diable", ai-je dit directement d'une voix déterminée.

"Il veut aussi te rencontrer", m'a informé le gestionnaire principal au milieu.

Je les ai regardés avec confiance.

Soudain, un démon est entré dans le bureau. Il a pris ma main avec une force énorme, comme si j'étais déjà déclaré coupable d'un grand crime.

Nous et deux autres démons derrière nous avons traversé un chemin sombre comme de l'encre.

Nous sommes arrivés à un bâtiment en marbre blanc en forme de fort avec des extrémités pointues. C'était un immense fort avec des frontières invisibles - quelque chose qui n'a jamais existé et ne pourra jamais exister sur Terre. Tout le ciel était couvert de nuages noirs; l'atmosphère semblait très volatile et dangereuse.

Des milliers de démons se tenaient sur la frontière du fort avec des visages laids contournés par la colère.

Lorsque nous avons marché sur le sol froid en marbre du fort, j'ai ressenti une faiblesse étrange dans mon âme. Nous étions arrivés à une grande porte haute. J'étais littéralement terrifié. Les gardes laids me regardaient avec tant de colère. Je pensais que si les gardes étaient comme ça, comment le Diable lui-même devait-il être ?

J'ai commencé à ressentir beaucoup de faiblesse et de doute. Mais ma dévotion envers Dieu n'a pas été affectée du tout. Chaque fois que je pensais à lui, je pouvais sentir un rayon de lumière chaude remplissant mon âme.

Après avoir scanné toute mon âme, la porte s'est ouverte, et je suis entré à l'intérieur avec les démons. La présence du Diable était imposante sous forme d'obscurité, de silence et d'inhumanité totale.

"Bienvenue, Amar, bienvenue", une lumière a brillé avec cette voix lorsque j'ai franchi la grande porte, et devant moi, quelqu'un se tenait à une distance de plusieurs pieds. J'ai essayé de voir qui c'était, mais il était encore loin. Mon cœur battait dans mes oreilles. Mais c'était définitivement le Diable.

Tout autour, il y avait des murs en miroir, et de l'eau scintillante coulait sur eux. Entre le Diable et moi, il y avait une rue de verre à parcourir. Sinon, toute la salle était couverte d'eau d'une profondeur inconnue, et des cristaux tranchants étaient densément dispersés partout.

Le Diable était assis sur un grand siège en verre glacé. Il portait une robe blanche avec une couronne de cristaux sur la tête. Son visage était vraiment flou de loin, mais la couronne était facilement visible.

Je ne pouvais plus contenir ma curiosité, et j'ai commencé à marcher sur le petit chemin vers lui.

Il était assis dans le style d'un puissant roi.

Alors que je m'approchais, il a commencé à rire bruyamment. Après quelques pas, j'ai pu reconnaître qui il était.

Je suis resté figé sur place de choc ! J'avais reconnu qui il était.

Son visage était exactement comme le mien, une copie exacte. Il était... moi !

J'étais abasourdi et regardais autour de moi dans une immense irritation. Mon visage était exactement comme le sien. En me voyant tourner la tête et regarder autour de moi, il a commencé à rire encore plus fort.

Qu'est-ce que c'était que ça ? J'étais perplexe, contrarié et soudainement très faible, comme s'il ne restait plus d'énergie dans mon âme.

Il souriait, ses yeux brillants d'un rouge sang le rendant si dangereux.

Alors que j'arrivais très près du Diable, je tombais à genoux, extrêmement faible et avec une respiration laborieuse.

"Que se passe-t-il, mon enfant?" demanda-t-il avec moquerie d'une voix agaçante en me regardant dans les yeux.

Sa voix et son regard étaient méprisants et me brisaient. C'était une pure torture de lui tenir tête. Il me punissait jusqu'à mes limites.

En sa présence, même l'entité la plus énergisée et la plus pure serait épuisée et engloutie dans le délire. Il émettait tellement d'énergie noire qu'il pouvait flétrir la vie environnante et même faire pourrir un cadavre.

J'ai essayé de me rappeler de Dieu via les pensées de ma mère et de Sakshi. Après un certain temps, j'ai renforcé ma croyance et accumulé un peu d'énergie, suffisamment pour poser une seule question devant le Diable.

"Comment pouvez-vous être exactement comme moi?" ai-je dit d'une voix tremblante.

Il a écouté, prétendant être très sérieux.

"Oh, oui. Je suis exactement comme toi, et tu es exactement comme moi", a-t-il dit, le sarcasme coulant de chaque mot, et il a commencé à rire bruyamment. Même sa voix et sa façon de parler étaient comme les miennes.

Je me sentais comme un enfant immature et innocent devant lui.

"Tu es moi, et je suis toi", a-t-il de nouveau dit, en me fixant dans les yeux, sérieusement.

J'ai ressenti une forte démangeaison dans les yeux quand je l'ai regardé en retour. J'ai baissé les yeux.

Il me poussait dans un grand dilemme. Il avait raison en fait ; mes actes m'avaient fait devenir un Diable. Mais pour combien de temps ? J'ai observé une évolution positive en moi après mes réalisations dans l'enfer. J'ai répété le nom de Dieu, essayant d'accumuler un peu de force en moi.

"Je ne suis plus toi", ai-je répondu avec chaque once de confiance en moi.

"Ohhh... Ouiii...", a-t-il moqué, "Tu vas sur la mauvaise voie."

"Où est Dieu?" l'ai-je interrompu.

"Pourquoi es-tu si intéressé par Dieu?" a-t-il demandé.

Je suis devenu silencieux. Il savait que l'amour de Dieu mène à tout cela. Il avait rencontré de grands dévots de Dieu depuis des siècles.

"Mon enfant, Il ne peut rien faire pour toi. Je suis en contrôle de tout l'univers", dit-il d'une voix chaleureuse, mais je savais que tout cela n'était que de l'amour factice.

"Je l'aime", dis-je avec une profonde conviction en me levant. Je ne savais vraiment pas quand l'amour pour Dieu était devenu si influent dans mon cœur que je l'admettais devant son plus grand ennemi.

"Tu aimes Sakshi, pas Dieu", déclara-t-il, sûr à 100% de cela.

"Un amoureux de Dieu est le meilleur amoureux. Il aimera tout avec une honnêteté totale. J'aime Sakshi à cause de Dieu", dis-je soudain avec une énergie colossale dans mon âme, reflétant que Dieu était d'une certaine manière avec moi.

"Et sais-tu pourquoi? C'est parce que tu n'apprends jamais comment aimer. Seul Lui le fait!", ai-je dit avec encore plus de force.

Il éclata de rire. Mais je l'ai ignoré et crié :

"Tu ne peux pas vaincre Sa puissance. Sur terre, les gens ont encore de l'amour."

"Mon enfant, tu es encore sous l'influence des gens de l'enfer. Retourne sur terre, alors tu pourras voir à quel point je suis puissant. Tu l'as peut-être déjà vu", dit-il avec confiance. Sa voix dégoulinait du pouvoir de sa vérité tordue.

"Non, Diable. Tu ne peux jamais vaincre la puissance de Dieu", ai-je réprimandé.

"J'ai gagné. C'est vous autres qui l'avez fait. Vous autres me faites gagner à chaque fois avec tous vos efforts laborieux du cœur et de l'âme", se moqua-t-il à nouveau avec une fausse reconnaissance.

Je n'ai pas compris sa déclaration.

"Confus?" demanda-t-il. "Tu ne peux pas changer la réalité que je suis au-dessus de ton Dieu."

"Je vais t'expliquer toute la dynamique. Je ne suis pas comme ton Dieu qui ne dit jamais rien directement", dit-il. "Quand les gens sont devenus corrompus et égoïstes, ma puissance a commencé à augmenter. J'ai commencé à guider mes disciples directement. Le nombre de disciples a augmenté de manière exponentielle. J'ai renversé Dieu. Vous autres m'avez aidé. Maintenant, rien ne peut changer ; les gens ont dépassé toutes les limites de l'humanité. Et quand l'humanité est morte, Dieu est mort aussi." Il rit avec un débordement de gaieté.

"Où est-il ?" ai-je demandé à nouveau, me sentant faible aux genoux.

"Il n'est nulle part, mon enfant."

Sa déclaration selon laquelle nous, les humains, le faisions gagner à chaque fois m'a rendu agité. Combien d'êtres humains suivent réellement Dieu ? Et combien le suivent à titre individuel ? Ces personnes sont négligeables sur Terre, c'est pourquoi le pouvoir du diable a augmenté. Cela signifie simplement que la puissance de Dieu est cachée dans nos actes ; nous pouvons faire de Lui notre Dieu ou non.

"Oui, tu penses juste", dit soudain le Diable, interrompant mes pensées.

"La puissance de Dieu dépend des personnes qu'il a créées. Quand la plupart des gens commencent à Le suivre avec honnêteté et sagesse, Il peut retrouver sa position de puissance", déclara le Diable, avec une pointe de moquerie dans sa voix.

"Mais... j'ai volé l'honnêteté des cœurs des gens. Je les ai rendus aveugles en semant des graines de doute et de cupidité. J'ai pris le contrôle de leur cerveau. Ils ne changeront jamais, et je régnerai... toujours !" rugit-il en riant bruyamment devant moi !

"Non, ça ne se passera pas comme ça !", dis-je, ma foi en la spiritualité avait été restaurée. "Dieu sera la seule puissance."

"Vraiment... ?"

"Amar, oh Amar... Tu es si fou !" dit-il en secouant la tête.

"Non ! Je vois votre défaite", dis-je à nouveau avec confiance et me levant, accumulant de l'énergie. "Tu es arrogant, une âme sombre. Tu ne peux pas être un vainqueur. C'est juste que ton temps de défaite est encore à venir."

Il rit.

"D'accord, d'accord... Rappelez-vous ce qui se passe sur terre ; les âmes arrogantes et mauvaises gagnent toujours", argumenta-t-il.

Je suis resté silencieux. Parce qu'il disait la vérité, j'avais vu des mauvaises personnes gagner si facilement.

"Tu es si confiant quant à la victoire de Dieu. C'est un bon défi. Mais puis-je te demander pourquoi ?", me demanda-t-il.

"Parce que le jour où je retournerai sur Terre, je raconterai aux gens toute cette expérience", dis-je.

"Oh, quand tu renaîtras... D'accord", dit-il très cyniquement. "Mais sais-tu ? Tous les souvenirs sont effacés avant d'envoyer quelqu'un sur Terre. J'ai le contrôle sur l'esprit de tout le monde. Tu n'en souviendras rien. Comment pourras-tu alors raconter tes expériences ?" me pointa-t-il du doigt, me regardant dans les yeux. Mais à ce moment-là, ses yeux rouge sang ne m'ont pas affecté. Je l'ai regardé dans les yeux et j'ai dit avec un petit sourire,

"Dieu me fera tout rappeler."

"Oh, ce Dieu, Dieu et Dieu !" Il a montré une fausse irritation, me traitant comme une blague et jouant avec moi.

"Je vous donne mon temps précieux et vous n'êtes pas prêt à comprendre", dit-il en se levant de son trône.

"Avant toi, de nombreux prétendus amoureux de Dieu comme toi sont venus devant moi. Ils sont retournés sur Terre. Ils ont dit aux gens..." dit-il, se rapprochant dangereusement de moi. "Mais quoi qu'ils aient dit aux gens, comme les esprits des gens étaient sous mon contrôle et sous mon influence incomparable, ils ont tout mal compris. Ils ont créé de nombreux dieux, de nombreuses croyances, des histoires illogiques et de nombreuses communautés. Maintenant, ils se battent les uns contre les autres sur des bases plus récentes et plus fortes. Tu créeras une nouvelle foi, une autre raison de se battre", dit-il avec un large sourire moqueur. "Personne ne t'écoutera, et s'ils écoutent par hasard, je veillerai à ce qu'ils restent aveugles et perdus dans les plaisirs mondains."

Je ne pouvais pas accepter la défaite de Dieu, mais je n'avais rien à dire. Sa puissance m'avait épuisé.

"Veux-tu rencontrer Sakshi, mon enfant ?" Il est venu très près de moi.

Sa question soudaine a fait arrêter mon esprit.

"Je peux te faire rencontrer ta Sakshi. Je te la donnerai." Il a déclaré avec beaucoup d'amour, et cette fois, il avait l'air si authentique et attentionné. J'ai été surpris.

Sakshi est venue à mon esprit comme si elle m'appelait, comme si elle était en danger. Je pouvais vraiment la voir devant moi.

Je voulais dire "Oui" et accepter n'importe quoi maintenant.

Mais soudain, j'ai vu le premier homme que j'ai rencontré juste après la mort, sur les nuages.

"Sakshi est avec Dieu", avait-il dit.

J'ai essayé de me souvenir de Dieu avec toute ma volonté.

"Tu oublies Dieu. Je te donnerai ce que tu désires..." Le Diable parlait continuellement pour m'attirer encore et encore dans son piège de contrôle.

Sakshi disait toujours : "Le chemin de Dieu est toujours difficile, mais tout et tout le monde obtient le meilleur pour eux à la fin."

Ma mère disait : "Seul Dieu peut t'aider dans n'importe quel problème."

Que devais-je choisir - Sakshi ou Dieu ?

Mais Sakshi était avec Dieu. Je ne pouvais pas nier le fait déclaré par l'âme très pure que j'ai rencontrée sur les nuages, car il n'était certainement pas un menteur. Il n'était pas du royaume du Diable.

Peut-être que le Diable sait où est Dieu ? Peut-être qu'il sait vraiment où il est ?

"Je veux Dieu." ai-je enfin parlé avec toute ma volonté et ma clarté. Le Diable s'éloigna de moi à cause d'une force inconnue.

Il commença à me regarder avec une colère immense.

"Les gens adorent Dieu ; impressionnent Dieu pour leurs proches, pour leurs souhaits et désirs. Mais tu veux Dieu plus que tout le monde, plus que tout." Son piège était résolu.

"Les personnes qui choisissent Dieu obtiennent tout ce qu'elles veulent. Je sais que je bénéficierai si je choisis Dieu. Il prend soin et aime nous tous."

Ma foi en Dieu est devenue si forte. Après tout, j'avais vaincu le jeu du Diable. J'avais vaincu mes faiblesses.

"Je ne te laisserai jamais rencontrer Dieu, Amar." Il était indigné. Ses yeux devinrent encore plus rouges.

L'eau autour de nous commença à bouillir. Les miroirs commencèrent à se fissurer, éclatant avec le son du tonnerre.

"Amar, je te donnerai la punition la plus dure. Réfléchis pour la dernière fois." Il parla très fort, tremblant lui-même de la tête aux pieds de rage.

Je suis resté silencieux, gardant ma position dans ma ténacité.

"Alors..." Il devint soudainement calme en un instant. L'eau arrêta de bouillir ; les fissures dans les miroirs disparurent miraculeusement.

"Démons !" Il appela ses soldats.

Deux démons géants sont venus.

Le Diable m'a regardé pour la dernière fois, toujours en colère.

"Renvoie-le sur Terre - l'endroit le plus misérable pour les humains!" ordonna-t-il.

"Je ne vais pas laver tes souvenirs, Amar. Tu raconteras à chaque fois aux gens, mais ils ne t'écouteront pas ni ne te croiront. Tu te sentiras toujours vaincu. Ton âme transformée ne pourra pas tolérer l'injustice, l'inhumanité et le mensonge du monde. Tu seras torturé chaque jour, à chaque instant."

Il a dit tout cela très sérieusement et fort. Je ne m'attendais jamais à cette décision.

Je l'ai regardé; il a souri comme moi avec mon visage.

Le véritable gagnant

J'étais dans les nuages. Les deux démons m'ont accompagné pour me laisser ici.

Je n'étais pas capable de ressentir ou de comprendre quoi que ce soit avec l'inattendu des scénarios changeants. J'ai trouvé cela très inhabituel de penser à ce qui m'était arrivé. Je ne savais vraiment pas comment me comporter dans ce scénario particulier. Devrais-je être heureux ou triste à ce sujet?

Si c'est un défi de prouver la condition de Dieu aux gens sur Terre, je devrais être heureux d'avoir été béni de cette grande chance. Mais pourquoi n'ai-je pas été capable de donner de réaction - ni heureux ni triste?

J'étais toujours sous l'influence du Diable. Ma croyance en la spiritualité et mon espoir pour l'avenir n'étaient pas aussi forts que je le pensais. Même aujourd'hui, je suis parfois faible et j'ai des pensées sans espoir.

Soudain, j'ai vu ces démons ne pas être en mesure de franchir une limite particulière. Une puissance inhabituelle les empêchait d'aller plus loin. Ils m'ont laissé là comme un orphelin et sont partis.

Je les regardais, confus. Mais ils ne m'ont pas donné un seul mot d'explication et sont simplement partis comme si leur devoir était accompli.

Maintenant, j'étais dans les nuages et je me souvenais que cela ressemblait au même endroit où j'avais rencontré l'entité positive. Son visage est venu à mon esprit. Je ne savais pas qui il était. Mais j'ai souhaité le revoir. Je suis resté là, allant nulle part car j'étais surveillé pour rester ici pendant un certain temps dans la zone de transition entre la Terre et l'au-delà.

Quelqu'un a touché mon épaule par derrière. Je ne me suis pas retourné mais j'ai fermé les yeux. Mon âme est devenue pleine d'énergie pure et aimante, et j'ai ressenti une immense relaxation me submerger comme si un lourd fardeau était en train d'être soulevé de mon corps et de mon esprit.

Après un certain temps, je me suis retourné pour faire face à la personne. C'était le même homme que j'avais rencontré ici dans les nuages la dernière fois.

En me regardant avec tant d'amour dans ses yeux charmants, j'ai tout de suite su qu'il était la seule entité qui était à moi là-bas. Le type de charme et de soin que je n'avais même pas observé en enfer parmi les gens de Dieu. Il était au-dessus de tous. Il était plus proche de Dieu. Il pouvait m'aider ; il pouvait me soutenir. Il pouvait me répondre ; il pouvait me renforcer pour accomplir cette tâche difficile. Il pouvait être ma connexion à Dieu. Il pouvait être mon maître spirituel pour Dieu.

J'ai souhaité qu'il dise quelque chose pour me faire sentir mieux et me détendre. Cela pouvait être l'influence du connecteur spirituel de quelqu'un.

"Amar." a-t-il commencé à dire, et j'ai ressenti une puissante vague optimiste dans mon âme.

"Tu as tout, mon enfant..." En entendant cela, j'ai soudainement pensé à Sakshi et j'ai commencé à nouveau à repousser cette croyance naissante.

"Je n'ai pas rencontré Sakshi..." ai-je dit très innocemment.

Il a juste souri sans rien dire.

"Qui es-tu?" ai-je demandé innocemment.

"Je suis là pour toi", a-t-il répondu humblement.

Je suis devenu silencieux pendant une minute.

"Dieu t'a envoyé?" ai-je demandé après une pause.

"Oui. Il m'a envoyé ici pour toi, Amar."

"Juste pour moi?" J'étais surpris mais je me sentais également heureux qu'Il se soucie encore de moi.

"Pour tous ceux qui ont besoin d'aide. Qu'ils demandent de l'aide ou non, Il envoie de l'aide", a expliqué l'entité.

"Pourquoi?" ai-je demandé.

"Parce qu'Il est Dieu, le plus attentif et le plus aimant", a-t-il simplement répondu.

Je suis de nouveau resté silencieux pendant un moment.

"Mais Il n'est pas au pouvoir..." ai-je dit avec découragement.

"Comment peux-tu dire ça?"

"J'ai fait face au pouvoir du Diable. Il me renvoie sur Terre en tant que punition, il est aux commandes", ai-je déclaré l'évidence.

"C'est Dieu qui t'envoie de retour. Sans Sa volonté, rien ne peut arriver", dit-il avec une grande confiance.

"Mais pourquoi ? Pourquoi tout cela m'arrive-t-il seulement à moi ? Pourquoi moi ? Où est-il ? Le Diable a dit que nous, les humains, sommes responsables de renforcer le pouvoir du Diable. Pourquoi ? Pourquoi les gens au grand cœur souffrent-ils davantage ? Pourquoi la vie est-elle si misérable pour eux ? Pourquoi a-t-il créé ce monde cruel ?" ai-je demandé, soudainement incité.

Mais mon connecteur était toujours silencieux.

"Pourquoi Dieu veut-il que le Diable soit vainqueur ?" ai-je demandé de nouveau.

"Je n'ai qu'une seule question pour toi, mon enfant. As-tu foi en Dieu ?" a-t-il demandé.

"Oui. Mais je ne le comprends pas !" ai-je répondu.

"Oui, peut-être", a-t-il dit, ajoutant : "Comment te sens-tu dans l'au-delà ?" en prenant mes mains dans les siennes. J'ai commencé à me sentir détendu avec son contact.

"Je ressens..." je ne savais pas comment exprimer mes sentiments, alors j'ai fait une pause.

"Tu penses que les gens de Dieu ont des vies misérables, n'est-ce pas ? C'est ton plus grand mythe", a-t-il dit.

"Mais il est dit que les croyants de Dieu doivent être testés et qu'ils ont toujours une vie pleine de luttes. C'est ce que j'ai entendu en enfer ainsi que sur Terre", ai-je dit.

"Ils ont la vie la plus belle et la plus satisfaisante si tu pouvais l'analyser avec sagesse", m'a-t-il corrigé, ajoutant : "Tu ne sais pas, Amar ; le pouvoir spirituel est le plus grand pouvoir sur Terre. Les gens mauvais au paradis en font un enfer, mais les gens au grand cœur créent un paradis dans l'enfer ensemble avec amour, soin et satisfaction. Ne te fie pas au nom. Qu'est-ce que tu ressens ? Le paradis du Diable est-il un meilleur endroit pour vivre, ou est-ce l'enfer ?" a-t-il dit, me rendant plus conscient de la réalité.

"C'est exactement la même chose sur Terre. Les gens aux actes maléfiques pensent qu'ils obtiennent tout le succès, mais ce n'est pas la réalité. En fait, ce sont les plus grands perdants. Les gens qui ont un grand pouvoir spirituel et de bonnes actions font de leur vie la plus fructueuse. Ils apprécient leurs luttes ; ils ressentent Dieu dans leurs peines ; ils obtiennent réellement le succès sur l'ensemble du mal. Ils semblent être seuls, mais Dieu est toujours avec eux. Comme le Diable, les gens corrompus pensent également qu'ils gagnent. Mais en réalité, ils sont aveuglés et ne peuvent pas voir ou ressentir le vrai bonheur. Alors, dis-moi, qui est le véritable gagnant ? Dieu n'est pas sournois comme le Diable, mais Il a le plus grand calibre de contrôler les choses avec Sa volonté, quelque chose que tu appelles le "pouvoir politique" sur Terre. Il a les meilleures astuces politiques sur le Diable", continuait-il à parler, et moi, j'étais juste en train d'écouter.

"Tu as demandé, pourquoi moi ? Eh bien, pourquoi pas toi ? Dans tes premières années, tu as été élevé par une femme pieuse. Plus tard dans ta vie, tu as été accompagné par une femme spirituelle. Ton père a été un homme serviable. Avec leurs bénédictions, tu as été choisi pour montrer la réalité. La réalité est que chaque fois, dans tous les endroits et scénarios, Dieu est le seul vainqueur.

Tu as demandé, 'Où est Dieu?' Ne l'as-tu pas senti en chaque individu bon ? Il réside sous forme d'énergie en ceux qui ont été choisis par Lui. Il était avec toi seul, t'accompagnant comme espoir et croyance à chaque moment de faiblesse.

Il peut être confirmé que la puissance de Dieu dépend de Ses gens. Mais les humains ne rendent jamais leur Dieu faible. Il y a toujours des gens dont les actions renforcent la puissance et l'existence de Dieu. Ces personnes peuvent être peu nombreuses, mais le monde n'est jamais entièrement privé de ces gens. Ainsi, Dieu est toujours présent avec une grande puissance et une grande existence.

Tu m'as demandé, pourquoi les gens au grand cœur souffrent-ils davantage ? Pourquoi ont-ils une vie misérable ? Tu ressens cela, mais dis-moi, que ressens-tu en ce moment, quand une sorte de spiritualité, de bonnes actions et d'empathie ont été éveillées en toi ? Ne ressens-tu pas que tu as tout ? C'est un état d'esprit que les humains atteignent quand ils pensent avoir une vie misérable. Mais en réalité, ils ont une grande vie pleine de satisfaction et de vertus que beaucoup de gens rêvent mais n'obtiennent jamais car ils se laissent emporter par le matérialisme du monde créé par le Diable."

Mais il reste encore une chose dans ce monde soi-disant cruel. Dieu prend soin que aucun de tes efforts et de tes vertus ne reste sans récompense. Le karma n'a pas de pitié pour qui que ce soit. Les humains doivent faire face à leurs actions.

Tu m'as demandé, pourquoi Dieu a-t-il créé ce monde cruel ? En fait, Il a créé un monde magnifique. Le Diable était également Sa création, et il était parmi les bons. Mais il y a toujours du négatif avec du positif. Le Diable est finalement devenu corrompu et a commencé à dégrader son peuple, son monde. Dieu est indulgent. Il donne continuellement des chances aux gens de faire de meilleurs choix. Il a également donné continuellement des chances au Diable, pour devenir un peu plus positif, pour venir sur le bon chemin. Il a commencé à équilibrer les actions des gens avec Sa nature miséricordieuse. Dans de nombreuses religions, les messagers étaient axés sur les actions et non sur le Créateur, car ils savaient que nous devions équilibrer nos actions dans une grande mesure. Ils savaient que Dieu ne veut pas que l'on reconnaisse Son existence, mais qu'Il veut nous rendre justes. Ces messagers et leurs conseils étaient si précis.

Pour Lui, tout le monde est égal. Il aime toute Sa création, mais Il a créé les humains pour le bien-être des autres espèces. Dieu nous a créés avec amour - pour aimer tous les êtres et pour être aimés en retour. Les gens L'ont aussi utilisé, mais Il est également lié par Sa nature empathique et aimante ; donc, Il pardonne toujours. »

J'étais têtu à l'idée que Dieu voulait aussi être aimé.

« Enfin, je veux te parler de Sakshi. Oui, tu as mis fin à ta vie précieuse pour elle, pour la rencontrer. Tu penses que tu l'as fait à cause d'elle. Mais en réalité, tu as mis fin à ta vie pour toi-même. »

J'ai été déprimé en entendant cela, que j'ai mis fin à ma vie à cause de ma nature égoïste et non à cause de Sakshi.

« Oui, Amar, tu ne pouvais pas supporter cette douleur », a-t-il dit.

J'ai baissé les yeux, même s'il a continué :

« Pourquoi penses-tu que tu ne l'as pas rencontrée ? Elle était avec toi tout au long de ton voyage. Est-ce que seule la présence physique compte ? Crois-moi, Dieu était là avec toi tout le temps, mais Il n'était pas visible. C'était la même chose avec Sakshi. Je sais que tu t'inquiètes encore pour savoir où elle est ? Est-elle en bonne condition ou non ?

Si vous vous souvenez, lors de notre toute première rencontre, je vous ai dit que Sakshi était avec Dieu. Et si elle est avec Dieu, elle est dans la meilleure condition comme les autres personnes de Dieu, qui vivent avec bonheur et Ses bénédictions. Vous avez rencontré Dieu ; n'avez-vous pas remarqué Sa présence chez tous les croyants de Dieu ? Sakshi était également là avec vous. Essayez de comprendre ce qu'elle voulait vous dire. Elle voulait que vous preniez toutes les bonnes qualités et les croyances sur Dieu de là-bas. Elle voulait que vous soyez une bonne personne, le seul objectif de sa vie sur terre et aussi ici, après sa mort.'

Je l'ai regardé avec satisfaction, toutes mes questions étant répondues, mais je ressentais encore une certaine agitation, mon cœur battant la chamade de peur. Peut-être que le Diable était toujours avec moi, rendant mon cœur faible.

"Je ne me sens toujours pas bien", ai-je dit innocemment. "Le Diable est-il toujours en moi ?"

"Il ne sera avec vous que si vous le permettez ; sinon, jamais !" dit-il.

"Il se concentrera davantage sur le fait de nuire aux personnes au cœur pur. Il fera son travail, mais vous devez toujours persister sur le bon chemin et rester optimiste, pour votre Dieu. Cela prendra du temps, mais vous atteindrez certainement un état de contentement."

"Jusqu'à quand le Diable existera-t-il avec son pouvoir ? Jusqu'à quand les gens continueront-ils à faire face à des brutalités inhumaines ?" demandai-je avec douleur.

"Un jour viendra où le Diable sera vaincu après avoir épuisé son pouvoir de mal et d'inhumanité. Ce jour viendra plus tôt que vous ne l'imaginez." déclara-t-il. "C'est la promesse de votre Dieu ; mais pour l'instant, nous devons simplement être avec Dieu."

"Mais j'ai peur de retourner sur Terre", dis-je. "Serais-je capable de vivre la même vie qu'avant ?" demandai-je.

"Non, vous ne pourrez pas faire ça. Vos souvenirs ne seront pas effacés. Chaque fois que vous rencontrerez des gens, vous commencerez à raconter vos expériences, mais ils ne vous croiront pas ; ils pourraient même vous considérer comme mentalement perturbé. Vous perdrez vos amis. Ils vous montreront de la sympathie mais ne vous soutiendront pas. À chaque fois, vous essayerez de trouver de nouvelles façons de prouver votre réalité, mais ils ne vous accepteront pas. Les gens aiment parler de bonnes choses, mais ils n'aiment pas les mettre en pratique dans la vie réelle. Vous serez une personne changée. La perte de confiance entre les gens est la plus grande arme utilisée par le Diable.

Vous serez encore instable sur terre pendant longtemps ; mais avec le temps et l'amour de Dieu, une stabilité viendra en vous. Vous serez plus mature, attentionné et aimant envers l'humanité.

Vous comprendrez que la plus grande victoire est de vous vaincre vous-même ; de contrôler vos propres actions. Vous serez le vainqueur de votre propre âme. C'est alors que vous ressentirez un sentiment de contentement ; vous trouverez des gens de votre propre type - les amoureux de l'humanité - et alors, d'une manière courte mais forte, vous réussirez dans votre objectif de prouver la plus grande puissance de Dieu."

J'ai écouté puis lui ai posé à nouveau une question.

"Et si je disais aux gens que Dieu a besoin de nous ? Que se passera-t-il alors ?", ai-je demandé.

Il a souri et a dit,

"Si les gens aiment leur Dieu, ils devraient prendre la question au sérieux. Après tout, ce sera aussi une question de leur Dieu, n'est-ce pas ? Mais ils penseront qu'ils ont d'autres meilleures façons de renforcer Dieu. Beaucoup vous montreront qu'ils vous font confiance, mais le Diable continuera à faire son travail. Le Diable les égarera." Il m'a alors dit,

"Enfant, il est préférable de vous vaincre vous-même. Contrôlez-vous, mon enfant."

Il a ensuite pris mes mains fermement et m'a regardé avec une pointe de tristesse.

J'ai soudainement commencé à ressentir de la douleur. Je l'ai regardé avec effroi.

"Bonne chance, mon enfant."

"Je veux parler plus longtemps", ai-je plaidé.

"Vous me trouverez quand vous le voudrez. Je vous parlerai de l'intérieur et parfois Dieu vous parlera sous la forme de votre propre âme. Vous ne serez jamais seul."

La douleur dans mon âme a augmenté.

"Chaque fois que vous vous sentez vaincu ou perdu, rencontrez des gens dans le besoin. Vous vous sentirez soulagé avec eux."

Soudain, une forte lumière blanche a commencé à briller et je n'ai pas pu voir quoi que ce soit. Mes yeux se sont automatiquement fermés à cause de l'irritation. Avec une âme douloureuse et des yeux fermés, j'ai crié,

"Oh, mon Dieu !!!"

Je me suis réveillé soudainement, bouleversé et désorienté.

"Oh mon Dieu !!", ai-je crié à nouveau.

Je n'avais pas le contrôle de mes facultés mentales.

J'ai vu mon père se tenir devant moi avec un visage souffrant. J'étais de retour sur le lit d'hôpital. Le médecin et les autres ont essayé de me coucher sur le lit.

"Amar...." mon père a crié fort.

Mon frère me regardait également avec un visage tendu depuis le côté du lit.

Les médecins et les infirmières ont commencé à faire leur travail.

J'ai essayé de me détendre ; j'avais mal physiquement et j'avais mal à la tête.

Le médecin a demandé à mon père et à mon frère de sortir, mais j'ai tenu la main de mon frère.

"Ne va nulle part, s'il te plaît !", lui ai-je dit d'une voix douloureuse et agitée.

"Oui, frère, nous sommes là", m'a-t-il consolé.

Le médecin a autorisé mon père et mon frère à rester.

Après quelques minutes, je me suis détendu ; la douleur a commencé à diminuer lorsque le médecin m'a injecté des médicaments.

Je suis resté allongé sur le lit, les yeux fixés sur le plafond. Je sentais que mes souvenirs n'avaient pas été effacés. Je me souvenais de tout.

"Félicitations, monsieur, il va bien maintenant", a déclaré le médecin à mon père.

"Merci, docteur ! Merci beaucoup !", a dit mon père avec des larmes dans les yeux. Après cela, il s'est tourné vers moi et a dit,

"Amar...."

"Papa....", ai-je dit en l'interrompant.

"Oui, mon fils ?", a-t-il dit attentivement. Mon frère est également entré dans la pièce ; il était parti s'occuper des formalités à l'hôpital.

"Je veux rencontrer Maman."

Il m'a regardé avec surprise, puis a regardé vers mon frère, qui partageait le même sentiment.

Un ange ou un humain ?

Amar avait terminé son récit et j'étais resté immobile, comme une statue. Je n'avais jamais été aussi surpris de ma vie. Il regardait continuellement vers le ciel et je réfléchissais à quel point j'avais été éloigné des réalités de la vie.

"As-tu rencontré ta mère ?" ai-je demandé. À ce moment-là, j'ai automatiquement focalisé sur cette question parmi toute l'affaire.

Il m'a regardé en silence pendant un moment.

"Je l'ai rencontrée. Elle est heureuse avec sa nouvelle famille", a-t-il dit, se sentant contrarié. "Elle m'a montré de l'amour, mais pas plus que pour ses nouveaux enfants. Son mari actuel est plus attentionné et compréhensif que mon père."

Sur le sujet de sa mère, il s'est un peu énervé, mais il a rapidement contrôlé ses sentiments et a dit :

"J'ai compris sa situation et je suis heureux pour elle. Elle a avancé dans sa vie et ne voulait pas être rappelée à son mauvais passé."

J'ai remarqué que son expérience de l'après-vie l'avait probablement rendu plus empathique et prêt à accepter tout ce qui se présentait, car il avait développé une forte foi en Dieu.

"Tu as vraiment traversé une série d'expériences tumultueuses et hors du commun. Que s'est-il passé depuis ?" ai-je demandé.

"J'ai commencé à partager mes expériences avec ma famille et mes amis, mais comme c'était prédestiné, ils ne m'ont pas cru", a-t-il dit, déçu. "Pendant un certain temps, cela me contrariait, mais ensuite j'ai rejoint l'entreprise de mon père, je me suis impliqué dans beaucoup de travail social et j'ai commencé à visiter de nombreux lieux sacrés et rassemblements spirituels pour faire du bénévolat."

Je n'avais rien à dire. Je me comparais simplement et ma vie avec toutes les personnes dont il avait parlé. À ce moment-là, je me sentais très chanceux. Je regrettais de pleurer pour des problèmes mineurs, alors que les gens autour de moi souffrent de nombreux obstacles importants et de situations inévitables dans leur vie.

"Il est très tard ; je pense que tu devrais rentrer chez toi", a-t-il dit.

"Est-ce que tu regrettes encore Sakshi ?" ai-je demandé ensuite.

Il est resté silencieux pendant un moment puis a dit :

"Elle est dans mon cœur. Tout au long de mon voyage, j'ai réalisé que Dieu était toujours avec moi, même si j'étais athée ; sinon, je n'aurais pas pu aimer autant Sakshi. L'amour vous fait réaliser l'existence du pouvoir suprême autour de vous", a-t-il dit avec conviction, ajoutant : "Dieu est amour et l'amour est Dieu".

Je l'ai regardé avec gratitude du fond de mon cœur. Il m'avait donné un cadeau énorme qui m'avait aidé à me renforcer de l'intérieur.

"Je dois retourner au sanctuaire", ai-je dit.

Il a semblé surpris et a répondu :

"La porte de la tombe sacrée est fermée".

Je pouvais voir qu'il avait compris que je voulais visiter la tombe de mon Pir avant de rentrer chez moi.

"Je veux juste m'asseoir près de lui", ai-je dit innocemment.

Il a souri.

"Puis-je vous poser une dernière question?" ai-je demandé en me levant du tabouret.

Il a acquiescé.

"Vaut-il la peine de visiter des lieux religieux malgré le fait que Dieu réside en nous seulement?", ai-je demandé, ajoutant : "Tant de lieux sacrés sont corrompus et sont devenus orientés commercialement. Ils jouent simplement avec les sentiments des fidèles et exploitent sans vergogne le concept de Dieu!"

Il a souri et a répondu :

"Les lieux religieux nous rendent plus concentrés envers Dieu et les prières. Et si vous pensez que les gens utilisent nos sentiments, ils sont corrompus... eh bien, probablement, c'est un moyen de gagner de l'argent pour eux", a-t-il expliqué, ajoutant : "Nous ne devrions pas être trompés par les autres. Mais si nous nous agitons en pensant qu'ils utilisent Dieu, alors nous ne devrions pas être comme ça. Le pouvoir suprême est au-dessus de notre compréhension et de notre sagesse ; il ne s'en offusquera jamais. Les gens qui vendent son enseignement pour gagner leur vie ne le mettront jamais en colère. Il a le plus grand cœur", a-t-il déclaré avec confiance.

"C'était vraiment génial de vous rencontrer, Monsieur!" ai-je exulté pour la dernière fois avant d'entrer dans le sanctuaire.

"Pareil pour moi; j'espère vous avoir aidé."

"Oui, vous l'avez fait. Beaucoup. Je vous suis très reconnaissant d'avoir partagé vos expériences..." ai-je dit avec un sourire.

"Vous en aviez besoin. Je suis heureux de vous voir plus optimiste et énergique maintenant", a-t-il dit en souriant.

Je lui ai dit au revoir et j'ai commencé à me dépêcher vers le sanctuaire.

Arrivé au point où la rue se terminait et où je devais tourner vers la porte principale du sanctuaire, je me suis retourné pour le regarder.

Mais il était parti ! Toute la rue était de nouveau déserte. Il y avait encore quelques instants, elle était animée par sa présence.

Je me suis assis devant la tombe sacrée car la porte était fermée. Mais je pouvais voir un morceau de la tombe par la fenêtre. J'ai remercié le Pir pour ses bénédictions. Certaines personnes étaient encore assises dans le sanctuaire car elles étaient venues de loin pour le visiter. Je me suis assis avec quelques femmes près du mur latéral.

J'ai rappelé toute l'expérience décrite par Amar - c'était vraiment unique et nouveau pour moi. Puis, sans que je m'en rende compte, je me suis assoupi.

J'ai entendu beaucoup de bruit autour de moi et j'ai essayé d'ouvrir doucement mes yeux, mais l'éclat du soleil rendait difficile leur ouverture complète. Alors que ma vue s'adaptait, j'ai vu qu'il y avait beaucoup de monde dans le sanctuaire. Les gens avaient commencé leurs rituels et la porte de la tombe sainte était entièrement ouverte.

J'ai ouvert mon sac pour regarder l'heure, mais mon téléphone était éteint.

Je me suis souvenue de ma colocataire Jyoti qui devait être très inquiète pour moi maintenant. J'ai enroulé mon dupatta autour de ma tête et j'ai pris la bénédiction de mon Pir. J'ai vu que sa tombe était pleine de roses rouges. J'ai senti qu'il avait également rempli ma vie d'un parfum magnifique grâce à l'expérience d'hier avec cet homme inconnu.

J'ai quitté le sanctuaire et j'ai pris un auto pour mon dortoir.

En chemin, j'ai ressenti une énergie intérieure. J'étais ravie comme si j'avais obtenu un grand succès. Je me sentais très bénie et chanceuse, car Dieu était avec moi, il était en moi. Alors au lieu de dire quelque chose au monde entier à propos de mon bonheur, j'ai choisi de profiter de mon moment magnifique en silence.

"Où étais-tu ?" a crié Jyoti dès que je suis entrée dans la chambre.

J'ai posé mon sac sur le lit et j'ai ouvert l'armoire à la hâte.

"J'étais si inquiète !" a-t-elle crié à nouveau.

"Ne t'inquiète pas, je vais bien", ai-je dit en sortant mes vêtements. Puis j'ai dit à Jyoti : "Je dois aller au laboratoire."

"D'abord, dis-moi, où étais-tu ? Tu aurais dû me prévenir !" m'a-t-elle arrêtée en chemin vers la salle de bains.

"J'étais dans le sanctuaire. Mon téléphone s'est éteint", ai-je dit en entrant dans la salle de bains.

"Dans le sanctuaire ? Toute la nuit ?" a-t-elle demandé alors que je fermait la porte.

"Oui, c'était sûr..." ai-je dit depuis la salle de bains.

"Je sais que c'est sûr. Mais quand même !?" a-t-elle crié, mais je n'ai pas répondu.

"S'il te plaît, est-ce que tu peux nous apporter le petit-déjeuner dans la chambre ? J'étais très en retard, il était déjà 8 heures", ai-je demandé à Jyoti en me précipitant hors de la salle de bain.

Jyoti étudiait ses notes. Elle m'a lancé un regard furieux, mais je lui ai fait un grand sourire.

Après le petit-déjeuner, je suis allée au laboratoire avec un visage souriant.

J'ai vraiment oublié la frustration du travail et j'ai senti que je pourrais réaliser n'importe quelle invention de science rêveuse.

Mon guide de projet m'a accueilli avec un grand sourire. J'ai salué tous les membres du laboratoire avec charme et j'ai allumé mon ordinateur portable pour lire quatre articles de recherche en attente depuis longtemps. J'ai compris que les gens vous perçoivent également différemment s'il y a de l'espoir et de l'énergie en vous.

Vers 10 heures du matin, moi et mes aînées, Pratima et Vaishali, sommes allées à la cantine pour prendre un thé.

Je me souviens que nous avions souvent des conversations très productives et instructives à ce moment-là.

Vaishali vivait aux États-Unis. Elle discutait toujours de nombreuses bonnes expériences et du style de vie américain avec nous. Pratima, titulaire d'un doctorat, était également une personne très expérimentée et au cœur très pur.

Je me sentais anxieuse à l'idée de partager ma rencontre avec Amar avec elles. Mais alors, j'ai finalement parlé en disant :

"J'ai rencontré une personne hier soir au sanctuaire. Il a eu une expérience après la mort".

"Oui, de nombreuses personnes en ont..." a dit Pratima en mangeant son pakoda au pain.

"Mais il a eu une expérience différente !" ai-je dit avec enthousiasme.

"Les expériences après la mort ne sont qu'un rêve, rien de plus", a déclaré Vaishali avec confiance en buvant son thé.

Elles ne semblaient pas croire en la vie après la mort et tout ça.

"Est-ce que vous croyez en Dieu ?" ai-je demandé.

"Oui", a répondu Pratima.

Elles ont toutes les deux fait un signe de tête.

« Et dans les messagers, les anges, etc. ? » ai-je demandé de nouveau avec curiosité. Ils m'ont tous deux regardé, perdus, car aujourd'hui ils ne pouvaient pas prédire où je voulais en venir avec cela. « Comme Jésus et tout ça ? » je leur ai demandé. « J'ai lu quelque part que ces êtres surnaturels étaient en réalité des extraterrestres. C'est pourquoi ils avaient un esprit plus fort... » a avancé Vaishali une théorie. « Mais je pense qu'ils ont été envoyés par Dieu pour répandre l'humanité », ai-je dit. « Mais alors, les religions sont créées », a dit Pratima. « Et ensuite les conflits », a ajouté Vaishali. « Hé, je pense que les extraterrestres voulaient prendre le contrôle de la Terre, donc ils ont peut-être appliqué une politique de division et de règne », a dit Pratima avec un sourire amusé, et elles ont toutes deux ri. « Tu sais, j'ai entendu dire que la puissance de Dieu est cachée en nous », ai-je interrompu innocemment. Elles m'ont toutes deux regardé. J'avais leur attention. « Nos mauvaises actions renforcent le Diable, et nos bonnes actions renforcent Dieu. »

"Jolie philosophie", dit Pratima et elle commença à boire son thé.

Ils ont pris cela comme une philosophie.

Je pensais à Amar. Comment a-t-il fait face à tout cela pendant si longtemps ? Il doit faire face à une négligence et une ignorance continuelles quant à ses expériences, comme il l'avait mentionné.

Je suis devenu optimiste quant à la vie mais je m'inquiétais aussi pour Amar. J'ai pensé que je devrais le rencontrer à nouveau bientôt.

Je suis rentré à l'auberge vers 18 heures ; Jyoti est également revenue de son cours de coaching.

En prenant le thé, j'ai discuté de toute cette affaire avec elle.

À cette époque, elle était bien plus encline à Dieu que moi. En tant que membre d'une secte religieuse, elle avait beaucoup de connaissances sur l'hindouisme. Sa spiritualité se reflétait également dans son comportement et ses actions. Elle me racontait souvent des choses lorsque j'étais tendue, mais après avoir rencontré Amar, j'ai commencé à comprendre ses pensées plus clairement.

"Vraiment, Di?" Elle m'appelait "Di" car j'avais deux ans de plus qu'elle en matière d'éducation.

"Oui, et tu sais, tu avais raison. Je pleurais toujours pour des petites choses." ai-je dit. "Je pense que Dieu voulait que je le rencontre et sache ce qu'est la vraie vie."

"Di, tu parles vraiment différemment maintenant." Dit-elle avec un sourire encourageant.

"Jyoti, je veux transmettre son message aux autres aussi, mais je pense que les gens ne le croiront pas," ai-je dit avec inquiétude.

"Les gens veulent entendre ce qu'ils aiment, pas ce qu'ils devraient entendre," dit-elle avec sagesse.

"C'est vrai..." Ai-je dit en prenant une gorgée de thé.

"Di, tu devrais le rencontrer à nouveau. Tu devrais aussi le remercier et rester en contact. Après tout, il t'a consacré beaucoup de temps et a partagé ses expériences personnelles avec toi."

"Mais j'ai oublié de prendre son numéro..." ai-je dit avec inquiétude.

"Oh..." dit-elle.

"Mais il m'a dit qu'il venait généralement au sanctuaire. Il est également bénévole là-bas. Je vais obtenir ses coordonnées, ne t'inquiète pas." ai-je dit en me levant pour prendre nos tasses vides et les nettoyer.

"Oui, rencontre-le à nouveau" dit-elle en ouvrant ses notes pour étudier.

C'était vendredi. J'ai commencé à attendre avec impatience dimanche, qui n'était que dans un jour après-demain, mais j'étais quand même agitée. Le samedi, j'ai fini tôt au laboratoire. Je suis allée directement au sanctuaire, j'ai rencontré Qasim et je lui ai demandé :

"Qasim, il y a une personne qui est bénévole ici. Son nom est Amar. Le connais-tu ?"

Il a réfléchi un instant.

"Non, Aapa. Je n'ai jamais entendu ce nom auparavant. Tu devrais demander à l'intérieur du sanctuaire..." a-t-il dit en me donnant deux plateaux de pétales de roses.

J'ai laissé mon sac d'ordinateur portable à son étal et je suis entrée dans le sanctuaire. Après avoir offert des fleurs sur la tombe sacrée d'Amir Khusro et ensuite sur celle de mon Pir Nizamuddin Auliya, j'ai commencé à interroger les gardiens au sujet d'Amar. Il y avait un homme assis à côté de la tombe sacrée. Je lui ai demandé :

"Il y avait un homme qui verrouille la porte de Baoli. Son nom est Amar. Le connais-tu ?"

Il a réfléchi un peu et a dit :

"Je ne connais aucun Amar ici."

"Il est bénévole ici..." ai-je insisté.

"Tu peux demander aux autres mais je ne sais pas !" a-t-il dit très rudement.

J'ai alors demandé à beaucoup d'autres personnes. Mais personne ne semblait savoir quoi que ce soit à son sujet. Je suis rentrée à l'auberge en pensant que j'irais de nouveau au sanctuaire le dimanche, car de nombreuses personnes viennent pour faire du bénévolat le dimanche et j'avais plus de chances de trouver Amar. Quand j'ai parlé à Jyoti de ce qui s'était passé au sanctuaire, elle a réfléchi : "Probablement qu'il parle peu et n'interagit avec personne, donc les gens le connaissent à peine".

"Oui, j'y vais demain aussi," ai-je dit en mangeant mon dîner.

Mais le lendemain aussi, je n'ai pu trouver aucune trace de lui car personne ne le connaissait.

Je pensais que j'aurais dû aller à ce petit étal de thé ; le vieil homme le connaissait. Il l'avait appelé "Amar" cette nuit-là. Je me suis souvenue du chemin pour y aller, alors je m'y suis rendue aussi. Mais je n'ai trouvé aucun étal de thé. À la place, un magasin de fleurs était à la même place !

"Frère, il y avait un étal de thé ici...." ai-je demandé au vendeur de fleurs.

Il m'a regardé perdu, ne sachant pas ce que je cherchais.

"Je veux dire, j'ai vu un vieil homme ici avec son étal de thé...." ai-je demandé à nouveau.

"Non, mon magasin est le seul qui est là depuis de nombreuses années," a-t-il dit directement.

"Comment est-ce possible ? J'ai vu l'étal de thé cette nuit-là !" ai-je crié, le harcelant.

"Madame, il n'y a pas un seul vieux vendeur de thé dans toute cette rue," cette fois, il m'a gentiment remis à ma place et est retourné s'occuper de ses clients.

J'ai pensé que je devais faire une erreur, alors j'ai recommencé à chercher dans tout le quartier de Nizamuddin avec irritation.

"J'aurais dû prendre son numéro de contact..." ai-je regretté.

Soudain, j'ai vu cet homme qui vendait du thé au sanctuaire cette nuit-là ; celui qui m'avait très impoliment dit que le thé était fini.

Je l'avais vu plusieurs fois, donc je l'ai facilement reconnu.

"Frère, tu te souviens de moi ? Je t'ai demandé du thé le jour de Pir Baba."

Il m'a regardé bizarrement.

"Oui, tu m'as demandé, mais le thé était fini," a-t-il répondu.

"Il y avait un homme près de nous ce jour-là... Tu te souviens ? Amar ?" ai-je demandé.

Le vendeur de thé a eu une grande interrogation sur le visage.

"Le connais-tu ? Il est également bénévole au sanctuaire," ai-je demandé plus loin.

"Je ne connais aucun homme nommé Amar qui fait du bénévolat ici," a-t-il déclaré.

De cette façon, j'ai passé plusieurs heures à chercher Amar, mais sans succès. J'ai commencé à devenir désespérée. Je voulais juste rencontrer Amar une fois, mais il était mystérieux de voir comment ce vendeur de thé avait disparu et comment personne ne connaissait Amar au sanctuaire. Peut-être était-il connu sous un nom différent ?

Une fois de plus, je suis allée voir Qasim. Il semblait être la seule personne qui pourrait faire quelque chose de constructif pour m'aider. Je suis allée le voir et j'ai dit :

"Qasim, peux-tu s'il te plaît essayer de trouver quelque chose au sujet de cet homme, Amar, dont je t'ai parlé ? J'ai cherché partout, mais en vain," ai-je dit avec désespoir.

Qasim m'a consolée en disant :

"Aapa, je ferai de mon mieux pour trouver. Ne t'inquiète pas... Je vais demander à mes amis qui travaillent à l'intérieur du sanctuaire. Si je découvre quelque chose, je te le dirai ou je te contacterai moi-même," a-t-il assuré.

"Prends son numéro si tu l'obtiens", ai-je suggéré.

"Bien sûr, Aapa. Je le ferai," a-t-il dit.

Maintenant, j'étais extrêmement irritée. En tant que chercheuse scientifique, il était très frustrant de ne pas obtenir d'explications et de me sentir perdue.

Plusieurs jours sont passés ; Qasim n'a pas réussi à le trouver non plus. J'ai continué à interroger les gardiens et les bénévoles du sanctuaire sans succès.

J'ai cherché "Amar, Noida" des milliers de fois sur Google et Facebook également. Mais je ne connaissais pas son nom complet. Je regrettais tout le temps d'avoir oublié de prendre ses coordonnées.

Le temps a passé. J'ai rejoint un laboratoire dans un autre institut de Delhi et j'ai commencé à vivre dans leur auberge de campus. Bientôt, j'ai été heureusement occupée par de nouveaux projets de recherche et de nouveaux collègues, etc.

Mais chaque dimanche, j'allais infailliblement au Gurudwara de NanakPura, au Sanctuaire de Nizamuddin Auliya, et ensuite au Sai Mandir près du sanctuaire seulement.

Je cherchais toujours Amar ; je parlais toujours aux gens de ma rencontre fatidique avec lui, en espérant que quelqu'un pourrait me dire où il se trouve.

Beaucoup de gens ont opiné que j'avais vu un rêve pendant ces moments stressants ; peut-être que c'était juste mon imagination ? Ces discussions me faisaient beaucoup de mal.

Un jour, j'ai de nouveau rappelé à Qasim Amar.

"Aapa, votre problème sera résolu. Vous devriez aller à Chilla Sharif," a-t-il suggéré.

Je n'en avais jamais entendu parler auparavant.

"L'endroit où Nizamuddin Auliya Rahmatullah Alaih avait l'habitude de séjourner il y a environ 800 ans", a-t-il clarifié.

J'ai entendu parler de cet endroit pour la première fois, bien que je sois venue au sanctuaire depuis de nombreuses années.

"Mais pourquoi là-bas ?" ai-je demandé.

"Vous y allez, vous saurez. Vous y rencontrerez Baba Anwar ; il peut vous aider," a-t-il dit très confiant.

J'ai ignoré son conseil à ce moment-là, mais après de nombreux jours où tous mes efforts pour trouver Amar ont échoué, je suis finalement allée à Chilla Sharif.

Adjacent à l'entrée du tombeau de Humayun dans la rue et avant le Gurudwara DamDama Sahib, il y avait un Chilla Sharif de Nizamuddin Auliya en pierres vertes et blanches bien entretenu.

À l'intérieur, il y avait une ancienne maison presque fortifiée en pierres brunes de style islamique. L'environnement était très paisible. J'ai vu un chien jouer avec deux chats dans une harmonie ludique.

Je suis entrée à l'intérieur sans ressentir le besoin de demander la permission de qui que ce soit ; j'ai eu l'impression d'entrer dans ma propre maison. C'était tellement bon de rendre visite à la maison de mon bien-aimé Pir.

Je suis entrée à l'intérieur. Il y avait une salle ouverte. Un diya (lampe à huile) était allumé dans un coin. En me concentrant sur le diya, le visage d'Amar est soudainement venu à mon esprit, et j'ai commencé à réfléchir à la façon dont je pourrais le rencontrer. Devrais-je prier Dieu pour cela ici ? Qasim m'a-t-il demandé de venir ici pour cela uniquement ?

Puis j'ai soudainement senti quelqu'un venir derrière moi. Je me suis retournée.

"Salaam." C'était un vieil homme.

J'ai aussi bougé ma tête pour le saluer.

Il s'est assis sur le matelas posé sur le sol devant ce diya.

J'ai réalisé qu'il devait être un gardien ici. J'ai remarqué que ses autres affaires étaient là, ce qui montrait qu'il vivait là-bas.

Il avait un teint foncé avec une barbe blanche et portait une coiffe soufie colorée sur sa tête. Il avait l'air très paisible et satisfait dans sa tenue soufie.

J'ai réalisé qu'il pouvait être Baba Anwar. Sa présence était tellement influente que je ne pouvais pas m'empêcher de partager ma rencontre avec Amar.

"Il était de Noida. Il a dit qu'il venait tous les jours au sanctuaire," ai-je dit, partageant toute l'incident avec lui. Il a écouté patiemment.

"Qasim a dit que vous pourriez le connaître," ai-je demandé au vieil homme avec beaucoup d'espoir.

"Je le connais", a-t-il dit avec un sourire, même s'il a continué, "Vous étiez très brisée, vaincue et découragée à l'époque, quand il vous a dit de croire en Dieu, d'avoir une forte foi en Lui et d'être contente de tout ce que vous obtenez de votre vie précieuse."

"Baba!" Soudain, un autre homme est venu et a appelé. Il avait un grand sac de mangues dans sa main.

Il a souhaité Baba Anwar et s'est assis juste à côté de lui.

Je me suis assise en face de Baba Anwar.

"Et Suresh, comment vas-tu?" Baba Anwar lui a demandé très tendrement.

"Je vais bien maintenant", a-t-il répondu très respectueusement.

J'ai senti une grande familiarité entre eux.

"J'ai déposé une demande de divorce. On verra ce qui se passera", a déclaré Suresh en me regardant. Je le regardais avec sérieux. Voyant cela, il a commenté :

"La sœur pense que je suis un si mauvais mari pour avoir quitté ma femme, n'est-ce pas ?"

"Non, je n'ai rien pensé. C'est votre vie personnelle", ai-je dit sincèrement car je ne savais vraiment rien de lui et de sa femme.

"Fille, il a beaucoup souffert. Mais après avoir visité le sanctuaire, il est devenu une personne très différente", a déclaré Baba Anwar, me regardant très sérieusement.

"Que vous est-il arrivé, frère ?" ai-je demandé à Suresh.

"Sœur, j'appartiens à une famille riche. Nous avions tout et étions très heureux. Mais nous avons fait une erreur. Mon frère aîné et moi avons épousé des femmes de la même famille. Bientôt, nous avons subi une grande perte dans les affaires et avons dû commencer à prendre de petits travaux ici et là pour maintenir le feu de la cuisine allumé. Nous avions beaucoup de propriétés paternelles, mais mon frère et moi avions toujours des problèmes de santé." J'ai écouté attentivement alors qu'il continuait, "Nous pensions que nos problèmes de santé étaient dus à tout le stress que nous traversions. Mais la question était différente." Il a fait une pause pendant un moment.

"Quelle était la question?" ai-je demandé plus loin.

"Un jour, en visitant le temple Sai à proximité, quelqu'un a suggéré que je visite ce sanctuaire. Je ne croyais pas aux miracles, mais en m'asseyant près du Baoli, j'ai senti que quelque chose avait été enlevé de ma tête et j'ai ressenti une vague de soulagement inexplicable. J'ai fermé les yeux et apprécié ce moment pendant un moment. Soudain, derrière mes yeux fermés, j'ai vu l'image de ma femme me tuer avec un couteau. J'ai eu peur et complètement surpris," a-t-il dit, et je suis devenu plus attentif.

"Ma femme m'aimait beaucoup. Je n'ai pas compris le signal à ce moment-là. Je suis rentré chez moi avec une ambiance de positivité acquise auprès du sanctuaire, mais je me suis retrouvé pris dans des problèmes de santé et mentaux à la maison. Après cela, j'ai commencé à venir au sanctuaire presque tous les jours pour y trouver du soulagement. Un jour, j'ai découvert que ma femme et sa sœur aînée - qui était la femme de mon frère aîné - avaient planifié de nous tuer, mon frère et moi, pour acquérir toute la propriété." a-t-il dit.

"Peut-être avez-vous mal compris?" ai-je dit, mais il m'a regardé avec un air qui disait qu'il n'aimait pas que je mette en doute sa vérité. "Non, je veux dire que parfois des malentendus se créent lorsque l'argent est difficile à obtenir..." ai-je dit très poliment.

"Non, sœur, j'ai beaucoup enquêté. Leurs frères les avaient mariées pour cette raison seulement. Ils venaient d'un village très éloigné du Rajasthan", a-t-il expliqué, "Mon frère aîné et moi avons finalement rassemblé le courage de déposer une demande de divorce contre elles. Dieu m'a aidé à voir la réalité lorsque j'ai visité le sanctuaire." J'ai regardé Baba Anwar. Il souriait.

J'ai compris ce que Baba Anwar allait dire ; quelque chose d'imprévisible et d'impossible s'était produit pour nous guider. "Baba ? Tu connais Amar ?" ai-je finalement demandé, avec une réponse prévisible.

"Amar signifie immortel et, dans ce monde, une seule entité peut être immortelle - c'est Dieu !", ai-je baissé les yeux car je ne voulais pas accepter qu'Amar faisait partie d'un miracle et n'était pas un être humain. Une telle situation imaginaire peut être très difficile à accepter pour l'esprit humain. "Les miracles sont vraiment courants ici, ma fille," a dit Baba Anwar en souriant. Suresh souriait également, même si j'étais bouche bée de choc !

"Je ne dirai pas que tu as rêvé ou imaginé quelque chose sous le stress. Je crois en toi. Tu as traversé quelque chose qui était très important pour toi à ce moment-là ; sinon, tu aurais pu prendre une mauvaise décision," a expliqué gentiment Baba Anwar. "Une fois qu'une personne visite le sanctuaire de Nizamuddin Auliya, elle rencontre quelqu'un et ensuite, elle ne le trouvera plus", a-t-il expliqué.

"Qui était-il ?" ai-je demandé. Je voulais une réponse plus directe.

"Demande à Dieu. Lui seul peut te répondre", a-t-il répondu de manière très indirecte. "Tu me trouves fou, je le sais. Mais pour une personne spirituelle, tout peut arriver avec la volonté de Dieu", a-t-il ajouté avec un grand sourire. "Et que dire de son message de garder une ferme foi en Dieu ?" ai-je demandé.

"Ce message était pour toi. Garde la foi", a-t-il dit. "Etait-ce toute une histoire pour essayer de me faire voir l'espoir et le but à ce moment-là ?" ai-je demandé, déçu.

"Peut-être, qui sait ?" a-t-il dit. "Qu'en penses-tu ?" m'a-t-il demandé, mais je n'avais pas de réponse.

Il a regardé vers Suresh, et j'ai continué à fixer le diya, mes questions n'étant toujours pas répondues à ma satisfaction.

Je changeais jour après jour. J'avais entendu dire que la nature fondamentale d'un être humain ne change jamais, mais je sentais définitivement un changement puissant en moi. Je commençais à ressentir la douleur des autres, je restais silencieux sur de nombreux sujets et je commençais à développer une préoccupation inconnue pour tout le monde. Je commençais à pardonner à tout le monde - même aux gens malveillants et impolis qui semblaient me traiter comme leur plus grand rival. Une stabilité est apparue en moi ; l'ego, l'arrogance, tout semblait fondre.

J'ai toujours senti que Dieu regardait chacune de mes activités. Je suis devenu enclin aux agriculteurs, aux troisièmes genres, aux prostituées et à tous les nécessiteux du monde. Mais l'autre côté de la médaille était que je me retrouvais souvent en difficulté à cause de cette nature empathique et humaine, mais néanmoins, je ressentais toujours une victoire dans mon cœur. J'étais excité à l'idée de mon avenir et j'avais une forte conviction que j'aurais tout un jour.

Mais Amar restait un mystère ! "Jyoti, je ne comprends vraiment pas cela..." dis-je à Jyoti et Pooja en prenant du thé à Purvanchal, JNU, un jour. Pooja était aussi notre amie commune. Elle était une personne très compatissante mais aussi très franche. Elles sont venues me rencontrer sur mon nouveau campus, alors je les ai emmenées prendre un thé.

"Di, il y a un bon changement en toi. Alors, ne t'inquiète pas," a dit Jyoti.

"Mais le Diable est très puissant. Il influence beaucoup les gens et le monde," ai-je dit car j'avais toujours ces pensées tout le temps. Je lisais beaucoup de textes sacrés.

"Je suis dans un état très agité," ai-je dit.

"Pourquoi ?" a demandé Pooja.

"Je ne sais vraiment pas, mais les choses négatives qui se passent autour de nous m'affectent très mal. Je veux que les gens de Dieu, que Amar a mentionnés, soient autour de nous", dis-je, réalisant soudain que le sujet d'Amar était entré dans mes propos après un moment. "Je veux vraiment un changement autour de nous", leur dis-je.

"Alors, sois ce changement !" dit soudainement Pooja.

"Comment ? Je me trouve faible", ai-je répondu.

"Non, tu ne l'es pas. Tu es simplement devenue plus sensible. Et Dieu aide toujours les êtres humains dans les bonnes choses, tout comme Il t'a fait rencontrer Amar", m'a encouragée Jyoti.

"Tu devrais écrire", a dit soudainement Pooja.

"Que devrais-je écrire ?" ai-je demandé en faisant une pause en buvant mon thé pour l'écouter attentivement.

"À propos de ta rencontre avec Amar", a-t-elle dit en buvant son thé.

J'étais émerveillé car je n'avais jamais envisagé d'écrire.

"Oui, Di, tu devrais écrire sur tes expériences avec Amar ; cela inspirera les gens", a accepté Jyoti.

"Je n'ai écrit que des articles de recherche, même ceux avec beaucoup d'erreurs", ai-je répondu, en riant.

"Alors, apprends. Mais écris. Dis-le au monde", a dit Pooja très directement. "Tu sais, il y a beaucoup de pouvoir dans l'écriture."

Leurs paroles m'ont rendu très tendu. Comment pourrais-je consacrer du temps à l'écriture avec l'emploi du temps chargé de mon doctorat, associé à mon manque de compétences linguistiques ? Comment pourrais-je même rêver d'inspirer le monde ?

Je n'ai pas bien dormi cette nuit-là. Mais avant le lever du soleil, j'ai décidé de ce que je devais faire.

Je suis allé au sanctuaire puis à Chilla Sharif le dimanche.

"Baba, je veux partager mon expérience du sanctuaire avec tout le monde", ai-je dit à Baba Anwar.

"Tu devrais le faire", a-t-il répondu avec un sourire serein.

"Les gens me croiront-ils ?" J'avais un doute.

"Certains le feront", a-t-il répondu avec un sourire. "Les gens qui croient en Dieu le feront."

"Pourrai-je écrire ?" ai-je demandé.

"Rien n'est impossible dans le monde de Dieu", a-t-il épondu.

J'ai regardé la bougie allumée à côté de lui.

"Va, ma fille ; fais ce que tu veux faire. Dieu t'a donné une grande opportunité et la sagesse nécessaire."

Baba Anwar m'a béni de tout son cœur.

Je me souvenais encore d'Amar, en espérant que je le rencontrerais un jour et que je pourrais lui exprimer mes remerciements. Selon Baba Anwar, c'était un ange, une main aidante venant de Dieu. Selon mes amis, j'avais simplement rêvé de lui. Selon moi, c'était une personne inspirante, serviable, un être humain normal. Mais quoi qu'il en soit, il avait réellement changé ma vie. Son expérience et son message étaient suffisants pour dire aux gens la réalité.

Je me suis lancé dans une tâche difficile d'écriture ; Dieu avait rempli mon esprit de courage et de confiance. Mais cela allait être beaucoup plus difficile de dire au monde que...

Nous avons besoin les uns des autres, nous avons besoin de l'humanité, nous devons vaincre le mal et pour cela, nous avons besoin non seulement de Dieu, mais Dieu a également besoin de nous !

To God:

Koi tammanna, koi hasrat rahi nahi hai mere man me,
Jo aaj samjh aaya mujhe, kitni door thi mein tujhse.
Kya itna mushkil tha ye samjhna,
Mujhe kyun laga tha ye ek sapna.
Lagta hai sab kuch hasil ho gya hai,
Jehen ab dar se upar ho gya hai,
Koshna tujhe, ab gunah ho gya hai,
Tune agar gam bhi diya, wo apna ho gya hai.
Koi tamanna, koi hasrat rahi nahi hai man me,
Rooh jo teri thi hamesha se, phir mil gyi hai tujhme.

God:

Meri chah, teri zindgi mukammal hui hai,
Tu thi hamesha se mujhme,
Kya koi rooh mujhse alag hui hai.
Kaha tha, yaad kar, kaha tha,
Teri 'Maa' banne ka shauk hai mujhe,
Meri khwaish aj poori hui hai,
Tune jo jana hai mujhe,
Meri khudai aj saabit hui hai.
Likh de, likh de is tazurbe ko tu,
Teri kalam se meri hi likhawat ayegi.

Junoon rakh, doosro ko bhi honsla dene ka,
Doosro ka sath nibhane ka,
Tabhi to, tu meri jarurat ban jayegi.

À Dieu :

Il n'y a plus aucun désir, aucune envie dans mon esprit,
Aujourd'hui, j'ai réalisé à quel point j'étais loin de toi.
Était-ce si difficile à percevoir,
Pourquoi ai-je supposé que tout n'était qu'un rêve ?
Il semble que j'ai accompli tout ce que je voulais,
Ce monde semble au-delà de toute peur.
C'est un simple péché de te blâmer,
Même si tu prévois de me donner des souffrances, je les accueillerai.
Il n'y a plus aucun désir, aucune envie dans mon esprit,
L'âme qui était déjà consacrée à toi, s'est retrouvée avec toi.

À Dieu :

Mon souhait est de rendre ta vie immaculée,
Tu as toujours été là avec moi,
Les âmes ne se séparent jamais de moi.

Je l'ai dit, et je m'en souviens,
Je suis encline à être ta mère,
Mon souhait est exaucé aujourd'hui,
Car tu me connais maintenant,
Ma divinité est enfin confirmée aujourd'hui.
Inscris-le, écris cette expérience,
Ton exercice inspirera mon propre écrit.
Sois passionné pour encourager les autres aussi,
D'être avec les autres,
Seulement alors tu deviendras ma nécessité.

À propos de l'auteur

Deepika Manju Singh est une pratiquante de spiritualité et une motivatrice de vie. Biotechnologiste végétale de profession, elle est également étudiante en théologie et explore des études religieuses collaboratives. Compatissante envers la situation difficile des agriculteurs indiens, elle a lancé son initiative de sensibilisation en 2018. Actuellement, elle écrit sur l'unité interreligieuse, associée à de nombreuses organisations religieuses différentes. Elle croit en l'unité et la bienveillance envers tous les êtres et sert l'humanité.

www.ingramcontent.com/pod-product-compliance
Lightning Source LLC
LaVergne TN
LVHW091614070526
838199LV00044B/796